KB239655

어린 연인

어린 연인

초판 1쇄 찍은 날 § 2006년 3월 29일
초판 1쇄 펴낸 날 § 2006년 4월 9일

지은이 § 김지안
펴낸이 § 서경석

편집장 § 문혜영
편집책임 § 이종민
편집 § 한지윤

펴낸곳 § 도서출판 청어람
등록번호 § 제1081-1-89호
등록일자 § 1999. 5. 31
어람번호 § 제5-0087호

주소 § 경기도 부천시 원미구 심곡1동 350-1 남성B/D 3F (우) 420-011
전화 § 032-656-4452 팩스 § 032-656-4453
http://www.chungeoram.com
E-mail § eoram99@chollian.net

ⓒ 김지안, 2006

ISBN 89-251-0056-8 03810

어린 연인

김지안 지음

도서출판 청어람

CONTENTS

프
롤
로
그

겨우 오층이 전부인 오래된 서민 아파트 몇 동이 옹기종기 자리잡은 동네에도 봄은 어김없이 찾아왔다. 아파트 단지 내의 초라한 놀이터에도 겨울 내내 보이지 않던 검은 머리의 아이들이 하나둘씩 나타나기 시작했고, 아파트 베란다에 널린 빨래들이 봄바람에 나풀댔다. 추위로 꽁꽁 닫아뒀던 문도 열고 묵은 먼지를 털어냈다.

그러나 놀이터 맞은편 나동의 202호만은 문을 꼭 걸어 닫은 채 몸은 건장하지만 어린 티가 흐르는 녀석들이 모여 뭔가를 모의하고 있었다.

"샀어?"

“아니, 아버지 거 슬쩍 해왔지.”

“너 담배 피우려고?”

“어떤 맛인지 궁금하잖아.”

“나도.”

“나도.”

“우리 한번 피워볼까?”

호기심으로 눈을 반짝이던 녀석들이 담배 한 개비를 각자의 손에 그럴듯한 자세로 끼우고 어디서 구한 건지 알 수 없는 연둣빛 플라스틱 라이터로 불을 붙였다.

“캑캑…….”

숨을 제대로 토해내지 못하고 목에 걸려 고통스러워하는 녀석이 있는가 하면 연기를 입으로 뿜어내며 제법 그럴듯한 흉내를 내는 녀석도 있었다. 제하는 따분해 죽겠다는 듯 무료한 표정으로 그런 녀석들을 바라보며 비웃음을 머금었다. 여기 오는 게 아니었다.

신학기가 되고 짝이 된 진우라는 녀석은 정말 물귀신이었다. 무시무시한 눈빛도, 거친 말도 통하지 않는 녀석이었다. 귀찮아 싫다 해도 사람 좋은 얼굴로 배시시 웃으며 그를 놓아주지 않았다.

밥 먹기 싫다는 그를 끌고 식당에 데려가 밥을 먹게 하고, 땀 흘리기 싫어 슬쩍 빠지려던 체육도 그 녀석의 큼직한 팔에 붙들려 땀을 한 바가지나 흘려야 했다. 제하는 혼자가 좋았다. 그런데 진우는 도무지 떨어져 나가질 않았다. 오늘도 그랬다. 집에서 게임이나 하려는데 아침부터 전화질을 해대는 바람에 꾸역꾸역 나온 것이다.

다 쓰러져 갈 것 같은 작은 아파트에 살면서 뭐 자랑할 게 있다고 집으로 끌고 오는지……. 게다가 하는 짓이란 정말 유치했다. 이렇게 애들처럼 모여 무슨 범죄 모의를 하듯 수군거리고 키득거릴 게 아니라 담배를 피우고 싶으면 피우면 된다. 진작다 떼고도 남았을 유치한 짓을 하고 있는 녀석들을 보며 제하는 한숨이 절로 나왔다.

"너도 한 대 피울래?"

같은 반이었지만 말 한마디 해본 적 없는 녀석이 담배를 내밀며 말했다. 관심도 없었던 녀석이라 학기가 시작한 지 한 달이 지났지만 이름도 기억하지 못하는 녀석이다. 제하는 말없이 담배를 받아 들었다. 녀석들의 시선이 제하에게 집중되었다.

담배에 불을 붙이고 막 빨아들이려는 순간 오래된 현관문이 삐거덕 요란한 소리를 내며 열렸다. 그리고 어깨까지 내려온 검은 생머리를 찰랑거리며 작은 여자가 들어왔다.

"누나!!"

후다닥! 녀석들은 놀란 나머지 제정신이 아니었다. 손에 들고 있던 담배를 황급히 끄고 손으로 휘저어 담배 연기를 없애려고 잽싸게 행동했지만 신발을 벗고 그들에게 다가오는 여자의 눈은 이미 모든 것을 파악한 듯했다. 제하는 녀석들의 수선스러움에 더 기가 찼다. 뭐 죽을죄라도 지었나? 제하는 만사 귀찮다는 듯 천천히 손에 들고 있던 담배를 재떨이에 눌러 껐다.

"너희들 지금 뭐 하는 짓이야?"

"누나⋯⋯."

체구와 달리 여자의 음성은 녀석들을 휘어잡고도 남을 만큼의 힘이 느껴졌다. 눈치를 살피며 굳어버린 녀석들에게 미안했는지 덩치는 산만한 진우가 불쌍한 표정으로 어리광을 부리듯 여자를 불렀다. 그러나 굳은 여자의 눈매는 좀처럼 펴질 줄 몰랐다.

녀석들이 여자와 진우의 눈치를 살피며 도망치려는 듯 슬슬 현관으로 발을 내밀자 다시 한 번 얼음장 같은 여자의 음성이 거실을 갈랐다.

"너희들 한 발자국도 움직이지 마!! 여기서 도망치는 녀석들, 두 번 다시 이 집에 발 못 디딜 줄 알아."

녀석들의 움직임이 순간 멈췄다.

"옷 벗어!!"

무료한 표정을 짓던 제하는 눈꼬리를 말아 올리며 여자를 봤다. 지금 저 여자가 뭐라고 했지? 설마, 내가 잘못 들은 거겠지? 자신의 귀를 의심하던 제하는 한 녀석이 울상을 지으며 셔츠를 벗는 걸 보고 기겁했다. 이 녀석들 지금 뭐 하는 거야? 저 여자가 뭐라고 지금⋯⋯. 그러나 눈앞에 펼쳐진 광경은 믿을 수가 없었다. 여자보다 머리 하나쯤은 더 있을 것 같은 녀석들이 쭈

뻣거리며 옷을 벗고 있었다. 황당한 얼굴로 입을 다물지 못하고 있는 그에게 한 녀석이 빨리 벗으라는 듯 팔꿈치로 옆구리를 쿡 쳤다. 제하는 신경질적으로 녀석을 밀어내며 여자를 노려봤다. 제하의 눈과 여자의 눈이 허공에서 정면으로 마주쳤다. 미간을 잔뜩 찡그린 여자의 눈빛은 험악했다.

그러나 제하는 자신의 한주먹도 안 될 것 같은 여자가 가소로웠다. 얼굴에 잔뜩 비웃음을 머금고 여자에게 한마디 하려는데 진우의 커다란 손이 그의 몸을 가로막았다. 그러고는 자꾸 눈짓을 해대며 옆구리를 쿡쿡 찔러댔다. 빨리 벗으라는 신호였다. 기도 안 찼지만 다른 녀석들은 이미 셔츠를 벗고 맨가슴에 바지 차림이었다. 제하는 거칠게 진우의 손을 쳐낸 후, 마지못해 셔츠를 벗어 던졌다.

"바지도 벗어!!"

순간 눈동자가 튀어나오는 줄 알았다.

"누나, 잘못했어. 다시는 안 그럴게. 한 번만 봐줘. 응? 응? 누나아……."

"잘못했어요……."

진우가 여자의 팔을 붙잡고 늘어져 사정하자 덩달아 녀석들까지 무슨 큰 죄나 지은 것처럼 머리를 조아렸다. 제하는 더럽게 사나운 일진을 탓하며 속으로 구시렁거렸다.

"네 녀석들 집에 전화 돌릴까?"

그러자 아이들이 후다닥 바지를 벗는 게 아닌가. 담배 좀 피운 게 뭐 대단한 잘못이라도 저지른 것처럼 순진하게 구는 녀석들을 제하는 한심스럽게 바라봤다.

"너도 벗어."

"싫습니다."

"강진우, 너 다신 이 녀석하고 상종하지 마. 싹수가 노라니까."

"누나, 제하는 그러니까, 그러니까 애가 좀 수줍음이 많아서 그래."

"너, 가라!!"

그러나 여자는 진우의 변명에도 불구하고 단호했다. 서릿발처럼 매서운 눈초리로 제하를 노려보더니 현관문을 향해 고갯짓을 했다.

"제하야, 뭐 해? 벗어."

"야, 빨리 벗어."

이구동성, 진우와 녀석들이 그를 재촉하기 시작했다. 제하는 얼굴이 벌게졌다. 한 번도 자신의 감정을 타인 앞에 내비춰 본 적이 없는 그였다. 시종일관 무료한 표정으로 타인과의 거리를 두던 그를 여자는 단숨에 흔들어 버렸다. 이제껏 누군가를 좋아하지도, 싫어하지도 않았다. 그러나 지금 눈앞에 있는 여자는 두 번 다시 상종하고 싶지 않았다. 사이코 내지 마녀, 요괴할멈. 제하에게 여자는 결코 정상적으로 보이지 않았다.

아줌마, 어린애들 데리고 뭐 하는 짓이야? 라는 말이 입 안에

서 맴돌았지만 고개를 흔들며 그를 진정시키려는 녀석들을 보니 차마 성질대로 내뱉을 수가 없었다. 그래, 내가 이번만 참는다. 제하는 보란 듯이 바지를 벗어 내렸다. 그러나 여자는 팬티 바람으로 서 있는 녀석들을 보면서도 눈 하나 깜짝하지 않았다.

"나가!!"

도대체 이러고 어디로 나가라는지 눈을 휘둥그렇게 뜨고 움찔하는 그들을 향해 여자는 베란다를 손가락으로 가리켰다. 졸지에 베란다에 쫓겨난 그들은 팬티 바람으로 지나가는 아줌마들과 행인들의 눈요기가 되어야 했다. 제하는 잔뜩 굳은 얼굴로 어금니를 꽉 물었다. 붉으락푸르락 총천연색으로 얼굴을 물들인 녀석들은 애원하듯 여자를 애타게 불렀다.

"누나…… 누나, 잘못했어요. 누나……."

그러나 여자는 전혀 듣지 못한 사람처럼 그들을 베란다에 세워둔 채 온 집 안에 창문이라는 창문은 다 열어 환기를 시켰다. 그들은 근 삼십여 분을 베란다에 서 있어야 했다. 열다섯, 세상에 대한 호기심으로 가득할 나이의 녀석들은 담배라면 절로 고개를 젓게 되었다. 제하 또한 그랬다.

끝날 것 같지 않은 나이트 근무가 겨우 끝나고 이틀간의 오프를 받은 진경은 못다 한 잠에 취해 있었다. 돌아오는 차 안에서도 내내 꾸벅꾸벅 졸던 진경은 집에 들어오자마자 옷을 벗어 던지고 욕실로 향했다. 씻는 것도 귀찮아 그냥 자고 싶은 마음이 굴뚝같았지만 자고 일어나서 후회하게 될 일을 생각해 힘겹게 발걸음을 옮겼다. 뜨거운 물로 사 일 내내 몸에 묻어 있던 피로를 씻어냈다.

방으로 돌아온 진경은 의자 위에 걸쳐져 있던 회색 빛 바탕에 미키마우스가 그려진 잠옷으로 갈아입었다. 얼마나 오래된 건지 가늠할 수 없을 정도의 낡은 잠옷이었다. 팔꿈치 부분이 헤져 확연하게 티가 났지만 진경은 전혀 의식하지 않았다.

거의 반쯤 감긴 눈을 하고 창가로 다가갔다. 눈부신 햇살을 차단하기 위해 커튼을 내린 진경은 바로 침대에 쓰러졌다. 나이트 근무는 진경을 체력적으로나 정신적으로 무척 지치게 했다. 특히 마지막 날은 더 그랬다. 한숨 푹 자고 나면 좀 기운이 날 것이다. 침대에 누운 지 채 일 분도 안 돼 진경은 깊은 잠속으로 빠져들었다.

누군가가 진경을 흔들어 깨웠다. 더 자고 싶은데, 아직 일어나려면 멀었는데 지치지도 않는지 싫다고 이불 속으로 파고드는 진경을 흔들고 있었다. 몇 번이나 손사랫짓을 하며 붙잡고 있던 이불을 더 힘껏 움켜쥐고 버텨보려 했지만 그녀의 어깨를 흔드는 힘은 보통이 아니었다. 입에서 저절로 욕이 흘러나왔다. 이 녀석을 그냥, 제발 잠 좀 자자. 제발 부탁이다.

"강진우, 너 저리 안 가. 누나 나이트 근무한 거 몰라?"

"누나 벌써 세 시야. 그만 일어날 때도 됐잖아. 내일도 쉰다며? 밤에 또 자야 될 거 아냐? 누나, 그만 일어나라."

"싫어. 나 잘 거야. 건드리지 마."

"그래? 그럼 더 자!"

"고맙다."

"더 자는 대신 누나 나 핸드폰 좀 바꿔주라."

"시답지 않은 소리 그만 하고 저리 가. 그 얘기는 이미 끝났으니까."

“누나, 누나…… 누나앙…….”

다 큰 녀석이 떼를 쓰듯 콧소리를 내며 덤벼들 때는 대책이 서지 않았다. 그렇지만 이번만큼은 물러날 생각이 없었다.

“안 된다고 했다.”

“누나, 정말 이럴 거야? 나처럼 구형 핸드폰 들고 다니는 사람 없다고.”

“너 자꾸 한 입 가지고 두말할래? 너, 분명히 네 입으로 핸드폰 있다고 디카 사달라고 했지? 근데 지금 와서 딴소리야? 피곤하니까 저리 가.”

진경의 침대에 엉덩이를 밀어붙이고 덜컥 앉은 진우는 일어날 생각이 없는 것 같았다. 어쩌면 기회다 싶었는지도 모른다. 진우의 끈질긴 조름과 시달림에 지쳐 진경이 항복하게 될 가능성이 크다고 판단했을 것이다.

“누나 조르기 한판 할까?”

“뭐? 너 저리 안 가?”

잠이 다 달아난 듯 눈을 동그랗게 뜨고 번쩍 일어나려던 진경은 진우의 팔꿈치에 눌려 다시 침대에 떨어지고 말았다. 요즘 케이블에서 나오는 격투기 프로그램에 빠져 있는 진우는 가끔 진경에게 그런 장난을 걸어오곤 했다. 그러나 당하는 진경의 입장에서 그건 장난이 아니었다.

“팔 꺾기!”

“야…… 강진우! 너 그만…… 악!!”

진우의 큼직한 손에 팔이 비틀린 진경의 비명 소리가 온 집 안에 울려 퍼졌다.

"그래, 너. 강진우, 오늘 임자 만났다. 이게 요즘 좀 봐줬더니 기어오른다. 그래 한번 해보자."

"어허, 누나. 그럼 안 되지. 그럼 이번엔 다리 꺾기!!"

"아악…… 이 나쁜 놈, 사람 잡네. 너 안 놔!! 놔, 그래, 네가 뒷일은 생각 안 한다 이거지? 놔, 아프다니까! 내가 당장 케이블을 끊고 만다."

"그러니까 누나가 항복해라. 난 다음 주부터 아르바이트 시작한단 말이야. 그러니까 미리 당겨 쓴다고 생각하면 되잖아."

"그럼 한 달만 참으면 되겠네. 그 한 달을 못 기다려 그래, 누나를 잡냐?"

"에이, 고집쟁이!!"

아파 죽겠다며 소리를 지르면서도 사준다는 말을 내뱉지 않는 진경을 보고 진우는 안 되겠다 싶었는지 그녀의 몸을 붙들고 있는 손을 놓았다. 진경은 그 순간을 놓치지 않았다. 어디 맛 좀 봐라. 일어서려는 진우의 손목을 붙잡아 바로 침대로 쓰러뜨렸다.

"누나……."

눈이 휘둥그래진 진우가 놀란 표정으로 진경을 바라봤다. 그러자 진경이 교활한 눈빛을 흘리며 진우에게 다가왔다.

"뭐야? 누나, 왜……."

쪽, 쪽, 쪽!!

연달아 쪽 하는 소리가 방 안에 울려 퍼졌다. 진우가 오만상을 찌푸리며 진경을 밀쳐 내고 침대에서 일어났다. 그리고는 손바닥으로 볼을 무지막지하게 문질렀다.

"으이 씨, 누나 지금 뭐 하는 짓이야?"

"왜, 누나가 사랑하는 동생한테 뽀뽀 좀 한 거 가지고."

천연덕스럽게 대꾸하는 진경을 향해 진우는 눈을 부라리며 계속해서 더러워 죽겠다는 듯 볼이 벌게질 때까지 손으로 빡빡 문질렀다.

"어쭈? 이제 다 컸단 말이지? 그러게 누가 덤비래? 감히 누나한테. 너 여자 친구만 생겨봐라. 내가 해줄 말이 며칠 밤을 새고도 모자랄 테니까. 네가 몇 살 때까지 누나를 안고 잤는지, 몇 살 때까지 침대에 지도를 그렸는지……."

"누나, 누나, 누나……. 알았어, 알았어. 내가 잘못했어. 그러니까 제발 그만 해라."

얼굴이 새빨개져 더듬거리며 말리는 진우를 보고 진경은 씩 웃었다. 본전도 못 챙길 거면서 매번 덤비는 진우가 귀엽기도 했고, 부쩍 자라 이젠 다 커버린 진우를 보면 기특하기도 했다.

"쪽팔려 죽겠네."

"말하는 것 하고는. 누나한테 쪽팔릴 게 뭐 있냐? 네 기저귀도 다 내 손으로 갈았는데."

"아, 몰라……."

여전히 기분이 상한 듯 굳은 표정을 감추지 않는 진우가 신경질적으로 고개를 돌렸다. 진경은 그제야 열린 문 밖에 서 있는 녀석의 얼굴을 볼 수 있었다. 진우가 펄쩍 뛰는 이유가 있었다. 아무리 친한 친구라지만 보이기 껄끄러운 모습도 있기 마련이다. 진경은 진우에게 좀 미안해졌다. 물론 머쓱하기는 그녀도 마찬가지였다. 다 큰 동생과 어린애처럼 몸싸움에다 티격태격 말싸움까지 벌이며 느끼하게 뽀뽀까지 해댔으니 저 녀석이 어떤 생각을 할지 참 난감했다. 그렇지만 이미 일어난 일은 어떡하겠는가? 진경은 시치미를 떼고 진우 옆으로 고개를 내밀어 먼저 아는 척을 했다.

"왔니?"

표정없는 얼굴로 고개만 살짝 끄덕이고 거실 쪽으로 몸을 돌려 가버리는 녀석이었다. 그러면 그렇지, 뭘 기대하냐? 진우의 베스트 프렌드라 불리는 저 녀석은 도통 말이 없었다. 진우와 저 녀석이 친구라는 사실이 진경에게는 불가사의처럼 느껴졌다. 말 많은 진우와 말없는 녀석. 만나면 도대체 뭘 하는지 그저 신기하기만 했다.

"봤냐? 아, 진짜 우리 누나 주책이다. 웃지 마!"

제하는 얼굴이 잔뜩 구겨져 나오는 진우를 보고 피식 웃었다. 웃는 제하를 보고 진우의 얼굴은 더 찌푸려졌다.

"좀 웃으라며?"

“내가 말을 말자. 웬일이냐? 몸소 우리 집을 다 방문하고. 전화 서너 통 해야 겨우 얼굴 내미는 녀석이.”

“왜, 그래서 불만이냐? 갈까?”

“됐다, 이놈아. 근데 할아버지는?”

“오늘 아침에 내려가셨다.”

“그랬구나.”

진우는 고개를 끄덕이면서도 걱정스러운 얼굴로 제하를 봤다. 제하는 진우가 무슨 생각을 하는지 충분히 짐작할 수 있었지만 일부러 모르는 척했다. 동정이 담긴 눈빛 따위는 절대 사절이다. 그러나 진우만은 예외다. 저 시선이 동정이 아닌 친구로서의 안타까움이라는 걸 알기에 누구에게도 허락하지 않는 부분을 순순히 허용하게 된다. 열다섯 살의 만남 이후로 스물이 되기까지 한결같은 얼굴로 지겹도록 그를 귀찮게 한 녀석이다. 결코 원하지 않았지만 그의 삶 속에 받아들이게 된 타인이 진우이기도 했다.

사람 좋아하고 놀기 좋아하는 진우라 오리엔테이션이다, 신입생 환영회다 해서 바빠야 했지만 그러지 못했다. 모두 자신 때문이다. 그 고집스럽고 강건하셨던 할아버지가 쓰러져 한동안 입원을 해야 했다. 진우는 자신의 일처럼 함께 병실을 지켜 줬다. 간병인도 있었고 잠깐 얼굴이나 보고 돌아오는 거였지만 진우는 고등학교 때와 마찬가지로 달라붙어 떨어지지 않았다. 말로 표현하지는 못했지만 제하는 진우가 고마웠다. 할아버지는 병색이 완연한 얼굴로 퇴원한 후, 귀향을 결정하고 오늘 시골로 내려갔다. 제하는 친구라는 이유로 맘껏 누려야 할 대학 생활을 잠깐이나마 포기했던 진우에게 이젠 괜찮다는 말을 전하고 싶어 찾아온 것이다.

진우를 따라 방으로 들어온 제하는 침대에 털썩 주저앉았다. 진우는 컴퓨터 테이블 앞에 놓인 의자에 앉더니 제하와 마주 보도록 의자를 돌렸다.

"그 큰 집에서 혼자 지낼 수 있겠어?"

"혼자 지내긴 좀 크지. 학교 근처에 원룸 하나 알아볼까 해."

"독립하려고?"

"흠, 아무래도. 할아버지는 그냥 지냈으면 했지만 혼자 살면서 사람 부리는 것도 그렇고."

"그렇긴 하겠다. 알아봤어?"

"아니, 내일부터 알아볼 참이야."

진우는 뭔가를 골똘히 생각하듯 의자를 좌우로 움직이더니 예상치 못한 제의를 했다.

"흠…… 차라리 우리 집으로 들어오는 건 어때?"

"뭐?"

"아버지 방 비었잖아. 너희 집에 비하면 턱없이 좁긴 하지만 아버지 있을 때도 좁다는 생각은 안 하고 살았거든. 어때?"

"글쎄, 너무 갑자기라……."

"좀 생각해 봐."

“그렇지만…….”

내키지 않는 듯 망설이는 제하를 보며 진우는 이죽댔다.

“혼자 지겹지도 않냐?”

“난 혼자가 좋아.”

“그래, 너 잘났다.”

제하의 대꾸에 졌다는 듯 두 손을 들었다 내려놓은 진우는 볼을 씰룩이며 컴퓨터 전원을 켰다.

진우가 풀 죽은 얼굴로 방을 나가자 진경은 긴 한숨을 푹 내쉬며 다시 침대에 쓰러졌다. 그리고 침대 끝에 대롱대롱 매달려 있는 이불을 발가락을 이용해 끌어 올리곤 다시 눈을 감았다. 그러나 한 번 깨버린 잠은 더 이상 오지 않았다. 아침부터 점심까지 아무것도 공급받지 못한 위는 반란을 일으키고 있었다.

꼬르륵—

그녀가 듣기에도 너무 큰 소리가 반복해서 귀를 괴롭히자 진경은 벌떡 일어나 침대 밖으로 나왔다.

“그래, 먹고 자자! 다 먹고살려고 하는 짓인데.”

방에서 나온 진경은 냉장고를 열었다. 예상대로 냉장고는 텅 비어 있었다. 나이트 근무 기간에는 전혀 장을 보지 못했을뿐더러 피곤한 나머지 자연히 집안일에는 소홀하게 되었다. 냉장고에는 거의 바닥을 드러낸 밑반찬 서너 가지가 전부였다.

야채 서랍을 열어보니 감자 두 개와 먹다 남은 당근, 그리고 양파 하나가 보였다. 그 순간 진경은 구세주를 만난 기분이었다. 싱크대 선반을 뒤져 저번에 사두었던 카레 가루를 찾았다. 벌써부터 입 안에 침이 고이기 시작했다. 고기가 없었지만 그런 것은 전혀 문제가 되지 않았다. 지금 이 허기를 채울 수 있다는 생각에 기분은 유쾌해지고 손은 바빠졌다.

야채를 살짝 볶다가 물을 붓고 끓여 거기에 카레 가루를 물에 개어 넣자 온 집 안에 카레 냄새가 진동하기 시작했다. 진경은 카레가 끓어오르자 불을 약하게 줄인 후 진우의 방을 향해 걸음을 옮겼다. 그리고 생각없이 방문을 열었다.

"뭐 하냐?"

"누나, 제발 노크 좀 해라."

컴퓨터 앞에 앉아 있던 진우가 도끼눈을 하고 쳐다봤다. 침대에 걸터앉아 책을 보고 있던 녀석의 눈꼬리도 올라간 게 보였다. 진경은 한숨이 나왔다. 진우가 더 이상 그녀의 보살핌이 필요한 어린애가 아니라는 것을 안다. 그 사실이 무엇보다 대견스러우면서도 굳이 그것을 그녀에게 인식시키는 행동을 할 때면 섭섭함이 앞서는 것은 어쩔 수 없었다. 그래서 자신의 실수를 인정하면서도 입으로는 시인하고 싶지 않았다. 괜한 오기의 발동이었다.

"왜, 내가 보면 안 되는 거라도 보고 있었던 거냐?"

"누나, 지금 그 말이 아니잖아. 툭하면 노크도 않고 문부터 여는 게 누나 버릇인 거 몰라?"

"그래, 이놈아. 너 잘났다. 저녁 먹기 싫으면 관둬!!"

토라진 아이처럼 뽀로통하게 입을 내민 채 문을 닫으려는 진경을 진우가 잽싸게 붙잡았다.

"누나는, 누가 저녁 안 먹는대? 말이 그렇다는 거지. 카레 냄새 죽이는데? 제하야, 밥 먹자!"

문손잡이를 잡고 있는 그녀보다 먼저 주방으로 향하는 진우였다. 진우를 따라 제하 역시 보던 책을 책상 위에 올려놓고 나왔다.

식탁 앞에 마주 앉은 세 사람은 깨끗하게 카레를 비우고 있는 중이었다. 진우 식성이야 다 알아주는 거였지만 제하도 만만치 않았다. 체격이 좋은 진우에 비하면 제하는 좀 마른 편이었다. 실없이 사람만 좋아 보이는 얼굴에 넉넉하고 귀여운 인상의 진우와 달리 제하는 이지적이고 세련된 반면 날카로워 보이는 인상이었다.

"더 먹을래?"

깨끗이 비운 제하의 공기를 보고 물었다.

"네."

거절하는 법이 없다. 꽤 산다는 집에 깔끔한 타입이라 먹는 것도 까다로울 것이라 생각했다. 그러나 예상과 달리 제하는 뭐를 내놓아도 정말 맛있게 잘 먹었다. 처음 제하가 그녀의 집을 드나들기 시작할 때는 그런 그 녀석의 모습에 흐뭇하기도 했지만 때론 얄밉기도 했다. 진우를 위해 준비한 음식들이 진우보다 그 녀석의 입으로 더 들어갈 때면 저도 모르게 눈가에 힘이 들어갔다. 특히 좋지 않았던 첫인상도 한몫했다.

그러나 이미 오랜 시간 함께 지내오면서 진우를 통해 그 녀석 또한 진우만큼 외로운 녀석이라는 걸 알고는 진경은 언제부터인가 진우의 다른 친구들보다 더 제하를 챙기곤 했다. 의식적으로 더 신경 써야지 한 건 아니었는데 다른 녀석들과는 다른 독특한 녀석의 모습 때문에 자연스럽게 시선이 갔다. 진우의 다른 친구들처럼 서글서글하게 누나, 누나하며 따르지도 않고, 별로 말도 없어 사실 편한 동생의 친구는 아니었지만 진경은 애써 다른 녀석들처럼 스스럼없이 대했다.

“설거지는 너희들이 해, 누나는 들어가서 잘 테니까.”

“또 자?”

눈꼬리를 잔뜩 올리며 되묻는 진우의 뒤통수를 살짝 때리며 말했다.

“그래, 또다, 또. 왜? 불만있냐?”

“우이 씨, 먹을 때는 개도 안 건드린대.”

“인마, 개가 아니니까 건드린 건지. 왜, 설거지하기 싫어?”

“어휴, 정말. 날 뭐로 보고. 내가 이래 봬도 설거지 경력만 근 십 년이 넘어. 다 누나가 열심히 부려먹은 덕이잖아.”

“근데 왜 자는 거 가지고 난리야?”

“잘 만큼 잤잖아. 허구한 날 집에서 뒹구니 남자가 생기려야 생기겠어? 그만 자고 일어나 좀 나가. 천장 쳐다보고 있으면 남자가 떨어지냐? 나가서 부딪쳐 봐야지. 어떻게 쉬기만 하면 방콕이냐? 내내 자고 밤에는 잠 안 온다고 밤새 달가닥거릴 거 아냐?”

눈에 쌍심지를 켜고 철없는 동생 다루듯 다그치는 진우를 진경은 벌레 씹은 표정을 하고 쳐다봤다. 또 시작이다. 가끔 진우는 나이에 걸맞지 않게 입바른 소리를 하곤 했다. 물론 진경에게는 잔소리로밖에 들리지 않았다.

“강진우, 말은 바로 해. 너 때문에 깨지만 않았으면 더 잘 일도 없었다.”

“그래? 그럼 내일은 두고 보지 뭐.”

“내 휴일 내 맘대로 쉬는데 너 자꾸 시비 걸래? 연애를 해도 내가 하고 결혼도 내가 하는 거니까 넌 신경 꺼라.”

“어떻게 신경을 안 써? 누나가 시집 못 가고 있으면 나 장가 가는 데 막대한 장애물이 되는 건데.”

“어휴, 내가 말을 말지. 오늘 네가 누나한테 자꾸 엉기는데 그런다고 핸드폰 안 나온다.”

낮게 내뱉는 진경의 말에 진우의 입술이 삐죽였다. 진경은 그 모습이 귀여워 죽겠다는 듯 진우의 양 볼을 엄지와 검지로 꽉 잡아 늘였다. 갑자기 당한 일에 눈이 휘둥그레진 진우의 인상이 단번에 구겨졌다.

“누나…….”

으르렁거리는 진우에게 약 올리듯 날름 혀를 내민 진경은 큰 소리로 웃으며 자신의 방으로 쏙 들어가 버렸다. 그런 진경을 보고 진우는 분하다는 듯 씩씩거리고 있었다. 1차전과 마찬가지로 2차전도 진우의 참패였다. 지금까지 지켜봐 온 결과 한 번도 진우가 진경을 이기는 경우를 보지 못한 제하였다. 그럼에도 지칠 줄 모르고 덤비는 진우나 그걸 상대해 주는 진경이나 그 자체를 즐기는 것처럼 보였다. 남매의 유쾌한 신경전은 무료한 제하의 일상에 몇 안 되는 즐거움이었다.

진우의 말대로 낮에 잠을 너무 자버린 탓에 밤에는 잠이 오지 않아 뒤척여야 했던 진경은 늦게 잠이 들어 결국 오전까지 자고야 말았다. 집 안이 조용한 게 이미 진우는 학교에 가고 없는 듯했다. 늘어지게 하품을 하고 일어난 진경은 그제야 샤워를 하고 텅 비어 있는 냉장고를 채워야 할 의무를 느꼈다. 아무래도 장을 보자면 팔뚝 힘이 좋은 진우가 필요했다. 진경은 수업 중일 진우를 생각해 문자를 날렸다.

〈언제 와? 장 보러 가자.〉

〈나, 오늘 약속있어서 늦어.〉

윽. 정말 보탬이 안 되는 동생이다. 오늘 장을 보지 않으면 다음 휴일이 돌아올 때까지 쫄쫄 굶어야 한다. 뭐, 요즘 세상에 굶는다는 표현은 어떨지 모르지만 진경에 있어 밥이 아닌 다른 라면이나 기타 인스턴트 음식은 굶는다는 것과 일맥상통했다. 불행히도 진경이 사는 동네에는 재래시장도, 대형할인점도 없었다. 장을 보기 위해서는 버스를 타고 몇 정거장 움직여야 했다. 그런데 거기에 짐까지 있다고 하면 결코 유쾌한 길이 될 수 없었다. 또 버스 정류장에서 내려 집까지 걸어오는 거리도 만만치 않았다.

장은 꼭 봐야 하는데 걸음이 떨어지지 않았다. 싱크대 선반이며 이것저것 정리하다 보니 바닥을 드러낸 게 한두 가지가 아니었다. 그걸 다 사가지고 혼자 가져올 생각을 하니 벌써부터 한숨이 나왔다. 결정적으로 할인점 앞에서는 택시도 잘 잡히지 않았다. 요즘은 자가용 없는 사람이 없는 듯했다. 또 택시비를 생각하면 그 멀리 할인점까지 가야 할 이유가 무색해지기도 했다. 동네 구멍가게에서 구입해도 택시비보다는 나을 테니까.

이러지도 저러지도 못하고 머리만 굴리고 있는데 초인종이 울렸다. 이 시간에 찾아올 사람이 없는데. 아마도 잡상인인 게 분명했다. 귀찮아 아무도 없는 척했다. 그러나 초인종은 귀가 따갑도록 울리고도 멈추질 않았다. 화가 난 진경은 결국은 현관문을 향해 버럭 소리를 질렀다.

"사람 없어요!"

초인종 소리가 순간 뚝 멈췄다. 이제 알아듣고 돌아갔으려니 싶어 돌아서던 진경은 낮게 울리는 목소리에 발을 멈췄다.

"저, 제하예요."

제하? 저 녀석이 이 시간에 웬일이지? 잔뜩 눈꼬리를 올린 진경은 현관문을 열었다. 정말 제하였다.

"이 시간에 웬일이야?"

"진우가 가보래서요."

"넌 수업없어?"

"네."

"흠……. 나 장보러 갈 참이었는데 알고 온 거야?"

"네."

"알았다. 밖에서 오 분만 기다려."

"네."

먼저 제하가 나가자 진경은 고개를 좌우로 흔들었다. 항상 느끼는 거지만 제하와의 대화는 늘 단답형이었다. 묻는 말에 그저 네, 아니면 아니요. 짐꾼이 생겨 다행이라는 생각보다는 왠지 혹이 생긴 기분이었다. 거추장스러운 혹. 마음 편히 장을 볼 수 있을지 벌써부터 염려스러웠다.

개강한 지 얼마나 됐다고 세미나를 가버린 교수 덕에 제하는 허탕을 치고 돌아오는 길에 진우에게 들렀다. 고등학교 때와 마찬가지로 새로 사귄 친구들에게 둘러싸여 있었다. 진우의 유쾌한 웃음소리가 듣기 좋아 말없이 지켜보던 제하는 친구들과의 시간을 방해하고 싶지 않아 돌아서려던 참이었다. 그런데 그 모습을 봤는지 부르는 소리가 들렸다.

"어, 제하야!"

"더 놀아라."

"어떻게 된 거야? 너 지금 강의 시간 아니야? 두 시간짜리 남았다고 했잖아."

"교수 없다."

"그래? 잘됐네. 나랑 같이 동아리나 알아보자."

"관심없어."

"네가 관심있는 게 있기나 해? 너 하라고 강요 안 할 테니까 같이 가자."

제하는 귀찮았지만 쉽게 물러날 진우도 아니었기에 나지막이 한숨을 내쉬며 따라 걸었다.

"넌 정했어?"

"나야 너무 많아서 탈이지. 어, 잠깐만!"

진우는 걸음을 멈추고 재킷 주머니에서 핸드폰을 꺼냈다. 그리고 문자 메시지를 확인하더니 얼굴을 찌푸렸다.

"왜, 누군데?"

"누구긴, 나 못 부려먹어 안달이 난 우리 누나지. 볼래?"

진우는 제하에게 진경의 문자 메시지를 보여줬다. 장을 보러 가자는 진경의 메시지였다. 진우는 짓궂은 웃음을 흘리며 답장을 보냈다. 그리고 눈감아 달라는 듯 제하에게 한쪽 눈을 찡긋하며 핸드폰 전원을 꺼버렸다. 안 봐도 훤했다. 거짓 핑계를 댔으리라.

"내가 갈까?"

"어? 정말?"

놀란 눈으로 정색을 하며 진우가 되묻자 제하는 멋쩍은 듯 얼굴을 굳혔다.

"아니, 나 오늘 차 가져왔잖아."

"아, 맞다. 그렇지? 잘됐다. 그럼 신세 좀 지자."

"그럼 먼저 간다."

"고맙다."

제하는 진우와 함께 동아리를 알아보는 것도, 개인적으로 집을 알아보려던 계획도 취소한 채 진우의 집으로 방향을 틀었다.

진우의 집에 도착해 초인종을 눌렀지만 아무런 반응이 없었다. 벌써 출발했나? 고개를 갸웃거리며 몇 번이고 반복해서 벨을 눌러봤지만 묵묵부답이었다. 막 돌아서려던 참에 들려온 진경의 신경질적인 목소리에 제하는 움찔했다.

문을 연 진경은 그의 방문이 의외라는 듯 눈꼬리만 올릴 뿐 반기지는 않았다. 자신의 등장을 내키지 않아하는 진경의 시선을 의식하며 제하는 먼저 계단을 내려왔다. 진경이 기다린 사람은 그가 아니라 진우였다. 차 운전석에 앉아 진경을 기다리는 제하의 얼굴은 어두웠다.

진경은 진우에게 누나라기보다는 엄마 같은 존재였다. 타인에게 무관심하고 어떤 일에도 무덤덤한 제하마저도 유일하게 긴장하게 만드는 사람이 진경이었다. 정확하게 언제부터였는지

는 기억하지 못하지만 단순히 당혹스러웠던 첫 만남 때문만은
아니었다.

　화장도 안 한 맨얼굴에 긴 머리카락을 질끈 동여매고 하얀 면
티에 물 빠진 청바지를 입은 진경이 걸어나오고 있었다. 도저히
스물일곱이라 믿겨지지 않았다. 대학에 갓 입학한 그 또래의 동
기들처럼 보였다. 그를 보지 못하고 두리번거리는 진경을 위해
제하는 차에서 내렸다.

　"웬 차야?"

　진경은 빌라 주차장에 못 보던 은색의 지프차가 서 있었지만
제하의 차라고는 생각지 못했기에 눈이 휘둥그레져 물었다.

　"타요."

　대답은커녕 차 문을 열어주며 타라는 짧은 말만 내뱉는 제하
를 의심스러운 눈으로 쳐다봤다.

　"너 운전할 수 있어?"

　"네."

　"누구 차야?"

　"내 거요."

　"뭐? 누가 사줬어?"

　"할아버지."

　진경은 줄기차게 물어 제하가 대학 입학 선물로 차를 받았다
는 걸 알아낼 수 있었다. 궁금해하는 걸 다 알면 이러저러해서
이러했다며 차가 생긴 경유를 설명해 주면 어디 덧나나? 진경은

그 대답을 얻기까지 스무고개를 해야 했다. 결국 차를 소유하게 된 과정을 다 파악할 때쯤은 대형 할인점 주차장에 차를 주차할 때였다.

제하는 꼬치꼬치 캐묻는 진경에 대답하면서도 마음이 편치 않았다. 이제 대학에 입학한 어린 녀석이 차를 끌고 다닌다며 한소리 하지 않을까 조심스러웠다. 진경의 눈에는 충분히 그렇게 보이고도 남을 것이다. 그러나 의외로 그의 예상과 달리 진경은 눈을 반짝반짝 빛내며 차를 볼 뿐 나무라지는 않았다. 제하는 진경과 단둘이 함께하는 건 처음이었기에 좁은 공간에서 대화를 나누는 게 무척 어색했다. 그러나 진경은 자주 그래 왔던 사람처럼 편해 보였다.

"카트 가지고 따라와."

카트 앞에 선 제하는 머뭇거릴 수밖에 없었다. 카트를 사용해 본 적이 없기 때문이다. 가족이라고는 할아버지뿐이었다. 그 할아버지와 이런 대형 할인점에서 쇼핑을 한다는 게 가당키나 하단 말인가. 고작 가본 곳이라고는 백화점이었고 또 요즘은 인터넷 쇼핑을 이용했다. 한창 사용 설명 문구를 읽던 제하는 난감한 얼굴로 진경을 봤다. 그러나 진경은 이미 할인점 안으로 들어가고 있었다. 그에게 동전이 있을 리 만무했다. 지갑에는 지폐와 카드뿐이었다. 제하는 진경을 놓치지 않기 위해 걸음을 재촉했다. 진경은 빈손으로 따라 들어오는 그를 의아하게 바라보며 물었다.

"왜?"

"동전."

제하의 짧은 대꾸에 진경은 어이없다는 표정을 지으며 지갑에서 동전을 꺼내 건넸다. 그리고 다시 카트가 세워진 곳으로 가 더디게 카트를 끌고 오는 제하를 지켜봤다.

제하는 그림자 같았다. 물건을 고르다 돌아보면 그녀의 뒤에 말없이 서 있었다. 진우와 장을 오면 장을 마치기까지 그들은 서너 번의 핸드폰 통화를 해야 했다. 진우도 불쑥 자신이 필요한 물건을 찾아가기 일쑤였고, 그녀도 생각나는 대로 뒤에 따라오는 사람은 생각지 않고 움직였기 때문이다. 그런데 제하는 그녀의 종횡무진에도 불구하고 놓치지 않고 잘 따라왔다. 조금 기특하다는 생각이 들었다. 그래서 혼자 먹던 시식 두부를 하나 이쑤시개에 찍었다.

"제하야, 이거 먹어봐. 정말 맛있다."

"네?"

놀랐는지 눈이 휘둥그레지는 제하 녀석을 보니 괜히 장난기가 발동했다. 제하의 표정만으로도 그가 거부할 걸 짐작한 진경은 뭐라 할 새도 없이 그의 입술에 두부를 디밀었다. 엉겁결에 두부를 받아먹게 된 제하의 표정은 가관이 아니었다. 좀처럼 감정을 내보이지 않는 그의 얼굴이 당황한 듯 벌겋게 변해 있었다. 도저히 어린아이 같지 않은 과묵함이 항상 제하와는 어느 정도 거리를 느끼게 하곤 했었다. 그런데 지금 두부 하나에 오만상을 찌푸리고 있는 제하를 보니 그 나이 또래의 모습을 보는 것 같아 한결 기분이 좋아졌다. 자주 저 얼굴에 감정이 스며들었으면 좋겠다는 생각이 문득 스치자 본격적으로 진경은 제하를 끌고 다녔다.

시식 코너란 코너는 절대 그냥 지나치지 않았다. 진경이 한 입, 제하 한 입. 눈에 쌍심지를 켜고 고개를 절레절레 흔들던 제하도 결국은 진경의 집요한 요구에 입을 벌리고 말았다. 삼겹살부터 생선구이, 햄, 어묵, 나중에 녹차로 마무리까지. 카트에 구입한 물건만큼 그들의 위도 포만감을 느낄 정도였다.

"따로 뭐 사 먹을 필요도 없이 좋지?"

진경의 물음에 제하는 어이없다는 듯 피식 웃음을 흘렸다. 진경은 두 눈을 깜박였다. 제하의 웃는 모습은 처음이었다.

"야, 이제하. 너 웃으니까 예쁘다."

진경의 말이 신경을 건드렸는지 제하의 얼굴이 싸늘하게 굳어졌다. 진경은 잘못한 것도 없는데 괜히 멋쩍었다. 저렇게 정색하며 얼굴빛까지 변할 게 또 뭐야? 진경은 속으로 구시렁거리며 계산대로 향했다.

제하는 뒤도 돌아보지 않고 계산대로 향하는 진경을 따라 쇼핑카트를 밀었다. 이미 짐작하고 있었지만 동에 번쩍, 서에 번쩍 얼마나 날쌔고 재빠른지 사람을 뚫고 다니느라 나중에는 눈이 뻑뻑할 정도였다. 그럼에도 그 넘치는 에너지가 보기 좋았다. 다른 사람의 시선 따위는 아랑곳하지 않고 거침이 없었다.

시식 코너 앞에서 짓궂은 미소를 지으며 두부를 내밀었을 때 제하는 정말 놀랐다. 누구도 그에게 그런 친숙한 행동을 해오지 않았다. 곁을 내주지 않는 자신 탓이 컸지만 그 자체도 쉽게 접근하기 어려운 사람이었다. 그런데 진경 앞에서 무용지물인 듯했다. 그의 의지와 상관없이 전부터 그래 왔던 것처럼 거침없이 대하는 진경의 모습에 제하는 당혹스러웠다. 전혀 준비를 하고 있지 않은 상황이라 표정을 감추지 못하고 고스란히 드러내고 말았다.

말 잘 듣는 어린아이 칭찬하듯 던지는 한마디가 그를 본연의 모습으로 돌아오게 했다. 자신이 생각보다 더 진경과의 쇼핑을 즐기고 있었다는 깨달음이 몹시 낯설었다.

돌아오는 길, 제하는 늘 그렇듯 표정없는 얼굴로 일관하고 있었다. 빌라 앞에 도착하자 트렁크에서 짐을 챙겨 드는 제하에게 진경은 긴 한숨을 내쉬며 말했다.

"오늘 수고했다."

"……."

진경은 대답이 없는 제하가 맘에 들지 않는 듯 입을 살짝 내밀었다.

"두부김치 할 건데 저녁 먹고 가라."

"네."

꼭꼭 눌러 담은 두 개의 비닐봉지는 꽤 무거워 보였지만 제하는 가볍게 양손에 들고 사층까지 큰 걸음으로 가뿐히 올라갔다.

아무것도 듣지 않은 진경만이 쌕쌕거렸다.

　현관문은 잠겨 있지 않았다. 집 안에 들어서자 진우는 보란 듯이 거실 소파에 누운 채 텔레비전을 보고 있었다. 그걸 본 제하는 미간을 좁히며 손에 들고 있던 비닐봉지를 주방에 갖다 놓았다. 뒤따라 올라오던 진경의 날카로운 소리가 이미 거실을 갈랐다.

　"야, 너 강진우! 너 언제 왔어!"

　"방금 들어왔어."

　"그래, 방금 들어온 녀석이 샤워까지 하고 옷 갈아입고 느긋하게 텔레비전을 보고 있었단 말이지?"

　진우는 자신의 차림새를 전혀 의식하지 못하고 있었던 듯 그제야 배시시 웃으며 이 상황을 슬쩍 모면하려 했다. 잘 말리지 않고 누워 있던 탓에 까치집이 된 머리와 헐렁한 파자마를 입고 있는 게 집에 들어온 지 꽤 된 모습이었다.

　"아, 정말이라니까. 오늘 약속이 있었는데 갑자기 취소돼서 일찍 들어온 거야."

　"행여나."

　"누나, 누나가 동생 말을 못 믿으면 누가 믿냐?"

　"오호, 계속 그렇게 나오지. 알았다. 그럼 나도 방법이 있지."

　아니라고 계속 우기는 진우를 향해 으르렁거리던 진경이 갑자기 제하에게 시선을 옮겼다. 제하는 남매의 옥신각신하는 모습을 지켜보며 거실에 어정쩡하게 서 있었다.

"제하야, 오늘 힘들었지? 내가 맛있는 밥 해줄게. 쉬고 있어."

으웩! 진정 자신의 입에서 나온 소리란 말인가? 조금 부드럽게 이야기한다는 게 너무 오버한 듯했다. 놀란 듯 눈을 치켜뜨는 제하의 표정도 심상치 않았다. 잔뜩 콧소리가 들어간 진경의 목소리는 연인에게 달짝지근한 유혹의 손길을 뻗치는 여자의 목소리와 흡사했다. 진우가 바로 입을 손으로 가리며 오바이트 하는 흉내를 냈다. 진경 스스로 생각해도 온몸에 소름이 돋는 것 같았다. 그래도 진우의 하는 짓을 보니 물러날 수 없었다.

"제하야, 뭐 먹고 싶은 것 없어?"

"……."

대답이 없다. 그래도 진경은 포기하지 않고 제하를 올려다보며 상냥한 미소를 얼굴 가득 잔뜩 담고 수줍어 말 못하는 아이의 대답을 기다리듯 눈으로 계속해서 물었다. 진경의 시선을 고스란히 받고 있는 제하는 선뜻 대답을 하지 못했다. 남매의 신경전 가운데 자신이 끼어보기는 처음이었다. 난감한 표정을 지으면서도 제하의 눈은 천연덕스러운 미소를 짓는 진경에게서 떨어지지 않았다.

"누나, 오랜만에 우리 고기 먹자."

제하 대신 묻지도 않은 진우가 입맛을 다시며 말했다. 흥, 어림없는 소리!!

"누가 너 먹고 싶은 것 해준댔어? 제하 먹고 싶은 것 한댔지.

제하야, 없어?”

　카랑카랑한 진경의 말에 진우가 입을 내밀며 신경질적으로 대답했다.

　“우이 씨, 난 김밥은 싫어.”

　“아, 맞다. 제하야, 김밥 만들어줄까?”

　“네.”

　“오호, 오늘은 그럼 이 강진경표 김밥이다. 제하야, 기다려. 맛있게 만들어줄게.”

　진경이 주방으로 콧노래를 부르며 들어가자 진우의 찢어진 눈이 제하를 향했다. 정작 김밥 이야기는 진우 자신이 먼저 꺼냈다는 것을 잊은 듯했다.

　“야, 이제하. 그놈의 김밥, 이제 지겨울 때도 되지 않았냐?”

　“맛있잖아.”

　“허, 넌 생긴 건 멀끔하게 생겼으면서 어떻게 음식은 서민적이다 못해 극빈자 수준이냐? 제일 좋아하는 음식이 김밥이라니! 세상에 맛있는 음식들이 얼마나 많은데 김밥에 날름 네라고 대답할 수 있는지, 참. 돈 천 원만 가지고 나가면 사 먹을 수 있는 게 김밥이란 거 너 아냐?”

　고개를 설레설레 저으며 진우가 장황한 연설을 늘어놓기 시작했다. 그러나 제하는 듣는 둥 마는 둥 텔레비전만 바라보고 있었다.

　“내가 말을 말지.”

모처럼 고기로 몸보신 좀 하려고 했던 진우는 못마땅한 듯 제하에게 눈을 흘겼다.

"어휴, 김밥은 내가 내일 배터지게 사줄게. 빨리 누나 말려라."

"싫어."

"촌스러운 놈."

"……."

"좋겠다. 이제하. 우리 누나의 사랑을 억— 수로 받아서."

"풋."

다그치는 진우의 압력에도 제하는 피식 웃을 뿐 물러서지 않았다. 그는 정말 김밥을 좋아했다. 그러나 친한 진우도 그 이유는 알지 못했다. 가끔 그 이유를 묻곤 했지만 제하는 입을 꾹 다물었다.

거실에서 진우의 구시렁거리는 소리가 들려왔지만 진경은 김밥 준비하는 손길을 멈추지 않았다. 진우의 말이 틀린 건 아니었다. 제하가 가장 좋아한다는 음식, 그게 김밥이라는 게 아이러니하기는 마찬가지였다. 언젠가 가장 좋아하는 음식이 뭐냐고 물었던 적이 있었다. 답답한 제하의 성격답게 한참 동안 머뭇거리던 그의 입에서 김밥이라는 말이 튀어나왔을 때의 황당함이란, 함께 있던 진우의 친구들은 물론 그녀도 놀랐었다.

그런데 꽤 시간이 흐른 지금에도 여전히 제하는 김밥을 좋아하나 보다. 제하가 뭐라 말하기도 전에 미리 선수 치다 실패하는 진우를 보니 슬그머니 웃음이 삐져 나왔다.

식탁에 둘러앉았다. 식탁에는 진경이 준비한 김밥과 먹음직스러워 보이는 두부김치, 그리고 소주와 소주잔이 놓여 있었다.

"얼른 와. 소주 한 잔씩 하자."

입이 뽀로통하게 나와 있던 진우도 그제야 얼굴이 펴졌다.

"김밥과 소주가 잘 어울리지는 않지만 두부김치가 있으니까 괜찮지?"

진우는 언제 화가 났었냐는 듯 기분 좋은 얼굴로 젓가락을 챙겨 들었다.

"강진우, 넌 조금만 먹어. 제하야, 많이 먹어"

"누나, 뭔가 착각하는 것 같은데 누나 동생은 나야."

"그걸 모르니? 그러니까 더 속 터지지. 네가 제하만 같았어도 내 키가 더 컸다."

"어휴, 갖다 붙이기는. 누나 작은 거야, 유전학적이지."

"인마, 그건 틀린 말이지. 그러는 넌 왜 큰데? 내가 먹여주고 씻겨주고 챙겨주고 다 그런 덕이지."

"허, 제하야. 우리 누나 정말 걱정되지? 누가 데려갈지……."

그때 소주잔을 비우던 제하가 진경을 건너다봤다. 눈이 마주쳤다. 진경은 진우를 째려봤다가 귀여운 강아지를 바라보듯 눈을 초롱초롱 빛내며 제하를 봤다. 제하는 멋쩍은 듯 눈을 살짝 아래로 내렸다.

내내 투덜대면서도 주거니 받거니 하다 보니 소주병은 비어 있었다.

"우리 한 병 더 마실까?"

"누나, 내일 출근 안 해? 적당히 마셔."

"나, 오후 근무야, 그러니까 괜찮아."

그러면서 다시 냉장고를 향하려는 진경의 동작을 멈추게 한 건 제하였다.

"누나, 오늘은 그만 마시죠."

"그래? 그럼 그럴까?"

제하의 한마디에 바로 꼬리를 내리는 진경을 보며 진우가 인상을 구겼다. 진경은 그런 진우를 향해 약 올리듯 입을 내밀었다. 배도 부르고 술기운이 느껴지자 진경은 일어났다.

"씻을 테니까 나머지는 너희가 정리해."

진경이 휑하니 욕실로 사라지자 진우가 긴 한숨을 내쉬었다.

"놀다 자고 갈래?"

"아니."

"생각은 해봤어?"

"아직."

"오늘 보니까 누나도 허락할 것 같은데. 다른 녀석들보다는 널 조금 불편해하는 것 같아서 신경이 쓰였는데 이제 보니까 내 기우였다. 좋은 쪽으로 생각해."

"그래."

제하가 일어서자 진우도 따라 일어났다.

“그만 가려고?”

“응.”

“오늘 고마웠다.”

“뭘.”

“누나, 제하 간대.”

진우가 욕실에 있는 진경에게 들으라는 듯 크게 말했다.

“그래, 잘 가라!”

욕실에서는 진경의 음성이 물소리와 뒤섞여 들려왔다. 현관까지 배웅하는 진우를 뒤로하고 제하는 빌라 주차장에 세워져 있는 차에 몸을 실었다. 항상 그렇지만 진우의 집에 놀러오는 날은 하루가 어떻게 가는지 알 수 없었다. 남매의 대화와 행동들은 한 편의 시트콤 같았다. 그 모습들을 지켜보다 보면 하루가 어느새 가버렸다. 무료하고 재미없는 날, 만사가 귀찮기만 할 때 떠오른 사람들이 진우와 진경이었다. 그 악몽 같던 첫 만남도 잊혀지지 않았지만 그러고 보면 스무 살 그의 인생에 그들과 함께한 일들이 참 많았다. 처음 술을 마신 것도 그들과 함께였다.

열여섯의 겨울, 모든 것에 대한 호기심이 왕성하던 때였다. 진우 녀석이 친구들과 싸워 정학을 당했다. 친구가 많았던 진우가 한 친구의 생일에 술을 한 잔 걸치면서 일어난 불상사였다. 술에 취해 이성을 잃은 어린 녀석들이 앞뒤를 생각할 수 있었겠는가. 학교까지 알려지면서 일은 커지고 말았다. 항상 눈에 가시처럼 귀찮게 하던 녀석이 안 보이면 편할 줄 알았는데 그렇지 못했다. 교실에 들어서자마자 자기가 애인이라도 되는 듯 달라붙어 사사건건 간섭하던 녀석이 없자 이상했다. 자꾸만 신경이 쓰였다. 타인을 걱정한다는 건 상상조차 해보지 못한 일이었지만 그런 일이 그에게도 일어나고 말았다. 결국 망설이다 찾아갔던 진우의 집, 현관문을 연 진경은 언제나처럼 사람을 관찰하듯 훑어보더니 들어오라고 했다.

집 안에 들어서자 식탁 앞에 앉아 있는 진우가 보였다.

"너도 앉아라."

그리고 돌아서더니 주섬주섬 안주와 소주를 꺼내놓았다. 의자에 앉은 진경은 진우의 잔에 술을 채웠다.

"오늘은 코가 삐뚤어지도록 마셔보자. 네가 술을 먹고 어떤 짓을 하던 난 다 이해할 수 있어. 왜냐면 난 네 누나고 가족이니까. 술에 취해 내게 험한 소리를 한대도 내일 아침이면 난 오늘과 똑같이 널 대할 거야. 내가 사랑하는 사람이니까. 그렇지만 네가 내뱉은 말과 행동은 오랫동안 가슴에 남아 있을 거야. 사랑하는 사람에게 받은 상처는 더 크거든."

"누나, 잘못했어."

"진우야, 난 아빠의 고개 숙인 모습은 정말 보고 싶지 않다. 최소한 너와 내가 아빠에게 그 정도는 해줄 수 있잖아? 힘들어?"

"아니, 아니야."

"마시자."

진경이 그녀 앞에 놓인 잔을 비운 후에도 진우는 머뭇거리기만 했다.

"얼른, 오늘은 누나도 취하고 싶으니까 같이 취하자."

진우는 고개를 푹 숙인 채 눈물을 흘리고 있었고 제하는 물끄러미 그들의 모습을 지켜보고 있었다. 그 자리에 그가 있다는 것도 잊은 듯 서로에게 푹 빠져 있던 진경이 고개를 돌리며 말했다.

"너도 한 잔 할래?"

"……네."

진경이 그의 앞에 놓인 잔에도 술을 따랐다.

"오늘의 악몽을 기념하여……."

진경이 건배를 하듯 잔을 들어 올리자 눈물을 글썽글썽한 진우가 잔을 들었다. 처음 마셔보는 소주는 참 독했다. 입 안과 목구멍을 다 태울 듯 뜨겁고 화끈거렸다. 그날 밤, 처음으로 외박이라는 걸 했다. 정말 코가 비뚤어지도록 마실 작정이었는지 끊임없이 채워지는 잔을 입으로 가져가던 그는 결국 쓰러져 잠이 들었다.

다음날 진경이 끓여준 해장국을 먹었다. 그가 진우의 집을 자주 드나들기 시작한 건 그 무렵부터였다. 커다랗고 휑한 집에 도착한 제하는 차를 주차시킨 후 대문을 열었다. 불빛 한 점 보이지 않는 집이 가로등 불빛에 의해 더 음산해 보였다. 현관문을 열고 들어서자 하루 동안 꼭꼭 닫아뒀던 탓에 탁한 공기가 실내를 잠식하고 있었다.

후, 긴 한숨을 내쉰 제하는 일층 베란다로 다가가 유리문을 활짝 열어젖혔다. 언제나 고요한 적막이 감도는 집이었고 혼자였다. 할아버지와 함께 살았다 해도 얼굴을 마주치는 일은 한 달에 서너 번 있을까 말까였다. 그래도 그 존재를 무시할 수는 없었나 보다. 제하는 할아버지의 부재를 느끼지 않을 수 없었다.

아버지의 얼굴은 빛바랜 사진으로 본 게 전부다. 여섯 살 남짓 할 때 잠깐 봤던 어머니란 사람의 얼굴만이 어렴풋하게 기억날 뿐이다. 부모의 부재에 대해 아련한 그리움 따위는 없었다. 그것을 앗아간 건 그를 세상에 내보낸 그들이었다. 이기적인 사람들은 어린 아들보다 그들 자신이 먼저였다. 아버지란 사람은 사고로 세상을 떠나는 순간까지 애인이 먼저였고, 어머니란 사람은 엄마의 사랑에 목이 마른 어린 아들보다 돈이 먼저였다. 스무 해를 살아오는 동안 따뜻한 말 한마디 건네지 않은 무뚝뚝한 할아버지가 그의 유일한 가족이었다.

방으로 들어온 제하는 침대에 바로 누웠다. 진우의 집을 다녀온 후에는 더 우울했다. 웃고 떠들고 화기애애한 그들 모습을 지켜보다 돌아온 집은 황량했다. 그 기분이 싫어 한동안 진우의 집에 발을 끊은 적도 있었다. 그러나 어느 순간 걷다 보면 진우

의 집 앞에 서성이고 있는 자신을 발견하고 했다. 생각없이 그
저 단순해질 수 있는 진우의 집은 금단의 열매처럼 유혹적이었
다. 그래서 진우의 제안을 쉽게 거절하지 못했다. 자신의 성격
대로라면 바로 거절했어야 했다. 제하는 진우의 제안에 자꾸 솔
깃해하는 자신을 부인할 수 없었다.

둘

꾸벅꾸벅 졸던 진경은 앞좌석에 머리를 박았다. 졸지 않으려고 무던히도 애썼지만 실패였다. 이마에 혹이 난 듯 아팠지만 그걸 신경 쓸 겨를이 없었다. 놀라 커다란 눈을 휘둥그렇게 뜬 진경의 시야에 한강이 들어오고 있었기 때문이다. 버스는 원효대교를 지나가고 있었다. 하, 초조한 신음이 저절로 새어나왔다. 아, 젠장! 왜 다 와서 잠이 든 거야? 한강을 건너면 어떻게 하냐고? 눈앞이 아찔하고 초조했다. 교대 시간이 얼마 남지 않았다.

불혹을 앞둔 수간호사의 매서운 눈초리가 자신을 난도질하는 모습이 선했다. 다리 중간에서 멈출 수도 없는 일이었다. 자꾸만 밀려 더뎌지는 버스의 움직임이 빨라지기만을 기도했다. 버스가 정류장에 서자마자 횡단보도를 날쌘 걸음으로 건너 택시를 잡아탔다.

"한강병원이요. 아저씨, 저 늦었거든요. 빨리 좀 가주세요."

어떻게든 다리를 건너야만 하는 상황, 선택은 하나뿐이었다. 길이 막힌다면 그건 택시기사도 어쩔 수 없는 일이었다. 그럼에도 안절부절못하고 앞좌석의 등받이를 손으로 콕콕 내려쳤다. 다행히도 그녀가 지나왔던 쪽보다는 소통이 원활했다. 병원 앞에 택시가 서자 진경은 있는 힘을 다해 뛰었다. 지하 경의실에 들러 옷을 갈아입고 근무하는 칠층 병동까지의 시간을 가늠하며 너무 늦지 않기만을 바랐다. 그렇지 않으면 시말서를 제출해야 하는 불상사가 일어날지도 몰랐다. 그리고 어느덧 경력 사년차인 그녀는 조금의 실수도 용납이 안 되는 위치에 있었다.

급하게 유니폼으로 갈아입고 계단을 뛰어올라 갔다. 엘리베이터를 기다리다가는 속이 타 까맣게 탈 것이다. 숨을 헉헉거리며 막 이층을 통과하는데 비상구 등 옆의 문이 갑자기 열리며 한 남자가 튀어나왔다.

"어, 어…… 어."

어떻게 해볼 사이 없이 부딪쳐 엉덩방아를 찧고 말았다. 너무 아팠지만 지금 진경의 눈에는 뵈는 게 없었다. 남자가 부축할 새도 없이 벌떡 일어나 손을 턴 후, 뒤도 돌아보지 않고 다시 계단으로 향하려 했지만 남자가 가로막고 있었다.

“괜찮아?”

“아뇨. 비킬래요? 늦었거든요.”

진경은 남자를 쳐다보지도 않고 손을 휘저으며 퉁명스럽게 대꾸했다. 그리고 서 있는 남자를 피해 계단을 오르기 시작했다. 쿵쿵 발자국 소리가 요란하게 울려 퍼졌다. 뒤통수에 달라붙는 남자의 시선을 의식하지 못한 채 걸음을 재촉했다.

“진경아.”

자신을 부르는 부드러운 남자의 음성에 진경의 걸음이 뚝 멈췄다. 그리고 고개를 휙 돌리더니 옅은 신음 소리와 함께 당황한 진경의 음성이 흘러나왔다.

“선배⋯⋯.”

“얼른 올라가. 많이 늦은 것 같은데.”

진경은 급히 올라가야 하는 이유를 다 잊어버린 듯 호준의 모습이 보이지 않을 때까지 그 자리에 서 있었다. 그리고는 자신의 머리를 주먹으로 쥐어박으며 속으로 투덜거렸다.

‘아, 정말 오늘 왜 이러지? 왜 하필 선배인 거야?’

생각은 거기까지였다.

“악!!”

외마디 비명과 함께 진경은 황급히 계단을 뛰어올라 갔다.

다행히 땀을 뻘뻘 흘리며 계단을 뛰어올라 간 보람이 있었다. 지각은 아니었다. 모두 인수인계를 하기 위해 준비하고 있었지만 수간호사는 날카롭게 한번 쏘아볼 뿐 별다른 말은 없었다.

그러나 인수인계가 끝나자 동료 간호사들의 키득키득거리는 소리가 들려왔다. 무슨 일이냐는 듯 눈꼬리를 올리는 진경을 향해 이 년차 후배가 잔뜩 웃음기를 머금은 목소리로 말했다.

"언니, 차에서 졸았지?"

"응. 내 얼굴에 써 있냐?"

"하하, 응. 거울 좀 봐."

득달같이 화장실로 뛰어가 거울 앞에 선 진경의 입에서는 신음 소리가 저절로 나왔다. 입가에 침 흘린 자국이 그대로 얼룩이 되어 있었다. 또 졸다가 손등으로 침 흘린 자국을 닦았는지 출근 전 립스틱으로 곱게 정성들여 발랐던 입술은 망가져 있었다. 오, 마이 갓!! 휴지를 뜯어 입술을 박박 문질렀다.

변함없이 발바닥에 불이 나도록 뛰어다닌 하루였다. 시간에 맞춰 의사가 지시한 오더를 다 처리하는 것도 바쁜데 순간순간 발생하는 환자의 갑작스런 변화는 긴장을 늦출 수 없게 했다. 그래서 다음 타임 근무자와 교대를 하고 병원을 빠져나올 때면 긴장이 풀린 나머지 피로감은 더 심했다.

병원에서 빠져나와 버스 정류장까지는 오 분 정도 걸렸다. 낮처럼 환한 불빛을 밝히고 서 있는 커다란 병원과 달리 정류장까지 가는 보행로는 가로등만이 전부였다. 터벅터벅 발걸음을 옮기는 진경 옆으로 흰색의 승용차가 섰다. 무심히 고개를 돌린 진경의 시선 안으로 차창을 내려 얼굴을 내미는 호준이 들어왔다.

"지금 퇴근해?"

"네."

"타! 태워다 줄게."

"아뇨, 괜찮아요. 나가면 바로 버스 있어요."

"오늘 703호 박정수 씨 때문에 힘들었잖아. 가는 길이니까 내려주고 갈게."

진경은 더 이상 거절하지 못하고 호준의 차에 올랐다.

"지금 퇴근하는 중이에요?"

"어. 며칠 만인지 모르겠다."

"주희 입이 잔뜩 나와 있는 거 아니에요?"

"하하. 그렇지 않아도 징징거리더라. 요즘 너도 바쁘다며 안 만나준다고 툴툴거리던데?"

"아, 나이트 근무였잖아요. 나이트 근무 때는 만사가 귀찮아요."

"그러게. 알 만한 녀석이 가끔 때를 쓴다."

주희에 대한 애정이 묻어나는 호준이 말에 진경은 고개를 차창 밖으로 돌렸다. 담담한 표정으로 지나가는 밤거리를 무심히 바라보는 듯했지만 씁쓸한 기분은 어쩔 수 없었다. 진경의 대학 동기이자 절친한 친구, 호준의 애인이기도 한 주희. 호준과 그녀 사이의 공통된 화제는 당연히 주희일 수밖에 없었다. 그래서 주희 이야기를 하는데도 진경은 내내 편치 않았다.

누군가에게 고백했다가 거절당했을 때의 무안함은 쉽게 잊혀지지 않는 법이다. 차라리 그때, 호준의 도시락에 그런 쪽지를 넣지 말았으면 좋았을 텐데. 대답없이 거리를 두는 호준을 지켜봐야 했던 진경으로서는 가장 친한 친구의 연인이 된 호준이 아무래도 꺼려지는 게 사실이었다.

창밖만을 바라보던 진경을 고개를 돌려 호준의 얼굴을 봤다. 아주 잘생긴 얼굴은 아니었지만 부드러운 인상의 그는 충분히 매력적이었다. 유난히 하얀 가운이 잘 어울리는 남자였다. 그가 환자에게 건네는 미소가 결코 거짓이 아님을 잘 안다. 그래서 더 돋보이는 건지도 모른다.

"주희한테 아버지 얘기 들었는데……."

"아, 네. 잘됐죠."

작년 연말에 재혼한 아버지 이야기를 주희로부터 들은 모양이다. 이십여 년을 혼자 살아온 아버지는 좋은 새어머니를 만나 뒤늦게 새로운 가정을 이뤘다.

"괜찮아?"

"그럼요. 너무 늦었죠. 지금이라도 행복해 보여서 다행이에요."

"덜렁대는 거 보면 어린애 같은데 말하다 보면 의젓하단 말이야."

순간 진경은 호준과 부딪쳤던 일이 떠올라 얼굴이 화끈거렸다. 너무 바빴던 탓에 까마득하게 잊어버렸던 것이다. 그러나 제 입으로 꺼내 확인하고 싶지는 않았다. 진경은 결코 자신을 덜렁대는 성격이라 생각지 않았다. 정말 어쩌다가 한번 일어난 실수를 호준에게 들킨 게 영 내키지 않았다. 진경은 창피함으로 동요하려는 자신을 애써 억누르며 가볍게 대꾸했다.

"선배만 저 덜렁댄다고 생각할걸요. 제 별명이 애늙은이라고 주희가 얘기 안 해요?"

"들었지. 근데 내 눈에는 주희보다 어려 보이는걸."

"그 얘기 주희가 들으면 섭섭해하겠는데요. 자기가 무척 어려 보인다고 생각하는 앤데."

"하하하. 좀 그렇지? 그러고 보면 넌 주희랑 참 많이 다른데, 친한 거 보면 신기하다."

"하, 좀 그렇죠?"

결국 집 앞에 도착할 때까지 나눈 대화의 마무리는 주희였다. 어떤 주제를 시작해도 마지막에는 주희의 이야기로 끝이 났다. 그것을 진경은 너무도 분명하게 의식하고 있었지만 호준은 그렇지 못한 듯했다.

"선배, 고마워요."

"그래, 내일 보자."

호준의 차가 골목길을 빠져나가 더 이상 보이지 않을 때까지 서 있었다. 입가에 머물렀던 미소는 사라진 지 오래였다.

"오늘은 일찍 들어왔네."

“응, 차가 바로 왔어. 저녁은?”

“먹었어.”

현관문을 열고 들어서자 거실에서 텔레비전을 보고 있던 진우가 소파 너머로 목을 길게 늘어뜨리며 말했다.

“누나는?”

“먹었어. 뭐 봐?”

“k-1. 누나도 이리 와. 조금만 있으면 최홍만 나와.”

“됐어. 너나 봐라, 관심없으니까. 씻어야겠다. 오늘은 완전 땀으로 목욕을 한 것 같아. 끈적거려 죽겠어.”

“빨리 씻고 나와. 나 누나한테 할 얘기 있어.”

진경이 샤워를 한 후 밖으로 나왔어도 진우는 변함없이 텔레비전에 몰두해 있었다. 진경은 고개를 설레설레 저으며 진우에게 다가갔다.

“어지간히 봐라. 무식하게 때리고 차는 게 뭐가 재미있다고 허구한 날 그거만 보고 있어?”

“어, 다 씻었어?”

“응. 근데 할 말이 뭐야? 또 용돈 달라는 소리는 아니겠지?”

“쳇, 누나는 동생을 뭘로 보고.”

“그럼 빨리 얘기 해. 나 오늘 너무 피곤해. 일찍 자야겠다.”

“저기 제하 할아버지 지난달에 시골로 내려가셨거든.”

“그래? 갑자기 왜?”

처음 듣는 이야기에 진경은 눈을 끄게 뜨고 진우에게 다시 물었다.

"좀 건강이 안 좋으신가 봐. 원래부터 지병이 있으셨는데 많이 악화되셨는지 요양도 할 겸해서 귀향하셨어. 거기 선산도 있고 하거든."

"아, 그렇구나. 제하 혼자 적적하겠다."

"그렇지? 그래서 말인데, 제하 우리랑 같이 살면 안 될까?"

"뭐?"

"솔직히 걔 혼자 살기에는 그 집 너무 크거든. 오피스텔이라도 얻어 독립할 거라고 하던데, 좀 안됐잖아. 지금까지도 혼자나 마찬가지였는데. 그래서 내가 우리 집에서 하숙하랬어."

"뭐어?"

"누나도 제하 좋아하잖아. 어제 보니까 동생보다 더 챙기던데."

"그거하고는 좀 다르지. 제하가 안된 건 나도 충분히 이해하지만 함께 사는 건 좀 그렇지 않니? 그리고 내가 다른 사람들처럼 아침에 출근해 저녁에 퇴근하는 사람도 아니고 어떻게 하숙생을 들이니?"

"누나는 뭐, 제하가 전혀 모르는 사람이야? 나랑 똑같이 대하면 되잖아."

"말이야 쉽지. 그래도 제하가 너랑 같을 수는 없지. 특히 제하는 다른 네 친구들과는 좀 다르잖아. 편한 타입은 아니란 말이야. 그리고 어린애도 아니잖아. 다 큰 성인인데 한집에 산다는 건 좀……."

진경은 제하의 하숙에 대해 진우처럼 쉽게 받아들일 수 없었다. 아무리 동생 친구라지만 엄연히 남이었다. 예전보다는 많이 좋아지기는 했지만 여전히 제하는 대하기 편한 상대는 아니었다. 그런 제하를 진우처럼 대하기는 쉽지 않을 것이 뻔했다.

집에서만큼은 최대한 편하게 지내고 싶은 게 진경의 욕심이었다. 그래서 집에서는 브래지어조차 하지 않았다. 그런데 제하와 함께 산다면 신경을 쓸 수밖에 없었다. 어려서부터 봐왔다지만 다 큰 녀석이 아닌가. 진우의 말처럼 단순하게 생각되지만은 않는 진경이었다.

"누나, 제하 남자로 생각해?"

"뭐? 미쳤니?"

"그럼 나이가 무슨 상관이야? 제하도 누나한테 티끌만큼도 이상한 맘 가진 거 없으니까 예민하게 굴지 마. 누나가 정 안 된다고 하면 나도 제하 따라 독립한다."

"어림없는 소리 하지 마. 능력도 안 되는 주제에 독립은 무슨 독립이야?"

눈을 부릅뜨고 노려보는 진경을 진우는 물끄러미 바라봤다. 입가에 어리는 미소가 자신의 승리를 장담하고 있는 듯했다. 진경 역시 자신이 한 발 물러서야 함을 느끼고 있었지만 끝까지 인정하고 싶지는 않았다. 결국 새어머니와 함께 시골에 계시는 아버지 핑계를 댈 수밖에 없었다.

"아버지가 뭐라겠어? 비어 있는 방은 아버지 방뿐인데, 그래도 종종 서울 올라오시면 주무셔야 할 것 아냐?"

"아버지는 승낙하셨어."

"뭐?"

"잘됐다고 그러시던데."

진경은 더 이상 할 말을 잃고 진우에게 눈을 흘겼다. 진우가 배시시 웃었다.

"제하가 그렇게 좋으냐? 재미 하나 없는 녀석이?"

"나보다 안됐다는 생각이 드는 유일한 녀석이라 내가 챙겨주지 않으면 안 될 것 같단 말이야. 그리고 누나도 같이 지내다보면 알게 되겠지만 묘한 매력이 있는 친구야."

진경은 체념의 한숨을 내쉬었다. 아버지의 빈자리가 크게 느껴졌던 게 엊그제 같은데 금세 그 자리를 잊고 지내왔던 것이다. 아버지가 재혼을 하고 새어머니와 지방으로 내려갔을 때만 해도 휑하고 넓게만 보이던 집이 더 이상은 좁게 보이지 않으니 말이다.

"그래, 네가 알아서 해라."

진경은 기지개를 켜며 하품을 했다.

"그만 자야겠다."

"누나, 고마워."

"고맙기는. 그 깔끔한 녀석이 며칠 못 살고 따로 나가 산다고 하는 건 아닌지 모르겠다. 하, 그만 자야겠다. 너도 어지간히 보고 자라."

"응."

진경은 진우를 거실에 남겨두고 자신의 방으로 들어와 침대
에 누웠다.

모처럼 휴일을 맞아 단잠에 빠져 있는 진경을 깨운 건 시끄러
운 핸드폰 벨소리였다. 침대 속에서 뒤척이며 무시해 보려 했지
만 전화벨 소리는 계속되었다. 신경질적으로 이불을 젖히며 침
대 옆 탁자 위에 올려놓은 핸드폰으로 손을 뻗었다.

"아침부터 왜?"

[열두 시에 신촌에서 보자.]

"응?"

[빨리 나와.]

주희는 제 할 말만 하고 뚝 끊어버렸다. 잠결에 받았던 전화
를 멍하니 쳐다보던 진경은 무거운 몸을 억지로 일으켰다. 지금
부터 준비하지 않으면 늦는다. 주희와의 만남은 늘 이런 식이었
다.

엄마가 일찍 돌아가신 탓에 빨리 철이 든 진경과 달리 주희는
막내딸 티가 났다. 고등학교 때는 어울리는 친구들이 달라 별로
부딪칠 기회가 없었다. 같은 대학, 같은 과에 입학하면서부터
친해지게 된 주희는 전혀 얼굴에 그늘이 없는 밝고 예쁜 아이였
다. 그래서 자신과 많이 다른 주희가 부럽기도 했지만 그 반면

에 다소 자유분방하고 직설적인 행동들이 거슬릴 때도 있었다. 그러나 어쩌겠는가. 진경의 생각과 상관없이 주희는 자신의 둘도 없는 친구로 그녀를 꼽는 걸. 고마우면서도 부담스러운 게 진경의 솔직한 심정이었다.

외출 준비를 하는 진경을 보고 진우가 미간을 좁히며 말했다.

"누나, 나가? 오늘 제하 이사 오잖아."

"너 있잖아."

"그래도 누나가 좀 봐야 하지 않나? 제하 짐이 꽤 많을 텐데."

"네가 알아서 해. 안방 크잖아. 거기 다 넣고 남은 건 알아서 대충 놔. 나 나간다."

"늦어?"

"글쎄, 나가봐야 알겠는데. 주희 기분 상태가 어떠냐에 따라 다르지."

신촌의 현대백화점 앞에는 어느 때나 사람들로 붐볐다. 그 많은 사람들 속에서도 흰 플레어 원피스에게 찰랑거리는 긴 생머리를 허리까지 늘어뜨린 주희는 한눈에 들어왔다. 그녀의 겉모습만으로는 자신보다 백의의 천사라 불리는 간호사라는 직업이 더 잘 어울리는 친구랄까? 그러나 불행히도 간호사라는 직업으로 여전히 밥벌이를 하고 있는 건 진경뿐이었다.

주희는 병원에 입사한 뒤 채 일 년을 버티지 못하고 관뒀다. 그리고 지금까지 몇 군데 병원을 전전하더니 지금은 대학원에

다니고 있었다.

"주희야!"

"진경아!"

주인을 만난 강아지마냥 커다란 눈망울에 금방이라도 눈물이 떨어질 듯한 표정으로 달려와 진경을 껴안았다. 오버하는 주희 모습에 진경은 피식 웃고 말았다.

"이산가족 상봉이냐?"

"계집애, 네가 얼굴을 안 보여주니까 그렇지."

"내가 너처럼 한가하니?"

"어쩜 호준 오빠랑 똑같은 소리만 하고 있어? 나도 학생이야."

"오호, 그러십니까? 그런데 이 좋은 휴일에 왜 나를 찾으셨을까? 꿩 대신 닭 같아서 영 찜찜하네."

"아니야."

정색을 해보지만 밉지 않게 입술을 씰룩이는 주희를 보자니 속이 훤히 들여다보였다. 주희가 다짜고짜 자신을 찾는 이유 중 대부분은 호준이라는 걸 진경은 오랜 경험을 통해 익히 알고 있었다.

간단히 점심을 해결하고 커피숍으로 옮기자 주희의 표정이 조금씩 심각해지기 시작했다.

"왜, 싸웠어?"

"속상해 죽겠어."

"뭐가?"

"요즘 호준 오빠 어때?"

"선배? 항상 바쁘잖아. 같은 병동에 있어도 얼굴 못 볼 때가 많아. 갑자기 왜? 무슨 일 있어?"

"바쁘다고 통 만나주지도 않고."

"너도 이 세계 잘 알면서 왜 그래? 충분히 이해할 수 있잖아."

"아무리 그래도 그렇지, 애인 얼굴도 안 보고 싶나. 다다음주에 아빠 생신이라고 우리 가족들하고 같이 식사하자니까 그것도 싫다 그러고. 진경아, 이거 문제있는 거 아냐? 사랑한다면 애인 가족한테 인정받고 만나고 싶어해야 하는 거 아냐? 내가 결혼을 하자는 것도 아니잖아. 자존심 상해 죽겠어. 확 나 좋다고 따라다니는 남자 만나 버릴까 싶다니까."

속상하다 말하면서도 전혀 기죽지 않고 눈을 빛내고 있는 주희를 보며 진경의 입가에 쓴 미소가 스쳤다. 자신의 감정에 빠져 있는 주희는 그런 진경을 보지 못한 채 흥분해서 호준에 대한 섭섭함만을 늘어놓고 있었다. 호준의 잔잔한 미소만으로도 가슴이 쿵쾅거려 괜히 어색해지고 불편해지는 그녀와 달리 주희는 처음부터 적극적이고 자신감이 넘치며 당당했다. 어쩌면 자라온 환경 탓일 것이다.

주희의 아버지는 꽤 유명한 산부인과 의사고 두 명 있는 오빠들마저 의사다. 주희 말로는 의대 갈 실력이 안 돼 차선으로 선택한 게 간호과였다고 한다. 그래서인지 주희는 일반인이 갖는 의사라는 직업에 대한 낯선 감정이 전혀 없었다. 호준이 자신이 아닌 주희를 선택한 건 당연한 일이었는지 모른다.

진경은 주희가 늘어놓는 푸념과 한탄의 한숨이 그저 행복에 겨운 소리로만 들려 쉽게 동조하지 못한 채 머뭇거렸다. 자신이 갖지 못한 것을 너무나 쉽게 당연하다는 듯 손에 쥐고도 더 욕심을 부리는 주희는 분명 자신과 달랐다. 때문에 오늘의 만남이 진경은 유쾌하지 않았다.

그때 핸드폰 벨이 울렸다. 주구장창 늘어놓던 주희의 푸념이 쏙 들어가며 환한 미소가 입가에 번졌다.

"오빠? 응, 지금? 좋아."

간단한 통화지만 그들이 나눈 대화를 짐작하고도 남았다.

"저기 진경아, 미안한데……."

"됐다. 호준 선배지?"

"어."

"그래, 그만 일어나자. 그렇지 않아도 나도 집에 할 일이 산더미처럼 쌓여 있다."

주희와 헤어져 돌아오는 진경의 어깨는 축 처져 있었다. 도시 너머의 하늘이 붉게 물들고 있었다. 요즘 들어 문득문득 외롭다는 생각을 자주 하게 되는 진경이었다. 진우가 대학에 입학하고, 아버지가 재혼을 하기 전까지는 생활 자체만으로 바빴기에 자신의 감정에 귀 기울일 여유가 없었던 게 사실이다. 갑자기 진경은 집까지 돌아오는 길이 무척 멀게만 느껴졌다.

　아무 생각 없이 문을 열고 들어서던 진경은 현관에 놓인 낯선 신발을 보고서야 제하의 이사를 떠올렸다. 하지만 집 안은 예상과 달리 전혀 변화가 없었다. 고개를 갸웃거리며 들어서던 진경은 주방에서 들려오는 두 남자의 굵은 음성에 발길을 돌렸다. 제하와 진우는 싱크대 벽에 붙여놓은 전단지를 보고 있었다.

　“너희 뭐 해?”

　“어, 일찍 들어오네. 저녁 뭐 먹을까 연구 중이야. 누나는?”

　“나도 전이야. 고민할 것 뭐 있어? 이사했으면 자장면을 먹어야지.”

　“그럼 자장면하고 탕수육 먹자.”

　진우가 재빨리 거실로 가 중화요리 집에 전화를 했다. 진우의 통화 소리를 듣던 진경은 시선을 제하에게 돌렸다.

　“짐 많다고 진우가 그러던데 하나도 안 보인다.”

　“이 녀석이 누나가 싫어한다고 다 방으로 집어넣었어. 그랬더니 누나랑 내 방 크기밖에 안 돼.”

　어느새 전화를 마쳤는지 진우가 불쑥 얼굴을 내밀며 대꾸했다.

　“그래? 구경해도 되지?”

　제하가 고개를 끄덕였다. 진경은 옷도 갈아입지 않고 제하의 방으로 갔다. 문을 열자 아버지가 사용하던 방은 다른 방이 되어 있었다. 어린 녀석이 무슨 책이 그리도 많은지 벽 한 면이 책으로 가득 채워져 있었고, 다른 한 면은 롤 스크린이 설치되어 있었다. 블루 톤의 침대를 마주 보도록 놓은 게 영화 감상시 소파 대용으로 사용하고자 한 듯했다. 꽤 넓다고 생각했던 방이 제하의 물건들로 채워지자 남은 공간은 얼마 되지 않았다. 실질적으로 사용할 수 있는 공간은 진경의 방과 비슷하지 않을까 싶었다.

"야, 영화관이 따로 필요없겠다."

이렇다 저렇다 대꾸도 없이 그의 방을 둘러보는 진경을 제하는 지켜볼 뿐이었다. 그저 푸근하기만 하던 아버지의 방은 확실히 젊고 남성적인 방으로 변모해 있었다. 그게 조금은 아쉽기도 했고 신선하기도 해 쉽게 눈을 떼지 못했다.

진우가 자장면 먹자고 부르는 소리에 진경은 제하의 방을 나왔다. 배달된 음식을 식탁에 늘어놓고 랩을 벗기며 진우가 물었다.

"누나, 주희 누나만 만나고 온 거야?"

"응."

"어떻게 쉬는 날 고작 만나는 사람이 주희 누나뿐이냐? 주희 누나는 애인도 있잖아. 친구 좋다는 게 뭐야? 누나한테도 한 사람 소개시켜 달라고 하지."

"됐다. 난 그렇게 만나는 거 싫어. 사람은 다 인연이 있다잖아."

"그러니까 누나는 안 되는 거야. 노력하지 않는데 인연이 어떻게 만들어져. 그것도 다 노력하는 자에게 찾아오는 거야."

“뭐?”

“제하야, 무슨 좋은 방법 없냐? 내일모레면 서른인데, 아 정말 심히 걱정스럽다.”

입 안에 자장면이 가득한데도 말을 멈추지 않는 진우였다. 그렇지 않아도 불편한 속을 긁는 진우에게 눈을 흘리며 한마디 한 후, 자장면을 입으로 가져갔다.

“그만 하고 자장면이나 먹어!”

“맞다. 이번에 누나 동호회 같은 거 가입해라. 흠, 좀 남자들이 많은 동호회 뭐 없을까? 제하야, 생각나는 데 없어?”

“글쎄……”

마지못해 대답하는 듯 제하의 말끝이 흐려졌다.

“인라인 어떨까? 그래, 누나 거기 가입해서 괜찮은 남자 하나 꼬셔라.”

“야, 너 나 운동신경 둔한 거 몰라? 쓸데없는 소리 하지 마.”

“더 잘됐지 뭐. 괜찮은 남자 하나 붙잡고 배우면 되잖아.”

“이게 말이면 단 줄 알아?”

“아야!!”

진경은 젓가락을 내려놓은 후, 손바닥으로 진우의 뒤통수를 때렸다.

“누나도 독신주의자 아니잖아. 남자 친구 있으면 좋겠지?”

“그거야 그렇지.”

“좋아, 그럼 인라인 동호회 가입해서 사람들과 어울리는 거야. 병원에는 눈을 씻고 찾아봐도 나이 많은 여자들뿐이잖아.
꼭 남자가 아니라도 누나는 몸을 좀 움직여야 해.”
　들고 보니 진우의 생각이 결코 나쁘지 않았다. 아니, 그럴듯
하게 들렸다. 혼자만의 감정 같은 건 던져 버릴 나이였다. 괜히
주희나 호준 때문에 우울해질 이유가 없었다. 그렇다면 이번 기
회에 좀 더 적극적으로 사람을 찾아볼까도 싶었다.
　“그럴까?”
　“그래, 누나. 쇠뿔도 단김에 빼라고 했지? 지금 당장 가입하
자. 그리고 인라인 장비도 공동 구매로 사면 싸.”
　그러더니 말이 떨어지기가 바쁘게 진우는 자기 방으로 뛰어
들어 갔다. 진우의 자리에는 깨끗하게 빈 자장면 그릇만이 남아
있었다.
　“허!”
　진경은 어이가 없다는 표정을 지으며 짧게 한숨을 내쉬었다.
제하는 여전히 말없이 얼마 남지 않은 자장면을 먹고 있었다.
　“제하야, 잘 지내보자.”
　제하가 고개를 들어 진경과 시선을 맞췄다. 그리고 알았다는
듯 고개를 끄덕였다. 그 모습이 이제는 놀랍지도 않았다. 그래,
너 과묵하다. 진우의 수다 반만 가져가지.
　방으로 들어간 진우가 진경을 불러댔다.
　“누나!”
　“왜?”

“빨리 와. 사이즈랑 색상 선택해!”

“뭐?”

“오늘이 공구 마감이래.”

모든 게 번갯불에 콩 구워먹듯이 일어났다. 졸지에 인라인 장비를 모두 맞춘 진경은 정신이 하나도 없었다.

“기본만 나랑 제하한테 배운 후 모임에 가면 괜찮을 거야.”

진우야 어느 정도 타는 줄 알았지만 제하의 운동하는 모습은 상상도 해보지 않았다.

“제하도 잘 타?”

“그럼. 이 녀석은 혼자 하는 건 다 잘해.”

“그렇구나.”

진경은 진우의 등쌀에 결국 생각지도 못한 인라인을 시작하게 된 셈이다.

“아무튼 잘하는 짓인지 모르겠다.”

“그럼, 일석이조인데 잘하는 짓이지. 인터넷 접속한 김에 게임이나 한판 할까?”

“어지간히 좀 해라.”

“누나도 할래?”

“됐다. 내가 말을 말지.”

진경은 제하와 진우를 남겨두고 거실로 나왔다. 제하의 이사는 이미 끝났지만 어쩐지 아직은 함께 산다는 게 실감이 나지 않았다.

다음날 이른 아침, 오전 근무인 진경은 눈을 비비며 일어났다. 아직 새벽 기운이 가시지 않은 시간이었다. 거실로 나온 진경은 문틈 사이로 불빛이 새어나오는 아버지 방에 시선이 갔다.

'이 자식은 빈 방에 왜 불을 켜놓은 거야.'

잠이 덜 깨 몽롱한 상태로 진경은 아버지 방 앞으로 걸어가 문을 벌컥 열었다.

환한 불빛 아래 제하의 찡그린 얼굴이 시야에 들어왔다. 책을 읽고 있었는지 책상 위에는 책이 펼쳐져 있었고 고개만 돌린 채 한 손은 책상 위에, 나머지 한 손은 의자에 걸쳐져 있었다. 생각 없이 빈 방이라 여기고 문을 열었던 진경은 펼쳐진 광경에 화들짝 놀라 잠이 번쩍 깼다. 무슨 일이냐는 듯 눈꼬리를 올리고 쳐다보는 제하의 시선에 진경은 얼굴이 화끈거렸다.

"아, 미안. 순간 착각했어."

진경은 어깨를 움츠리며 잠에서 막 깨어난 쉰 목소리로 말했다.

"네."

진우 같으면 또 한바탕 잔소리를 퍼부었을 텐데 제하는 그러냐는 듯 짧게 대답하는 게 전부였다. 머쓱해서 돌아서려다 아직까지 자지 않고 깨어 있는 제하가 신경이 쓰여 머뭇거리며 물었다.

"아직까지 안 자고 책 읽은 거야?"

“네.”

“왜 잠이 안 와?”

“네, 조금.”

“잠자리 바뀌어서 그런가 보다. 그래도 피곤할 텐데 좀 자.”

“네.”

진경은 제하의 방문을 닫고 욕실로 향했다. 그리고 본격적으로 출근 준비를 시작했다. 오전 근무를 할 때는 거의 아침을 거르는 편이었다. 챙겨주는 사람도 없고 오로지 자신이 챙겨 먹어야 하는데 그 일이 쉽지 않았다. 더 자고 싶은 욕구를 뿌리치지 못하고 누워 있다 보면 출근하기도 빠듯했다.

출근 준비를 다 마치고 현관으로 향하는데 제하의 방문이 열리고 제하가 걸어나왔다. 귀에 이어폰을 꽂고 트레이닝 바지에 같은 색상의 슬림한 점퍼를 걸친 제하는 도저히 밤샌 사람으로는 보이지 않았다.

“어디 가?”

“운동이요.”

“피곤하지 않아?”

“네.”

젊음이란 건 역시 좋다. 덕분에 진경은 아직 여명이 사라지지 않은 골목길을 함께 걸었다. 출근길이라 진경은 바쁜 걸음을 재촉했고 제하는 말없이 옆에서 보조를 맞췄다. 버스 정류장까지 같이 걸어온 제하는 진경을 남겨두고 공원을 향해 뛰었다.

원래 잠이 많지 않은 편이다. 어떤 것에 몰입하면 이삼 일쯤은 한숨도 안 자고 버티곤 했다. 그런 그를 할아버지나 일하는 사람들은 유별나고 특이한 애 정도로 여겼지 건강을 염려하는 말 따위는 내비쳐 보지도 않았다. 그런데 이 집 남매들은 정말 남다르다. 어느 누구도 그에게 보이지 않는 관심을 지나칠 정도로 쏟아 붓는다. 그게 때로는 당혹스러우면서도 싫지 않았다. 그래서 결국은 이사를 오고 말았지만.

강씨 남매와 함께하는 첫날 밤. 그가 만들어내는 소음이 전부였던 집과는 달리 저녁 내내 달그락달그락 바깥이 시끄러웠다. 뭘 하는지 알 수 없지만 늦은 시간까지 주방에서 들려오는 물소리와 그릇들이 부딪치는 소리와 방문이 열고 닫히는 소리 등등.

익숙지 않은 소음들이기에 예민한 청각이 그 모든 걸 흡수하는 듯했다. 집중하는 데 어려움을 겪어보지 못한 그였지만 어젯밤만은 예외였다. 모두 잠이 든 후에야 비로소 보고 있던 전공 서적이 눈에 들어왔었다.

아침 운동을 하는 사람들이 꽤 보였다. 조금 뛰었을 뿐인데 볼에 스치는 바람이 정말 신선했다. 제하의 계획에 아침 운동은 없었다. 다만 진경이 꽤 이른 시간 출근 준비를 하는 걸 느끼며 자동적으로 자신도 옷을 챙겨 입었을 뿐이다.

어제저녁 택배로 받은 인라인 스케이트의 포장도 뜯지 않았는데 진우가 진경을 닦달하기 시작했다.

"누나, 빨리 나와."

"좀 천천히 가."

"누나 배우려면 오래 걸릴 거 뻔하잖아. 제하야, 뭐 해? 빨리 나와!"

토요일 오후 집 근처 공원을 가자며 진우가 인라인 장비를 어깨에 들쳐 메고 소풍 가는 어린아이처럼 조르기 시작했다.

공원으로 가는 길, 늘 그렇듯 진경은 진우의 팔에 팔짱을 꼈다. 제하는 조금 떨어져 걸어오고 있었다. 상쾌한 공기와 오후의 바람이 진경의 기분도 들뜨게 했다. 왠지 서먹하게 떨어져 걸어오는 제하가 좀 외로워 보였다. 혹시나 자신과 진우에게 소외감을 느끼지 않을까 싶어 진경은 인심 쓴다는 기분으로 걸음을 늦춰 제하의 팔을 잡았다. 그런데 그 순간 제하가 멈칫하는 게 아닌가? 그러더니 슬그머니 진경의 팔을 밀어냈다. 대놓고 싫다는 얼굴은 아니었지만 거부의 몸짓이 분명했다. 진경은 좋던 기분이 순간에 사그라졌다. 하지만 진우는 이미 인라인을 타고 공원을 돌아다니는 사람들을 보느라 보지 못한 듯했다.

'응? 이게 뭐야?'

아무 일도 없었다는 듯 어떤 내색도 하지 않는 제하를 보자니 어이가 없기도 했고, 당혹스럽기도 했다. 내가 잘못 본 건가, 아니면 오해를 한 것인가. 진경은 여전히 멀찍이 떨어져 걷고 있는 제하를 힐끔 봤다. 그러나 제하의 시선은 진우와 마찬가지로 이미 운동하고 있는 사람들에게 가 있었다. 정말 편해질래야 편해질 수 없는 녀석이라는 확신만 더 들게 했다. 생각하면 생각할수록 기분이 나빴다. 그렇다고 이유를 묻자니 그것도 웃길 것 같았다. 생각해서 그런 건데, 싫으면 관두라지. 기분은 여전히 찜찜했지만 애써 상한 마음을 삭였다.

공원에 도착해 인라인 스케이트로 갈아 신고 보호대와 안전모를 잘 구비한 후 일어났다. 운동신경이 제로인 진경이지만 누구의 도움도 없이 서는 게 가능했다.

"야, 야, 나 봐, 나 봐봐! 나 혼자 섰어. ……꺄악!!"

두 발로 서 있을 수 있었던 시간은 아주 짧은 수초였다. 두 다리에 줬던 힘을 섣불리 풀자 꼬꾸라지는 건 순간이었다.

"서는 건 꼬마 애들도 다 해. 얼른 일어나."

"흥, 잘난 척하기는."

진우의 도움을 받아 일어난 진경은 처음 자세부터 배우기 시작했다. 제하는 물 만난 물고기처럼 저 멀리 원을 그리며 달리고 있었다. 진경은 그런 제하에게 눈을 흘기며 입을 내밀었다. 제하의 긴 다리가 더 길어 보였다. 바람을 가르며 달리는 제하의 모습은 확실히 사람의 시선을 끌었다.

"누나, 집중해."

"알았어."

진우의 핀잔과 잔소리를 귀에 딱지가 앉을 정도로 듣고 넘어지기를 반복하고 반복한 끝에 중간에 정지와 코너 도는 게 간신히 가능해졌다. 직선 코스는 도움없이도 제법 혼자 탈 수 있게 된 진경의 콧잔등에는 땀이 맺혀 있었다.

이젠 됐다 싶었는지 진우도 저만치 멀어지고 없었고 진경도 인라인의 맛을 조금씩 느끼기 시작한 때였다. 얼굴을 스치는 바람이 상쾌했고 걸을 때와는 다른 속도감이 즐거웠다. 마냥 신이 난 어린아이처럼 들떠 질주했다. 조금 더 속력을 내며 자신도 할 수 있다는 사실에 으쓱해질 때 갑자기 반대편에서 자신의 정면으로 달려오는 꼬마를 발견했다. 피해야 한다고 생각하는 순간 꼬마가 눈앞에 있었다. 당황한 나머지 방향을 틀며 구부리고 있던 허리를 자신도 모르게 폈다. 그러자 진경의 시야에 들어온 건 공원이 아니라 저무는 저녁하늘이었다.

"꺄아악……!!"

제대로 넘어지겠구나, 내가 그러면 그렇지, 어디 하나 안 부러지면 다행이다. 스스로를 자조하며 닥칠 아픔을 기다리는데 뒤에서 누군가가 덥석 그녀의 허리를 껴안았다. 넘어지지 않게 꽉 안아오는 팔의 힘과 등에 느껴지는 단단한 가슴, 안도의 한숨과 더불어 다리가 풀리려 했다. 이제 살았구나. 순간의 공포가 사라진 후 진정된 가슴은 여전히 자신의 몸을 감싸고 있는 남자를 의식했다. 감사함과 더불어 묘한 기대감. 어리석은 여자의 환상적인 낭만이 머리를 지배하려 했다. 진경은 어설픈 자신의 망상을 밀어내며 고맙다는 인사를 하려고 고개를 돌렸다. 그러나 놀랍게도 그를 넘어지지 않게 붙잡고 있는 사람은 제하였다.

"제하야!"

놀란 진경의 시선에 갑자기 표정이 굳어지는가 싶더니 허리를 잡고 있던 손을 탁 놓아버리는 게 아닌가.

"어, 어어어……."

꽈당!!

제대로 시멘트 바닥에 엉덩방아를 찧고 말았다. 방금 무슨 일이 있었는지 자신의 눈으로 보고도 믿기 어려웠다. 세상에 저 못돼먹은 녀석이 사람을 놀리는 것도 아니고 넘어질 걸 뻔히 알면서도 손을 놓아버린 것이다. 인라인으로 유쾌했던 기분은 바닥으로 떨어졌다. 잠깐이나마 가졌던 망상이 진경의 화를 더 부채질했다. 머리는 열을 받았는지 김이 모락모락 올라오는 것 같았다. 공원에 올 때는 그렇다 쳐도 사람이 다칠 수도 있는 상황인데 지금 뭐 하는 짓인지 이번은 그냥 넘어갈 수 없었다.

"야, 이제하!!"

눈에 힘을 팍 주고 바닥에 털썩 주저앉은 채로 엉거주춤 서 있는 제하를 매섭게 노려봤다.

"너, 나한테 감정있냐?"

"누나, 괜찮아?"

제하의 대답을 들을 새도 없이 진우가 달려왔다. 그래도 동생이라고 놀라서 달려온 걸 보니 기특했다.

"지금 네 눈에는 괜찮아 보이니? 열받아 죽겠어. 야, 이제하!! 대답 안 해?"

자신의 잘못은 아는지 제하는 굳은 얼굴로 서 있었다. 서슬이 퍼래 제하를 다그치는 진경을 진우는 난처한 표정으로 바라봤다.

"죄송해요."

"죄송한지 아는 녀석이 그래? 처음부터 잡아주지를 말든지, 이게 사람 가지고 장난하는 것도 아니고. 너 나한테 불만있냐?"

짜증이 날 대로 난 진경은 제하의 사과에도 기분이 쉽게 풀리지 않았다. 그러자 옆에서 보고만 있던 진우가 나섰다.

"누나, 누나가 좀 이해해라. 이 녀석 병적으로 사람이랑 접촉하는 거 싫어하거든. 설마 누나 골탕 먹이려고 그랬겠어? 무의식적으로 그런 거지. 이 녀석, 내가 가끔 무심코 어깨에 손 올리는 것도 가차없이 쳐내."

진경은 진우의 설명에도 곱지 않은 눈으로 제하를 노려봤다. 그러나 더 이상 제하에게 언성을 높이지는 않았다. 거친 호흡을 내쉬며 감정을 진정하려 노력하는 게 역력했다.

"나 오늘 그만 할래."

"어, 누나. 그래도 누나 오늘 제법이다. 생각보다 잘 타던데."

"어휴, 내가 애냐? 아부 안 해도 충분히 안다. 일으켜나 줘."

진우가 빠른 몸짓으로 진경의 팔을 잡아 일으켜 세웠다. 그리고 벤치에 앉힌 후 신발을 벗겨냈다.

"다리 삐끗하지는 않았어?"

"응, 괜찮은 것 같아. 근데 엉덩이가 너무 아프다. 아마 시퍼렇게 멍들었을 거야.”

“누나 내가 오늘 업어줄까?”

“됐다. 그렇지 않아도 아픈 엉덩이 네 손에 닿으면 더 아플 거다. 가자.”

더 이상 진경은 제하를 보지 않았다. 제하가 옆에서 묵묵히 그들을 지켜보고 있다는 걸 알았지만 진경은 무시했다. 평상시라면 충분히 이해하고 또 조금은 안타까운 눈빛으로 제하를 바라봤을지도 모르지만 오늘은 아니었다. 단지 엉덩이가 아파서만은 아니었다. 믿었던 사람에게 배신당한 것처럼 불쾌한 감정이 회복되지 않았다.

진경은 갈 때와 마찬가지로 진우의 팔에 팔짱을 꼈다. 조금 떨어져 걸어오는 제하를 봤지만 더 이상 손을 내밀지 않았다. 그리고 제하의 감정에 대한 배려를 과감히 버렸다.

나란히 걸어가는 진우와 진경의 뒷모습을 바라보는 제하의 표정은 복잡했다. 진경이 균형을 잃고 넘어지려는 순간 제하는 다급한 마음에 뒤에서 그녀의 허리를 꽉 껴안았다. 진경의 작은 키를 전혀 의식하지 못했던 제하였다. 진경이 이토록 작고 가냘프다는 것은 상상조차 해보지 못했다. 덩치가 산만한 진우에게 단 한 번도 지지 않는 당당함 때문인지 진경은 결코 작아 보이지 않았다. 그래서 품에 안겨 숨을 몰아쉬고 있는 여자는 너무 작고 여려 도저히 진경처럼 느껴지지 않았다. 자신이 신체적 접촉에 예민하게 거부 반응을 일으킨다는 사실도 깨닫지 못한 채 멍하니 서 있을 뿐이었다.

눈을 동그랗게 뜨고 놀란 얼굴의 진경이 자신의 이름을 부르고서야 자신이 안고 있는 여자가 누구인지 의식할 수 있었다. 순간 놀란 나머지 손을 놓아버렸다. 불같이 화내며 진경이 따지는데도 제하는 아무 말도 할 수 없었다. 최악이다. 결코 원하지 않던 상황이다.

제하는 멀어지는 진우 남매를 바라보다 지나쳐 버린 약국을 향해 발걸음을 돌렸다. 약사에게 상황을 설명했더니 연고 한 개를 줬다. 계산을 하고 집에 돌아오니 굳은 얼굴의 진우뿐이었다. 제하는 두리번거리며 진경을 찾았다.

"누나는?"

"지금 욕실. 오자마자 엉덩이 상태 확인하다고 뛰어들어 갔다. 조금만 참지? 너 완전히 우리 누나한테 찍힌 것 같다."

"……."

"얼굴 펴라. 한 삼 일만 고생하면 돼. 그럼 저절로 풀릴 테니까."

"그럴까?"

"그럼, 우리 누나 성격 알잖아. 그나저나 게임이나 한판 할까?"

"귀찮다."

"알았다. 나 먼저 들어간다. 너도 쉬어라."

"어."

진우가 자신의 방으로 들어가 버리자 제하는 거실에 남아 굳게 닫힌 욕실 문을 바라봤다. 주머니 속에 연고를 손으로 만지작거리며 한참을 고민하던 제하는 조심스럽게 진경의 방문을 열었다. 가끔 진경에서 느낄 수 있는 향긋한 체취가 방에서도 은은하게 풍겼다.

제하는 방 안을 눈으로 한 번 훑어본 후 침대 옆에 놓인 사이드 테이블 위에 연고를 올려놓았다. 사이드 테이블에는 남매가 어깨동무를 한 채 활짝 웃는 사진이 액자에 담겨 세워져 있었다. 무심히 손을 뻗어 액자를 만지려던 제하는 얼굴을 굳히며 죄짓다 들킨 사람처럼 급히 자신의 방으로 돌아왔다. 제하는 자신의 가슴에 이는 바람이 두려웠다. 이 바람이 큰 바람이 되지 않기만을 바랐다.

욕실에서 나와 자신의 방으로 들어온 진경은 사이드 테이블 위에 올려진 약을 보고 다소 기분이 풀렸다. 뭐니 뭐니 해도 핏줄이다. 욕실에서 벌겋게 부어오른 엉덩이를 확인하고는 신음밖에 나오지 않았다. 접촉기피증? 그래, 평생 혼자 살아라. 이를 부드득 갈면서 내일이면 시퍼렇게 변할 엉덩이를 걱정하고 있었는데, 역시 고생해서 키운 보람이 있었다.

진경은 대충 편한 옷으로 갈아입고 진우의 방으로 향했다.

똑똑.

"네."

"뭐 해?"

진경은 문을 빠끔히 열고 물었다.

"누나, 괜찮아?"

"그래, 누나 멀쩡해. 그러니까 걱정하지 마!"

"다행이다."

"저녁 뭐 해줄까?"

"누나 귀찮잖아. 오늘은 우리 간단하게 시켜 먹자."

"그래, 그러자."

진경이 문을 닫고 나가자 진우는 고개를 갸웃거렸다. 며칠 갈 것 같더니 금방 풀린 듯해 놀랐다. 화를 잘 내지는 않지만 한 번 화가 나면 무서운 진경이었다. 그걸 잘 아는 진우로서는 사실 조금 걱정했었는데 다행이지 싶었다. 그러나 진우의 생각은 여지없이 빗나갔다.

삼 일은커녕 오늘로써 벌서 오 일째다. 진경은 제하에게 단 한 마디 말도 걸지 않았다. 눈도 마주치지 않았다. 아예 없는 사람 취급했다. 그런 진경의 행동에 당황한 사람은 제하가 아닌 진우였다. 진우는 진경의 마음이 어느 정도 풀렸다고 생각해서 마음 푹 놓고 있었는데 제하에 대한 격한 감정은 누그러지기는커녕 날로 더 심해지는 것 같았다. 어떻게든 집안 분위기를 풀어보려고 애를 썼지만 무용지물이었다. 결국 음울한 집안 분위기를 견뎌내지 못하고 폭발하고 말았다.

"정말 이럴 거야? 누나, 누나가 어린애야? 왜 나한테도 안 하던 짓을 지금 제하한테 하는 거야? 내가 그만큼 얘기했잖아, 제하 접촉기피증 있다고. 그만 좀 하고 풀어. 제하가 불편해하는 것 안 보여?"

"네 눈에는 제하 불편해하는 것만 보이고 나 속상한 것은 안 보이니? 그러고도 네가 내 동생이야? 넌 적어도 네 잘못을 인정하고 순순히 사과하잖아. 굳이 내가 기다리지 않아도 내 기분이 풀릴 때까지 몇 번이고 사과해. 그런데 저 녀석은 뭐니? 네가 아닌 저 녀석이 이래저래 해서 미안하다 사과해야 하는 것 아냐? 똑똑하고 잘난 이제하, 네 생각은 어떠냐?"

진우의 말에 더 기분이 상해 버린 진경의 입에서는 극도로 험한 소리가 흘러나왔다. 제하는 진경의 이죽거림에도 전혀 반응이 없었다. 다만 진경을 눈에 띄게 뚫어져라 바라봤다. 이에 지지 않고 진경도 제하를 노려봤다. 진경은 생각하면 생각할수록 분했다. 어린 녀석이 사람을 무시하는 것 같아 더 기분이 나빴다.

왠지 분위기가 부드러워지기는커녕 더 험악해지는 것 같았다. 당황한 진우가 황급히 나섰다.

"아, 정말. 그래, 모두 내 잘못이야. 내가 괜히 이놈의 인라인인지 뭔지를 하자고 해서 일만 만들고. 내가 다 잘못했어. 내가 정말 다시 인라인을 입에 올리면 사람이 아니다. 그러니까 제발 그만, 그만 좀 해!! 숨 좀 쉬고 살자, 응? 누나, 응? 제하야."

"……누나, 나한테 관심있어요?"

"뭐, 뭐?"

황당하다 못해 기가 막힌 진경은 자신의 귀를 의심했다. 벌어진 입이 다물어지지 않았고 휘둥그레진 눈은 정지된 화면처럼 움직이지 않았다. 충격의 여파가 머릿속을 백지처럼 하얗게 만들었다. 도대체 저 녀석이 지금 뭐라고 지껄인 거야? 그동안 녀석에 가졌던 연민과 그로 인해 그녀가 베풀었던 호의가 너무도 아까웠다. 내가 미쳤지? 뭐 저런 녀석이 불쌍하고 안쓰러워 마음을 썼었는지 후회막급이었다. 말조차 제대로 나오지 않았다.

"이제하, 너…… 너, 너…… 지금 그걸 말이라고 하니?"

"야, 이제하. 심했다!"

진경의 말에 연이어 들여온 진우의 음성은 평상시의 진우의 아니었다. 그 온화하던 눈동자엔 매섭고 날카로운 경고가 담겨 있었고, 음성은 차갑고 경직되어 있었다.

"미안, 내가 심했어."

제하의 사과에도 굳은 진우의 표정은 풀리지 않았다. 정작 사과를 받아야 할 사람은 그가 아니라 진경이라는 듯 고갯짓을 하며 제하를 재촉했다.

"미안해요, 누나. 다시는 안 그럴게요."

담담하게 내뱉는 제하의 사과가 진경에겐 사과처럼 들리지 않았다. 그저 진우의 재촉에 의해 마지못해 하는 입바름처럼 느껴져 제하에 대한 불쾌한 감정이 사라지지 않았다. 그렇지만 이번에는 자신을 재촉하듯 바라보는 진우의 눈동자 때문에 제하의 사과를 받아들일 수밖에 없었다.

"그래, 나도 뭐 잘한 건 없지. 싸우면서 정 든다잖아. 하하하."

자신이 생각해도 좀 억지스러운 웃음소리로 마음에도 없는 소리를 마무리했다. 대꾸없이 자신을 바라보는 제하의 시선이 마음에 들지 않았지만 무시했다.

"자, 이제 다 화해한 거지? 아, 정말 조마조마해 죽는 줄 알았네. 배 안고파? 아직 저녁도 안 먹었잖아. 우리 맛있는 거 먹자."

진우의 성화에 못 이겨 저녁을 먹고 아홉 시 뉴스까지 본 후에야 풀려날 수 있었다. 제하와 나란히 앉아 텔레비전을 보는 일이 곤혹스러웠지만 착한 동생 탓에 어쩔 수 없었다. 이젠 신경 끄자.

셋

정신없이 바쁜 하루를 마감하고 홀가분한 마음으로 병원을 나서려는데 뒤에서 부르는 소리가 들렸다.

"진경아."

돌아보지 않아도 누구인지 알 수 있었다. 병원에서 자신의 이름을 편하게 부를 수 있는 사람은 호준뿐이다.

"선배."

"무슨 걸음이 그렇게 빨라? 엘리베이터 앞에서부터 불렀는데."

"아, 네. 퇴근하세요?"

"응. 아직 저녁 전이지?"

“네, 그렇긴 하지만…….”

“가자. 주희 만났었다며? 신신당부하더라. 너한테 미안하다고 만나면 밥 사주라고.”

“안 그래도 되는데.”

“나도 집에 가서 혼자 먹는 것 귀찮아. 같이 먹자.”

결국은 호준과 저녁을 하게 된 진경은 내키지 않았지만 어쩔 수 없이 따라갈 수밖에 없었다. 한 치의 의심 없이 철석같이 자신을 믿는 주희나 그저 편한 후배 정도로 생각하는 호준에게 결코 순수하지만은 않은 감정을 가졌었던 진경으로서는 자꾸만 그들 커플과 엉키게 되는 게 불편했다. 거리를 두고자 하는 자신의 의지와 달리 자꾸 어울리게 되어 호준을 따라 걷는 걸음이 무거웠다.

“왜, 여기 별로야?”

“아뇨, 선배한테 미안해서 그러죠. 피곤할 텐데 일찍 들어가서 쉬고 싶잖아요.”

“그래도 밥은 먹어야지. 안 그래?”

호준과 함께 간 곳은 평범한 고기집이었다. 불판 위에 갈빗살이 올려지고 찬이 차려지는 동안 호준은 주희와 통화를 했다.

“주희 배 아파하죠?”

“어떻게 알았어?”

“선배는? 저 주희 친구예요.”

“하하, 지금 당장 달려온다는 거 오지 말랬다. 너도 피곤해서 일찍 들어가 쉬어야 할 텐데 주희 오면 늦어질 것 같아서. 잘했지?”

“선배, 다 보여요. 괜히 제 핑계 대지 마세요.”

“풋. 그냥 넘어가 주라.”

“넵.”

장난스럽게 대꾸하는 호준에 진경도 가볍게 응대했다. 유쾌한 저녁 식사였다. 다른 때와 달리 대화 주제는 주희가 아닌 병원 사람들이었다. 이야기를 나누다 보니 호준과 공유하고 있는 건 비단 주희만은 아니었다. 함께 일하는 사람들, 그리고 환자들. 자꾸만 길어지는 수다로 인해 예상보다 저녁이 길어졌다. 그런 탓에 바래다준다는 호준의 호의를 거절하지 못했다. 단순히 저녁을 함께한 선후배 사이에 불과한데다 주책없이 가슴이 제멋대로 쿵쾅거렸다. 마치 데이트라도 되는 듯. 이래서는 안 된다는 걸 알면서도 자꾸 입에 걸리는 미소를 막을 수 없었다.

집 앞에 도착하자 진경은 차에서 내렸다.

“선배, 고마워요.”

“잘 자라.”

차가 보이지 않을 때까지 아련한 눈으로 바라보고 서 있다 돌아서던 진경은 눈앞에 맞닥뜨린 검은 인영에 놀라 소리를 지르며 뒷걸음질쳤다.

“엄마야!”

진경의 소리에 상대방도 놀랐는지 한 걸음 물러섰다. 어둠에 익숙해지자 그녀와 맞닥뜨린 검은 인영의 모습이 눈에 들어왔다. 제하였다. 진경은 치한이라도 만난 듯 소리까지 지른 게 좀 머쓱했다.

"너도 이제 오니?"

"네."

빌라 출입문 앞에 두 사람은 엉거주춤 서 있었다. 진경은 예전처럼 제하를 편하게 대하기 힘들었다. 그녀의 호의를 자신에게 관심있는 걸로 착각하는 녀석에게 만정이 떨어진 상태였다. 그렇지만 한집에 사는 사람이었고, 동생의 친구였다. 그리고 무엇보다 그녀는 어른이었다. 그래서 더 이상 그 일로 제하에게 상한 감정을 드러내지 못했다. 이제 갓 스물, 아직 어린애다. 그런 식으로 이해하려 했다. 다만 과거처럼 순수한 마음의 표현조차 조심스러웠다.

"들어가자."

유리로 된 출입문을 열려고 내민 진경의 손이 같은 의도로 내민 제하의 손과 맞닿았다. 순간 진경은 깜짝 놀라며 손을 재빨리 빼냈다. 그리고 한 발 물러섰다. 제하가 굳은 표정으로 그런 그녀를 내려다봤지만 진경은 안도의 숨을 내쉬느라 바빴다. 손이 닿는 순간 제하에게 접촉기피증이 있다는 사실이 떠올라 천만다행이었다. 불순한 의도가 없는 우연찮은 스킨십조차 거부하는 녀석이 아닌가. 이상한 오해의 빌미를 줄 어떤 것도 사절이었다.

레이디 퍼스트라는 것도 모르는 건가, 먼저 들어간 다음에 따라 들어오지. 속으로 구시렁거리다 서 있는 제하에게 말했다.

"먼저 들어가."

제하는 문을 열어주고 먼저 올라가는 듯 비켜섰다. 그제야 진경은 제하의 손과 그녀의 손이 맞닿은 이유를 알게 되었다. 속으로 구시렁거렸던 게 좀 민망해 머쓱한 표정을 지으며 먼저 계단을 올라왔다. 집에 들어서자 거실에서는 진우가 뒹굴고 있었다.

"어떻게 된 거야? 같이 들어오고."

"집 앞에서 만났어."

진경은 집 앞에서 마주친 제하 때문에 당황했지만 여전히 기분은 좋았다. 저녁을 함께한 호준 덕이다.

"누나, 저녁은?"

"먹었어."

"그 남자하고요?"

따라 들어오던 제하가 대뜸 물었다. 제하의 물음에 귀가 솔깃한 진우가 벌떡 일어나더니 눈을 빛내며 다가왔다.

"남자? 제하야, 우리 누나 남자가 데려다 주던?"

"응."

"누나, 누나한테도 드디어 남자가 생긴 거야? 데이트한 거야? 누구야? 뭐 하는 사람이야?"

혼자 흥분해 오버하는 진우를 보자니 진경은 한숨밖에 안 나왔다.

"야, 이진우. 그만 해. 호준 선배야."

"에이, 그럼 그렇지. 그 사람 주희 누나 애인이잖아?"

한껏 부풀었다가 터져 버린 풍선처럼 진우의 얼굴에는 실망한 기색이 가득했다.

"그래, 우연히 만나서 밥 먹고 데려다 준 거야."

"쳇, 좋다 말았네. 그 누나 결혼 안 해?"

"곧 하겠지."

"하긴 주희 누나 예쁘잖아. 애교도 많고. 내가 몇 살만 더 먹었어도 한번 도전해 보는 건데. 아쉽다."

진경은 진우와 대화가 길어질수록 좋던 기분이 가라앉는 걸 느꼈다. 그런 기분의 변화가 얼굴에 여실히 드러나는 걸 자신은 깨닫지 못했다.

"누나 피곤한가 보다."

방에 들어간 줄 알았던 제하가 계속 옆에 서 있었는지 진경을 보고 불쑥 말했다.

"그래, 나 피곤해. 자련다."

제하의 한마디로 주희와 호준에 대한 이야기를 일단락 지었다. 그리고 자신의 방으로 들어와 침대에 털썩 주저앉았다. 그저 밥 한 끼 먹은 걸로 기분이 좋아 희희낙락거렸던 자신이 바보처럼 느껴졌다.

　진경의 방에서 울리는 알람 소리에 제하는 눈을 떴다. 이사 온 첫날부터 새벽이면 어김없이 고요한 집 안을 뒤흔드는 알람 소리. 한참을 울어대는데도 일어나 뒤척이는 사람은 자신뿐이다. 제하는 더 자는 것을 포기하고 일어났다. 밖으로 나와 열심히 본분을 다 하고 있는 알람시계가 놓여 있는 진경의 방문 앞에 섰다. 그때 퉁탕거리는 소리와 함께 알람이 멎었다. 진경이 일어난 것이다. 제하는 주방으로 발길을 옮겼다.

　매일 반복되는 일상이지만 오늘도 늦게 일어난 진경은 서둘러 출근 준비를 마치고 거실로 나왔다. 언제 일어났는지 주방에서 나오는 제하와 마주쳤다. 옷차림을 보니 오늘도 운동을 가려는 모양이었다. 진우도 운동 좀 하면 좋을 텐데. 말을 건네기도 귀찮아 지나치려는데 제하가 앞을 가로막았다. 뭐냐는 듯 고개를 치켜올리며 눈을 맞추자 제하가 우유 잔을 내밀었다.

　"뭐야?"

　"우유요. 마셔요."

　진경은 우유 잔을 그녀 앞에 내밀고 있는 제하의 손과 얼굴을 번갈아 보며 얼굴을 찌푸렸다. 이 무슨 황당한 시추에이션인가? 이 녀석이 뭘 잘못 먹었나? 진경은 제하가 내민 우유가 칼슘 성분이 다량으로 함유된 우유가 아니라 유독 성분이 가득한 유해물질로 보여 선뜻 받아 들 수 없었다.

　"고맙다만 난 빈속에 우유 안 마셔. 찬 거 마시면 탈나거든."

　"따뜻하게 데웠어요."

“어?”

제하의 대답에 말문이 막혀 버렸다. 결코 반갑지 않은 호의였지만 진경은 더 이상 거절할 구실을 찾지 못해 우유 잔을 받아 들였다. 정말 우유는 따뜻했다. 입 안을 타고 식도를 흘러들어 가는 우유는 뜨겁지도 차갑지도 않은 적당한 온도여서 부담없이 마실 수 있었다.

“고맙다.”

진경이 우유를 다 마시자 제하는 빈 컵을 주방에 두고 나왔다. 그리고 진경을 따라 집을 나왔다.

“운동 가려구?”

“아뇨, 태워다 줄게요.”

“뭐?”

제하는 되묻는 진경의 물음을 무시하고 주차장에 세워져 있던 그의 차에 올라 시동을 걸었다.

“타요.”

밤새 무슨 일이 있었던 게 분명했다. 그렇지 않고서야 이렇게 녀석답지 않은 행동을 할 리 없다. 사람이란 쉽게 바뀌지 않는다. 진경이 내키지 않는 얼굴로 마냥 서 있자 차에 시동을 걸어 둔 채 제하가 내렸다.

“왜요?”

“너 뭐 잘못 먹었냐? 왜 안 하던 짓을 하고 그래?”

“태워다 주겠다는데 싫어요?”

"응, 싫어!"

"저한테 아직도 기분 나쁜 감정이 남아 있는 거예요?"

속으로 뜨끔한 진경이었지만 전혀 아니라는 듯 매몰차게 대답했다.

"아니. 내가 애니, 아직도 꽁해 있게? 난 아무 이유 없이 차 얻어 타는 것 싫어."

"그럼 그 선배라는 사람 차 타는 건 다 이유가 있다는 거네요?"

"뭐?"

"타요. 이러다 지각하겠어요. 누나, 나 말로 표현하는 것 잘 못하는 거 알죠? 누나가 기분 상한 것, 몸으로 때울게요. 난 죽어도 진우처럼은 못해요."

"풋."

진우의 어리광 섞인 행동에 제하의 모습이 겹치자 진경은 웃고 말았다. 정말이지 귀여운 곰처럼 애교를 부리며 달라붙는 제하라니, 생각만으로도 웃음이 나왔다. 그렇지. 성질이 좀 지랄 같지만 이 녀석은 나름대로 지금의 모습이 어울렸다. 다만 조금만 더 편해지고 사람들과 자연스럽게 어울릴 수 있는 여유만 가지게 된다면 정말 근사한 녀석이 될 것이다.

"그래서 반성의 의미로 태워다 주겠다는 거야?"

"네."

진경은 제하에게 남아 있던 감정의 앙금을 깨끗이 털어버리고 기분 좋게 차에 올랐다. 이 녀석도 말을 안 해서 그렇지, 못하는 게 아닌가 보다. 지금 보니 말을 제법 잘했다.

차에 오르고 얼마 되지 않아 진경은 꾸벅꾸벅 졸기 시작했다. 제하의 시선이 몇 번 스쳤지만 차만 타면 쏟아지는 잠은 어쩔 수 없었다. 신호 대기에 걸려 차가 잠깐 정지하자 제하가 진경을 돌아보며 물었다.

"그 사람 좋아해요?"

"어? 누구?"

잠결에 들은 제하의 질문에 진경은 기지개를 켜며 되물었다. 잠을 쫓아보려는 몸짓이었다.

"그 사람 좋아하냐고요? 그 선배라는 사람."

"호준 선배? 아냐, 친구 애인인데……."

진경은 당황하며 부인했다. 침착하려 했지만 순간 자신의 감정을 들켜 버린 것만 같아 온몸이 화끈거렸다.

"그런데 갑자기 그건 왜 물어?"

애써 가볍게 물었지만 얼굴 표정은 자연스럽지 못했다.

"이유없이 아무 차나 안 탄다고 해서요. 혹시……."

"그거야, 그거야……."

제하가 뭔가를 눈치채고 물어본 것은 아닌 듯해 안심이 되면서도 네 녀석의 차가 타기 싫어서 그냥 한 말이라고는 차마 대답할 수 없었다.

"내 차 타기 싫어서 그런 거죠?"

"헤, 생각보다 눈치 빠르네. 너 자신 말고는 다른 사람은 관심조차 없는 줄 알았는데."

"예외는 있으니까요."

"오호? 그럼 난 그 예외란 말이지? 영광이라고 생각해야 하니?"

"누나가 날 가만히 안 두잖아요."

"뭐? 너 말 다 했어?"

"다 왔어요."

정말 병원 후문 주차장으로 들어가는 대로였다. 차가 멈춰 서자 뒤에서 재촉하듯 클랙슨이 울려댔다. 진경은 제하에게 눈을 흘겼지만 더 따질 새도 없이 내려야 했다. 제하의 차가 멀어졌다. 병원으로 들어가는 진경의 모습을 사이드미러로 지켜보는 제하의 입가에는 엷은 미소가 감돌았다.

유니폼으로 갈아입고 병동으로 향하는 동안 진경은 왠지 제하에게 놀림을 당한 것 같아 구시렁거렸지만 기분은 나쁘지 않았다. 자가용으로 편하게 출근한 데다 제하 입장에서 보면 정말 많이 고개를 숙인 것이다.

막 엘리베이터에서 내리는데 호준이 앞에 서 있었다. 밤을 샜는지 지쳐 보이는 모습이었다.

"선배."

"좋은 아침. 일찍 왔네."

“피곤해 보여요.”

“응. 내가 당직이라는 걸 환자들도 아나 봐.”

“지금 들어가세요?”

“아니, 잠깐 눈 좀 붙이려고.”

“네. 그럼 빨리 가보세요.”

진경은 호준이 엘리베이터를 타기 쉽도록 비켜섰다. 그러나 이미 다른 층으로 가버린 엘리베이터를 타기 위해 호준이 버튼을 다시 눌렀다. 진경은 고개를 숙여 인사를 하고 돌아섰다. 그때 뒤에서 호준의 음성이 들렸다.

“진경아, 내일 너도 꽃마을 가지?”

“네. 이번에는 제 차례예요.”

“나도 간다.”

“그래요?”

“응, 박 선생이 바꿔달라고 징징거려서. 내일 보자.”

“네.”

아무래도 내일은 운수대통한 날인가 보다. 대학과 같은 재단인 병원은 한 달에 하루씩 의료봉사를 계획하고 있었다. 진경은 입사한 이래 네 번째로 가는 봉사였다. 직원들이 순번대로 돌아가며 하는데 이번에는 진경의 차례였다. 대학 시절부터 의료봉사 동아리에서 활동했지만 그때와 달리 사회인이 된 지금은 어떤 거창한 의미나 사명감을 가지고 하는 것은 아니다. 단지 병원에서 하는 일에 동참한다는 정도였다. 그런데 내일은 대학 시절처럼 호준과 함께 봉사활동을 하게 된다.

호준이라는 사람에게 호감을 갖게 된 계기는 대학 의료봉사 동아리에서 함께 활동하면서부터였다. 이성에게 가졌던 첫 감정, 결국 짝사랑으로 끝나 버렸지만 그에 대한 좋은 감정은 여전하다. 그렇다 해서 호준과 어떻게 되지 않을까 하는 욕심 따위는 없었다. 그 뜨거웠던 감정도 시간 앞에서는 흐릿해지기는 마련이었다. 다만 아직도 가끔 그를 바라보는 이유는 그녀 곁에 아무도 없기 때문일 것이다. 그리고 더 부담없이 편하게 그를 대할 수 있는 건 자신에 대한 호준의 감정이 어떤 것인가를 확실히 알기 때문이다.

혹시라도 그녀에게 선후배의 감정이 아닌 다른 감정이 있지 않을까 헷갈리게 했다면 결코 진경은 지금처럼 그를 대하지 못했을 것이다. 분명하게 선을 그어준 호준이 진경은 고마웠다.

오후 근무자들에게 인수인계를 하고 같이 근무한 동료들과 수다를 떨며 엘리베이터에서 내렸다.

"선생님, 우리 뭣 좀 먹고 가요. 뱃속에 거지가 들었나, 남들은 봄 타서 입맛도 없다는데 난 돌아서면 배가 고프니 큰일이에요."

"어떡하죠? 난 오늘 장 좀 봐야 되는데. 선생님들끼리 가세요."

약간 통통한 몸매의 일 년차 정아의 제의를 진경은 미안하다는 얼굴로 거절했다. 그때 어디선가 자신의 이름을 부르는 소리가 들리는 듯했다.

"누나!"

"제하야?"

진경은 자신의 눈앞에 선 제하의 이름을 부르면서도 믿기지 않는다는 듯 눈을 껌벅거렸다.

"여기 웬일이야?"

"누나 데리러 왔어요."

"뭐?"

"선생님, 누구예요?"

간 줄 알았는데 정아와 이 년차 순임이 호기심 가득한 눈으로 제하를 바라보며 물었다.

"……동생."

"어머, 정말 동생이에요? 강 선생님 친동생? 안 닮았다."

왠지 불길했다. 제하를 바라보는 후배들의 시선이 심상처 않았다. 자신들보다 어리다는 게 안 보이나. 진경은 후배들의 호기심을 더 충족시켜 주고픈 맘이 없었다.

"제하야, 가자. 먼저 갈게요."

진경은 급한 마음에 제하의 손목을 잡아끌었다. 로비를 빠져나와 밖으로 나오자 아직은 오후 햇살이 남아 있었다. 차 세워 놓은 곳을 물어보려다 진경은 자신이 제하의 손목을 잡고 있음을 깨닫고 황급히 놓았다. 제하의 얼굴이 단번에 찌푸려졌다.

“아, 미안. 싫으면 뿌리치지 왜 가만히 있었어?”

“또 화낼 거잖아요.”

“허! 그래서 참기로 했니?”

“네.”

진경은 어이없다는 듯 눈꼬리를 살짝 올리며 제하의 차에 올랐다.

“오늘 심히 이상해. 무슨 바람이 불어 병원까지 온 거야?”

“몸으로 때운다고 했잖아요.”

“됐다. 네 마음 알았으니까 난 그걸로 충분해.”

“일주일만 할게요.”

“고집은. 알았어, 네 맘대로 해.”

진경은 더 이상의 실랑이가 귀찮다는 듯 대꾸했다.

“참, 나 오늘 장봐야 해. 김밥 싸야 되거든.”

시동을 걸던 제하의 시선이 진경에게 머물렀다.

“야야, 오해하지 마! 너 주려고 싸는 것 아니니까.”

호들갑스럽게 손까지 저어가며 강한 부정을 하는 진경을 보고 제하가 피식 웃었다. 괜히 기분이 이상해진 진경이 따지듯 물었다.

“너 왜 웃어?”

“자꾸 누나가 유치하게 굴잖아요. 난 아무 말도 안 했는데.”

제하의 말에 멋쩍은 진경은 흠흠거리며 시선을 창밖으로 돌렸다.

정상적인 출근이 아니기에 아홉 시까지만 병원에 가면 된다. 그러나 진경은 다른 날보다 더 일찍 일어났다. 그리고 주방으로 가 분주하게 움직였다. 김밥을 싸기 위해 먼저 쌀을 씻어 전기 밥솥에 안치고 재료들을 준비했다. 바쁘게 움직이는데 뒤에서 인기척이 느껴졌다.

"일찍 일어났네요."

"응, 누나 오늘 좀 바쁘다. 참, 오늘은 천천히 가도 되니까 데려다 줄 필요 없어. 더 자라."

진경의 말에도 제하는 들어가기는커녕 더 바짝 다가와 이것저것 물어댔다. 낯선 모습이기는 했지만 진경은 신경 쓰지 않았다.

"도시락 싸려고요?"

"응, 넉넉하게 만들 거니까 너도 먹고 가."

"어디 놀러가요?"

"응? 아니, 병원에서 의료 봉사 가."

그러나 진경의 얼굴은 봉사활동을 하러 간다기보다는 잔뜩 들떠 상기된 얼굴이 어디 놀러가는 분위기였다.

"그 선배도 같이 가는군요?"

"응? 응."

김밥 싸는 데 정신이 팔려 있던 진경은 건성으로 대답했다. 제하의 표정이 싸늘하게 변하는 것도 의식하지 못한 채 열심히 김밥만 쌌다. 다 완성된 김밥을 썰어 도시락에 담을 때쯤 부스스한 얼굴로 진우가 얼굴을 내밀었다.

"어? 김밥이네."

"응."

진우가 예쁘게 잘 썰어진 가운데 토막을 집어먹으려 하자 진경이 재빨리 손을 쳐냈다.

"자투리 먹어."

그러면서 예쁘고 먹음직스런 부분만 골라 정성스럽게 도시락에 담았다. 도시락이 완벽하게 다 준비되자 몇 개 남은 김밥을 보기 좋게 썰어 접시에 담았다.

"제하야, 너도 좀 먹어."

제하는 대답없이 고개만 살짝 좌우로 흔들었다.

"누나, 지금 제하가 싫다고 한 거야?"

"응, 그런 것 같은데."

"야, 이제하. 네가 웬일이냐, 김밥을 다 거부하고? 아무튼 반가운 일이다."

제하는 기분 나쁜 일이라도 있는 듯 특유의 무표정한 얼굴로 앉아 있다가 일어났다.

"제하야, 너 정말 안 먹어?"

"네."

제하는 짧게 대답한 후 자신의 방으로 들어가 버렸다. 왜 그러냐는 듯 눈을 치켜뜨며 진우를 보자 진우 역시 모르겠다는 듯 어깨를 으쓱이며 고개를 갸웃거렸다. 김밥을 제일 좋아하는 녀석이 김밥을 거부하자 진경은 무슨 일이 있나 싶어 닫힌 제하의 방문을 쳐다봤다. 친구의 변화에도 아랑곳하지 않고 눈곱도 안 땐 몰골로 김밥을 어귀적어귀적 먹고 있는 진우를 보며 진경은 고개를 설레설레 저었다.

"난 이제 준비하고 나갈 거니까 제하도 좀 먹여."

"알았어."

진경은 시간이 그리 넉넉하지 않은 걸 확인하고 서둘렀다.

병원 주차장에는 구급차와 봉사팀이 탈 버스가 대기 중이었다. 몇몇 사람은 이동식 진료 장비와 무상으로 지원된 약품을 차에 싣고 있었다. 준비가 모두 끝나자 차는 용인에 있는 장애인 자활 시설인 나눔의 집으로 향했다. 나눔의 집은 진경이 대학 때도 다닌 곳이라 그리 낯설지 않았다.

의료 혜택을 많이 받지 못하는 그들이었기에 진료를 기다리는 사람들이 많았다. 나눔의 집 장애인뿐만 아니라 근방의 주민들까지 몰려들어 눈코 뜰 새 없이 바빴다. 혈압, 소변검사, 안내 등 잡다한 일도 가리지 않았다. 그러다 보니 점심 식사가 자연스럽게 늦어졌다.

사람들이 병원에서 준비해 온 도시락을 펼쳐 놓는데 진경은 직접 만들어온 도시락 가방을 들고 조심스럽게 일어섰다. 호준이 좀 떨어진 나무 그늘에서 누군가와 전화통화를 하고 있었다.

“선배.”

진경은 낮은 목소리로 호준을 불렀다. 아무래도 병원 내 동료들과 함께일 때면 개인적으로 친하다는 게 조심스러웠다. 진경은 귀로 손을 가져가 전화통화 중인지 손짓으로 물었다. 호준이 다 끝났다는 눈짓을 해서 진경은 냉큼 호준에게 다가갔다.

“선배, 배고프죠?”

“응, 가서 먹자.”

“저 김밥 싸왔는데.”

“김밥?”

“네.”

“어, 번거로운데 뭐 하러? 학교 다닐 때야 어쩔 수 없었지만.”

진경의 김밥을 반가워할 줄 알았던 호준의 얼굴이 그렇지 못했다. 드러내 놓고 싫다는 얼굴은 아니었지만 어딘지 모르게 좀 불편하고 난처한 표정이라고 해야 할까? 돈을 꾸러 온 친구에게 거절도 못하고, 그렇다고 선뜻 빌려주겠다고 말하지도 못하는 얼굴을 하고 있었다. 진경은 아침부터 설레는 맘으로 준비하고 기쁘게 내밀었던 손을 뒤로 감추고 싶었다.

“선배, 김밥 싫어해요?”

“어? 아니, 싫은 건 아니고 좀……. 김밥을 보면 난감한 기억이 떠올라서.”

“왜, 김밥 먹다가 안 좋은 일 있었어요? 학교 때 선배 김밥 잘 먹었던 것 같은데…….”

진경은 애써 무안한 감정을 숨기며 자신이 잘못 알고 있었냐는 듯 고개를 갸웃거렸다. 그러자 호준이 진경을 빤히 쳐다봤다.

"너 정말 모르는 거야, 시치미 떼는 거야?"

"네? 뭘요?"

"어허, 강진경. 자꾸 선배 놀리면 못쓴다."

"네에? 선배, 선배가 무슨 말하는지 도통 전 이해가 안 가는데요. 제가 언제 선배 놀렸어요?"

진경의 되물음을 받은 호준의 안색이 조금 굳어졌다.

"너, 대학 때 나한테 쪽지 준 거 기억 못하니? 아마 그때도 학교에서 봉사 갔을 때였지. 내 몫이라 쌌다며 준 도시락에 쪽지 안 넣었어?"

진경은 창피함에 볼이 불끈 달아오르는 걸 느꼈다. 사 년 전이다. 대학 마지막 학기를 남기고 어쩌면 호준과의 만남도 마지막일지 모른다는 생각에 사랑 고백 비슷한 쪽지를 도시락에 넣었었다. 그러나 호준에게서 어떤 말도 듣지 못했지만 그의 말없는 대답은 단호했다. 허물없이 친하게 지내던 진경을 한동안 멀리했으니까.

다시 호준과 편한 사이가 된 것은 그가 주희와 사귀고 나서부터였다. 자신의 기억 속에서 지워 버리고 싶은 기억을 다시 끄집어내며 그것도 아주 불쾌했다는 듯이 말하는 호준을 보자니 진경은 울컥했다. 좋아한다는 고백의 쪽지가 그렇게도 싫었던 것일까? 지금도 혹여나 그런 쪽지가 담겨 있을까 못마땅한 걸까? 이성을 떠난 정말 좋은 사람이라 생각했던 사람이기에 진경은 화가 치밀었다.

"선배는, 내가 선배 좋아한다는 쪽지가 그렇게 싫었어요?"

진경의 날카로운 질문에 호준이 멈칫했다. 그리고 미간을 좁히며 도통 무슨 말인지 모르겠다는 표정을 했다.

"날 좋아한다는 쪽지라니? 네가?"

"선배, 지금 내가 도시락에 넣은 쪽지 때문에 이러는 거잖아요."

"그래, 분명히 네 쪽지를 받기는 했지만 그게 좋아한다는 말이니? 그럼 넌 진짜 이상한 방법으로 좋아하는 감정을 표현하는구나?"

"예? 잘 쓰지는 못했지만 충분히 고민해서 쓴 쪽지였는데 선배한테는 이상하게 받아들여졌나 보죠?"

대화가 길어질수록 주고받는 말속에 자꾸 가시가 박혀들었다.

"그럼, 어떤 사람이 속옷 좀 갈아입으라는 쪽지를 좋아한다는 말로 해석하니?"

"예에? 허!"

진경은 말도 안 된다는 얼굴로 호준을 바라봤다. 그리고 순간 퍼뜩 스쳐 가는 생각에 온몸이 굳어버리는 것 같았다. 호준에게 그런 쪽지를 썼을 리가 없다. 진우가 아니라면 몰라도. 진경은 자신이 어떤 실수를 저질렀는지 깨닫자 가만히 서 있을 수가 없었다. 들고 있던 도시락을 팽개치고 잘 익은 토마토처럼 붉게 변한 얼굴을 두 손으로 가렸다.

"설마, 말도 안 돼!!"

진경의 변화에 호준도 뭔가 잘못되었다는 걸 인식하고 당황해 어쩔 줄 몰라 하는 진경을 보며 굳어 있던 얼굴을 폈다.

"뭐야? 어떻게 된 건데? 꽤 좋은 느낌을 가지고 있던 후배한테 그런 요상한 쪽지를 받았는데 그럼 당혹스럽지 않겠냐? 다른 동기 녀석이 뭐냐고 묻는데 그거 감추느라 땀깨나 흘렸다. 정말 너무 황당하다 못해 진경이 네가 정상으로 안 보이기까지 하더라. 쪽지에 뭐라고 써 있었는지 알아? 얼마나 충격이었으면 아직도 생생히 기억한다. 부탁이다. 제발 속옷 좀 갈아입어 줘!!"

"으악, 정말 내가 미쳐, 미쳐! 그거 동생한테 쓴 거란 말이에요!"

진경은 쥐구멍이라도 있다면 들어가고 싶은 심정이었다. 호준에게 그런 내용의 쪽지가 전해졌을 거라고는 꿈에도 생각지 못했다. 다만 쪽지를 받고 자신을 피하는 듯한 호준의 행동이 그의 대답이라 여겼을 뿐 심각한 오해가 자리잡고 있을 줄은 몰랐다.

진경은 일찍 돌아가신 엄마 탓에 어려서부터 살림을 했기에 소풍이나 여러 행사가 있을 때면 김밥을 싸는 것도 그녀의 몫이었다. 어린 나이였지만 진우에게 엄마의 빈자리를 느끼게 하고 싶지 않아 무던히도 노력했다. 어디선가 도시락 편지에 대한 이야기를 들었던 진경은 진우의 도시락을 싸게 되는 경우, 도시락 편지를 썼다. 조금 머리가 컸다며 싫다고 발광하는 진우 때문에 결국은 쪽지로 대체되었지만 짧게나마 진우에게 전하는 진경의 마음이었다.

물론 항상 기분 좋고 애틋한 말들만 썼던 것은 아니다. 가끔은 짓궂은 장난도 서슴지 않았다. 어렴풋하지만 호준을 위해 김밥을 준비하는데 진우가 자신 것도 싸달라고 무던히도 설쳤던 걸로 기억된다. 그래서 시간도 없고 자꾸 귀찮게 구는 것에 대한 보복으로 휘갈겨 쓴 쪽지를 도시락에 넣었었다. 다만 내용이 속옷 좀 갈아입으라는 거였는지는 모르겠다. 그 많은 쪽지의 내용을 어찌 기억하겠는가. 그런데 왜, 왜 진우의 쪽지를 호준이 봤는지…… 정말 절망적이었다. 서두르다 보니 도시락이 바뀐 모양이다. 아니, 혹시 진우 녀석이 일부러 바꿔 갔는지도 모를 일이다. 집에 들어가만 봐라. 내가 이 녀석을!! 진경은 두 손으로 얼굴을 가린 채 이를 뿌드득 갈았다.

창피해서 더 이상 호준의 얼굴을 볼 수 없었다. 옆에 서 있기도 민망해 내팽개쳤던 도시락을 막 챙기려는데 호준이 두 손으로 배를 누르며 허리를 구부린 채 아픈 사람처럼 숨을 헐떡였다.

"선배, 어디 아파요?"

"픕, 푸, 푸하하하……."

호준이 커다란 웃음소리가 나눔의 집 마당에 울려 퍼졌다. 내내 참고 있던 웃음보가 터진 모양이었다.

"아하하. 진경아, 미안. 미안한데, 너무 웃겨서……. 그러니까, 그러니까 그 쪽지 동생한테 쓴 거라는 말이지? 하하하!"

"네……."

진경은 기어들어 가는 목소리로 대답했다. 온몸이 사우나에 들어간 것처럼 화끈거렸다. 벌겋게 변한 얼굴이 좀처럼 제자리로 돌아오지 않았다. 먼저 식사를 하던 사람들의 시선이 그들에게 집중되었다. 호기심과 궁금증이 가득한 눈동자들이었다. 진경은 연신 손으로 부채질을 했다. 호준은 미안하다면서도 웃음을 그치지 못했다. 어디론가 도망치고 싶었지만 그렇게 되면 더 말들이 많아질 것이 뻔했다. 그래서 바닥에 놓여 있던 도시락 가방을 챙겨 들고 동료들이 식사를 하고 있는 곳으로 달음질쳤다.

"무슨 일이에요, 강셈?"

함께 온 순임이 바짝 다가와 앉으며 물었다.

"아무것도 아니에요. 내가 좀 실수했어요."

"뭔데요? 궁금해 죽겠어요. 나 이 선생님이 저렇게 웃는 거 처음 본단 말이에요. 뭐예요?"

"몰라요. 그냥 그런 거 있어요."

진경은 새침데기처럼 입을 꾹 다물었다. 전혀 그녀답지 않은 모습이었지만 어쩔 수 없었다. 그날 봉사를 마칠 때까지 진경은 호준을 피해 다녔다. 뭐가 기분이 좋은지 호준의 얼굴에는 웃음이 떠나지 않았지만 그럴수록 진경은 자신의 실수가 떠올라 화끈거렸다. 그래서 병원으로 돌아오자마자 인사도 하지 않고 줄행랑을 쳤다. 집으로 돌아오는 버스에서 내내 이를 갈며 주먹을 쥐었다 펴기를 반복했다.

'너, 강진우! 이 나쁜 놈아! 네가 지금 누나의 첫사랑을 이런 식으로 망칠 수 있어? 너 오늘 두고 보자. 내가 그냥 이걸…….'

어떻게 집까지 돌아왔는지 모른다. 진우를 만나 그날 일을 낱낱이 캐낼 생각으로 머리가 꽉 차 있었다. 급한 마음에 초인종도 누르지 않고 키를 이용해 현관문을 열고 집 안으로 들어섰다. 진경을 부끄러움으로 죽고 싶게 만든 장본인인 진우는 거실 소파에 게으른 굼벵이처럼 늘어져 줄기차게 텔레비전 채널을 돌리고 있었다.

"야! 강.진.우!"

"어? 누나 왔어?"

아무것도 모른다는 얼굴로 태평스럽기만 진우를 한 대 쥐어박고 싶었다. 진경은 성큼성큼 다가가 텔레비전을 가로막고 진우 앞에 섰다.

"누나, 왜 그래? 지금 보고 있잖아."

"지금 텔레비전이 중요해? 너, 나한테 바른대로 말해! 안 그러면 용돈은커녕 한 달 설거지에 청소까지 맡기는 수가 있어."

"뭐야? 무슨 일인데 그렇게 무섭게 굴어?"

"너! 전에 내가 싼 도시락이랑 바꿔 들고 간 적 있어, 없어?"

"엥? 언제를 말하는 거야? 내 도시락 다 누나가 쌌지. 무슨 도시락을 바꿔 들고 가?"

"얼렁뚱땅 넘어갈 생각 마! 누나 학교 다닐 때 봉사 활동 간다고 도시락 싼 거, 네 거랑 바꿔 가져갔지?"

"누나, 누나가 학교 다닐 때 봉사를 한두 번 갔어? 그리고 똑같은 김밥 바꿔 가서 뭐 한다고 그걸 바꿔 가?"

그런 걸 꼬치꼬치 캐묻는 진경이 이상하다는 듯 거침없이 대꾸하는 진우였다. 듣다 보니 진우의 말도 옳았다. 특별히 내용물이 다른 것도 아닌데 일부러 도시락을 바꿔치기 할 이유가 없었다. 개운치 않은 마음은 여전했지만 괜한 진우를 더 이상 몰아붙일 수도 없었다.

억울했지만 자신을 탓할 수밖에 없음을 깨달은 진경의 입에서는 무겁고 긴 한숨만 나왔다.

"누나, 왜 그러는데? 그게 뭐 어쨌다고 까마득한 옛날 일에 열 내는 건데? 응?"

진우가 이제는 궁금하다는 듯 얼굴을 가까이 들이대며 물었다. 하지만 진경은 그 일을 진우에게까지 알릴 생각은 추호도 없었다.

"아니면 됐어. 텔레비전 봐라."

진경은 더 물고늘어질 진우를 피해 잰걸음으로 그녀의 방으로 향했다. 우선 자신의 방에 들어가 안정되지 못한 마음을 진정시켜야 할 것 같았다. 정확히 언제였는지 기억나지 않지만 진우는 도시락을 바꿔 간 적이 있었다. 물론 고의였다. 새벽부터 일어나 온갖 정성을 다해 싼 도시락을 누구를 주려는지 고이 챙기고 자신의 것은 대충대충 싸는 게 얄미워 모르는 척 바꿔 들고 갔었다. 그 당시만 해도 아무 말 없더니 갑자기 왜 묻는 건지 궁금했지만 더 이상 묻지 않았다. 그러다 바꿔 가져간 게 들통이라도 난다면 그 히스테리와 잔소리를 어떻게 감당하겠는가.

"참 누나, 나 내일 MT 가."

"그래?"

"모레 저녁에나 올 거야."

"알았다. 근데 제하는 안 보이네."

"몰라, 무슨 일 있는지 아침부터 기분 저조한 것 같더니 학교 갔다 오자마자 방에 들어가더니 코빼기도 안 보이네."

진우가 들고 있던 리모컨을 내려놓으며 제하의 방문에 대고 외쳤다.

"제하야, 제하야. 누나 왔다!"

그러나 제하는 조용했다. 방문은 굳게 닫혀 있었고 아무런 대답도 들리지 않았다.

"자나 본데."

"그런가."

진경은 아침에 별로 좋지 않았던 제하의 얼굴이 떠올라 잠깐 머뭇거렸지만 지금은 다른 누군가를 챙길 마음의 여유가 없었다. 만사 귀찮고 괴로웠다. 그래서 자신만의 안식처인 방으로 들어와 버렸다. 옷을 갈아입고 클렌징을 하고 씻고 침대에 눕자 또 다른 고민거리가 그녀를 찾아왔다. 설마 호준이 주희에게 오늘 있었던 일을 이야기하지는 않겠지?

"아악!!"

진경은 침대에 얼굴을 묻고 두 손으로 머리를 긁적이며 미친 사람처럼 소리를 질렀다. 그 소리에 놀란 진우가 뛰어와 벌컥 문을 열었다. 머리는 산발해 베개를 쥐어뜯고 있는 진경을 보며 진우가 눈살을 찌푸렸다.

"누나!"

"나가봐. 스트레스 해소야."

"허! 우리만 사는 집 아니다."

"알아. 누가 그걸 모르니? 제하도 너처럼 생각하라며? 빨리 문 닫아. 한 번 더 질러야 속이 풀릴 것 같으니까."

어이없다는 듯 진경을 바라보며 진우는 고개를 설레설레 저었다. 문을 닫는 진우의 표정은 누나가 아닌 한참 어린 동생을 바라보듯 했다. 문이 닫히지 진경은 다시 한 번 있는 힘껏 소리를 질렀다. 지금은 누가 듣든 보든 상관없었다. 잠깐이지만 병원을 그만둘까 하는 생각도 했다. 그러나 역시 소리를 지르고 나니 좀 효과가 있었다. 마음이 좀 안정이 되며 어떻게든 되겠지 싶었다. 내일과 모레, 모두 휴일이라는 것 하나만으로 몸이 나른해지는 기분이었다. 적어도 이틀간은 호준을 볼 일이 없을 테니까 고민은 조금 미뤄도 됐다.

넷

후두둑, 빗소리에 잠을 깼다. 잠이 덜 깬 채 침대에 누워 늘어진 몸을 허우적거리며 기지개를 켜봤다. 창밖에서 들려오는 시원한 빗소리가 좋았다. 비 오는 날 MT를 가게 된 진우는 울상이겠지만 쉬는 날 맘껏 게으름을 피울 수 있게 된 진경은 비가 반가웠다. 가끔은 진경도 혼자만의 시간이 필요했다. 음악도 듣고, 텔레비전도 보고, 책도 보고. 오로지 자신만을 위한 시간을 보내볼 욕심에 진경은 더 기운이 났다.

　벌써 시계는 열한 시를 가리키고 있었다. 모두 나갔는지 집안은 조용했다. 간단하게 요기를 하고 대청소를 할까, 아니면 대청소를 하고 요기를 할까 잠시 고민하던 진경은 다용도실에 있던 청소기를 먼저 꺼냈다. 아무래도 청소를 마친 다음에 느긋하게 시간을 보내는 게 나을 듯싶었다. 그래서 콘센트에 청소기의 코드를 연결했다.

청소기를 막 돌리려던 진경은 잠시 멈추고 진우의 방으로 향했다. 대강이라도 먼저 정리부터 해야 할 것 같았다. 안 봐도 진우의 방이 어떨지 진경은 잘 알고 있었다. 역시 예상은 어긋나지 않았다. 과자 껍질이 컴퓨터 책상 위에 굴러다니고 방바닥에는 뱀이 허물 벗은 것처럼 바지와 셔츠가 벗은 모습 그대로 널브러져 있었다. 침대 위에는 어젯밤에 보다 만 책이 이불 속에 파묻혀 있고 휴지통은 쓰레기로 넘쳐 났다.

진경은 올라오는 한숨을 고스란히 내뱉었다. 그녀의 끝없는 잔소리도 통하지 않는 진우의 생활습관이다. 그녀의 잔소리에 못 이겨 깨끗하고 말끔하게 정리된 후, 한 시간여가 지나면 다시 원위치다. 이제는 진경도 포기 상태였다.

구시렁거리며 대충 정리를 한 다음 쓰레기와 빨래를 가지고 나온 진경은 다용도실로 향하려다 제하의 방으로 향했다. 바쁘다는 핑계로 제하의 방까지는 신경 쓰지 못했다. 성격상 진우처럼 늘어놓고 지낼 타입은 아니지만 제하도 남자 아닌가.

당연히 비어 있을 거라는 생각에 노크없이 벌컥 문을 열었다. 그런데 컴퓨터 앞에 앉아 있던 제하가 미간을 찌푸리며 고개를 돌렸다.

"어? 너 집에 있었니?"

“네.”

“넌 왜 MT 안 가?”

“진우 동아리에서 간 거예요.”

“아, 그렇구나.”

진경은 자신의 착각에 기가 찼다. 그들이 대학생이 되었고 전공도 다르다는 걸 깜박 잊고 있었다. 여전히 어리기만 한 십대로 생각하게 된다.

“난 또, 조용하기에 너도 간 줄 알았다. 뭐 해?”

진경은 제하의 뒤로 컴퓨터 모니터를 봤다. 누가 진우 친구 아니랄까 봐 게임 화면이 펼쳐지고 있었다.

“저게 그렇게 재밌니?”

“누나도 해볼래요?”

“진우랑 똑같은 소리 하네. 난 게임 관심없어. 그리고 저것 봐, 애들도 아니고 칼질이나 하고 있잖아.”

모니터를 가리키며 칼질이라고 표현하는 진경을 보며 제하는 피식 웃었다. 진우가 늘 게임 이름 대신 떠드는 칼질이라는 표현을 진경은 자신도 모르게 내뱉고 있었다.

“전 칼질 안 하는데요. 법사거든요.”

“뭐?”

한참 멍해 있던 진경은 제하가 게임상의 캐릭터를 말한다는 걸 이해하고 따라 웃고 말았다.

“그래, 법사는 뭐 하는데?”

"칼질하는 사람 돕죠."

"하하, 정말 못 말린다. 너도 그렇고, 진우도 그렇고 너희 게임 중독이지? 용케 대학에 간 것 보면 신기하다."

"우린 적당히라는 걸 알거든요. 누나도 하나 키워봐요."

"싫다. 난 그 시간에 잠잔다. 대청소할 거니까 빨랫감 있으면 주고…… 나머진 깨끗하네. 진우가 네 반만 닮았어도 내 입이 덜 아프겠다."

진경은 손에 쥐고 있던 진우의 빨랫감과 쓰레기를 들어 보이며 제하의 방을 이리저리 둘러봤다. 마땅히 진경의 손이 필요치 않을 만큼 깔끔하게 정돈되어 있었다. 같은 나이인데도 판이하게 다른 성격 탓인지 방의 상태도 확실히 달랐다.

돌아서 나오는 진경의 뒤로 제하가 따라 나왔다. 그리고 거실에 놓여 있던 청소기를 잡아당겨 전원을 켜고 바닥을 밀기 시작했다. 서투른 모습이 역력했으나 늘 부려먹는 진우와 달리 열심히 하는 모습은 봐줄 만했다. 조금 답답하고 엇나간 것 같으면서도 가끔 발견하게 되는 의외의 모습, 그게 제하의 매력인 듯했다. 진경이 말하지 않아도 제하는 거실뿐만 아니라 나머지 다른 방들도 다 청소기를 돌렸다. 생각지도 못한 일꾼이 생긴 덕에 진경은 다른 일을 할 수 있었다. 다용도실로 가 세탁기를 돌리고 주방까지 정리를 했다.

그때 청소를 끝낸 제하가 청소기의 전원을 끄며 물었다.

"어제는 재밌었어요?"

"어제?"

"네."

진경은 잊고 있던 호준과의 일이 생각나 다시 얼굴이 화끈거렸다. 두 번 다시 생각하고 싶지 않은 기억을 떠올리게 한 제하가 원망스러웠다.

"재미는, 내가 놀러갔니?"

진경은 괜한 걸 묻는다는 듯 퉁명스럽게 대꾸하고 말았다. 제하는 더 이상 묻지 않았다. 다 잊고 편안한 하루를 보내려고 했던 진경의 계획에 차질이 생기고 있었다. 그렇다고 엉뚱한 제하를 탓할 수는 없었다.

"밥은 먹었니?"

"아뇨."

"그럼 간단히 있는 반찬에 때우자. 괜찮지?"

"네."

아침 겸 점심을 간단하게 해결한 진경과 제하는 거실 소파에 앉아 커피를 마셨다. 잠깐 멈춘 듯했던 빗줄기가 다시 굵어지고 있었다. 진경은 리모컨으로 텔레비전 채널을 돌리며 뭐 볼 것이 없나를 찾았다. 진우가 스포츠 채널을 붙잡고 살기에 진경은 자연스럽게 텔레비전과 멀어질 수밖에 없었다. 그래서 요즘 어떤 오락프로나 드라마를 하는지 전혀 알지 못했고 관심도 멀어졌다. 채널을 돌리다 영화 채널에 스물다섯 살의 키스라는 타이틀을 보고 멈췄다. 제목이 마음에 들었다.

“이거 보려고요?”

“응. 들어가서 게임하고 싶으면 해.”

“제목이 좀 그렇다. 스물다섯 살의 키스라니. 요즘 저 나이 먹도록 키스 안 해본 사람도 있나.”

영화를 보며 무심히 던진 제하의 말에 눈이 돌아간 건 진경이었다. 제하에게 고개를 휙 돌린 진경은 눈을 흘기며 언성을 높였다.

“그래, 그런 사람 있어.”

갑작스런 진경의 대꾸에 눈동자가 커졌던 제하의 입가에 보일 듯 말 듯한 미소가 지나갔다. 삐친 듯 새침한 얼굴로 다시 영화를 주시하는 진경을 바라보며 제하가 다시 물었다.

“그런 사람이 누나예요?”

“뭐? 나? 아니야!! 내 나이가 몇인데 아직까지 키스도 안 해봤겠어?”

조금 격앙된 목소리로 강한 부정을 하는 진경에게 제하는 수긍한다는 듯 고개를 끄덕였다. 그러나 진경은 자신도 모르게 내뱉은 거짓말에 당황하고 있었다. 키스가 다 뭐야? 남자 친구도 한 번 사귀어보지 못한 그녀였다. 문득 억울하다는 생각이 솟구쳤다.

“그럼 누나는 첫키스 몇 살 때 해봤어요?”

“뭐?”

제하는 사심없이 가볍게 물어왔지만 진경은 바로 대답하지 못하고 머뭇거렸다. 난처했다. 별것도 아닌 것에 자격지심을 느껴 내뱉은 거짓말이 또 다른 거짓말을 부르고 있었다. 그렇다고 한참 어린 동생에게 놀림을 당하고 싶지도 않았다. 이미 귀까지 벌게졌는데도 불구하고 진경은 머리를 굴리느라 바빴다.

"저기, 그러니까, 흠…… 언제였더라. 너무 오래되어서 말이야."

진경은 정말 오래전 기억이라 잘 떠오르지 않은 것처럼 얼버무렸다. 이쯤에서 그만 넘어가 줬으면 좋겠는데 무신경한 제하는 이상하다는 듯 고개를 갸웃거리며 다시 물었다.

"원래 첫키스 정도는 기억하지 않나요? 누나, 너무 많이 해서 헷갈리는 거죠?"

"아냐, 내가 무슨. 아, 그래. 스물하나에 했나 보다."

진경은 이 나이 먹도록 아직 키스도 못해봤다는 소리도 하고 싶지 않았지만, 바람둥이도 되고 싶지 않아 얼떨결에 생각나는 대로 대답하고 말았다. 그러고는 제하와 눈을 마주치기가 쑥스러워 영화를 보는 척했다. 하지만 영화는 눈에 잘 들어오지 않았다. 제하는 더 이상 아무 말 없이 태평스럽게 영화를 보고 있었다. 남은 난처하게 만들면서 자신은 극히 편해 보이는 제하가 얄미워 진경은 눈을 동그랗게 뜨고 물었다.

"넌?"

"키스요? 전 아직 못해봤는데요."

제하는 망설임없이 시원스럽게 대답했다. 거짓말까지 한 자신이 민망스러울 정도였다.

"거짓말!"

"그런 걸 뭐 하러 거짓말해요? 누나도 내 성격 알면서."

"흠…… 키스하고 싶었던 사람도 없었어?"

"후, 설마. 나도 남자인데."

"그래도 너 생각보다 순진하다. 우리 진우야 내가 워낙 닦달했으니까 여자 친구도 못 사귀었지만 넌 그래도 제법 자유로웠잖아."

"누나 때문이에요."

"나? 나 때문에? 왜?"

진경은 갑작스런 제하의 대답에 놀라며 이유를 물었다. 여자를 사귀지 못한 이유에 자신이 해당되리라고는 전혀 예상치 못했기에 눈이 휘둥그레질 수밖에 없었다.

"진우만으로도 충분히 귀찮았어요. 진우가 여자 친구라도 있었으면 날 더 괴롭게 했을 거 아니에요? 그러니까 결국은 누나 때문이죠."

"뭐, 하하하……. 잘됐네."

혼자인 걸 좋아하는 제하로서는 진우의 귀찮게 함이 괴롭게 느껴졌으리라. 정말 제하다운 대답에 크게 웃고 말았다. 제하의 얼굴도 다른 어느 때보다 편해 보였다. 언뜻언뜻 스치는 미소가 제하 역시 즐거운 듯 보였다.

"내가 두 어린 양을 보호하고 있었던 거네."

"풋."

제하가 기가 막힌 듯 짧은 웃음을 흘렸다.

"누나랑 시간 보내주기 위해 여기 앉아 있지 말고 할 일 있으면 해."

"저도 이 영화 안 봤어요. 같이 봐요."

"그래? 잘됐다."

진경은 한창 이야기가 진행되어 버린 영화로 시선을 옮겼다. 드류 베리모어가 나이 어린 친구들에게 구박을 당하고 있었다. 언제쯤이면 키스 장면이 나오려나, 자꾸만 눈꺼풀이 내려왔다. 빗소리가 자장가처럼 잠을 재촉했다.

영화를 보던 제하는 꾸벅꾸벅 졸고 있는 진경을 봤다. 다시 마른 입가에 웃음이 새어나왔다. 제하는 진경의 옆으로 다가갔다. 그리고 불편해 보이는 진경의 머리를 자신의 어깨에 기대게 했다. 어미 품을 찾은 강아지처럼 진경은 제하의 어깨에 머리를 편하게 기댔다.

진경은 후줄근한 추리닝을 입고 있었다. 오래되어 색깔이 바랜 머리끈으로 질끈 동여맨 머리카락이 몇 가닥 흘러내려 뽀얀 얼굴을 가렸다. 제하는 자유로운 손으로 진경의 머리를 쓸어 귀 뒤로 넘겨줬다. 그러자 새하얀 귓바퀴에 숨어 있는 작은 점을 발견할 수 있었다. 제하는 손을 가져갔다가 내려놨다. 그리고 진경의 머리를 더 자신의 얼굴 가까이 오게 한 다음 팔로 어깨를 감쌌다. 진경이 잠에서 깨기라도 할까 봐 무척 조심스러웠다. 리모컨을 이용해 볼륨을 줄였다. 그리고 잠이 든 진경의 얼굴을 지그시 내려다봤다.

얼마 지나지 않아 여전히 불편한지 몸을 뒤척이는 진경을 제하는 자신의 무릎을 베개 삼아 편하게 눕게 했다. 뒤척이다 빠져 버린 머리끈 때문에 진경의 긴 머리가 고스란히 드러났다. 제하는 손으로 진경의 머리를 부드럽게 쓸어내렸다.

무방비 상태의 얼굴로 어린아이처럼 잠이 든 진경의 얼굴에서 제하는 눈을 뗄 수 없었다. 망설이다 손가락을 진경의 입술에 가볍게 갖다 대봤다. 진경이 우물거리듯 입술이 움직였다. 그 모습이 너무 귀여워 멈출 수가 없었다. 제하는 자신의 입술을 진경의 입술에 살짝 부딪혔다. 부드럽고 촉촉했다. 잠결에 느껴지는 감각 탓인지 웅얼거리는 입술 사이로 더 깊이 들어가고 싶은 마음을 제하는 애써 추슬렀다.

"누나, 내 첫키스는 누나 거야."

그의 낮은 독백을 진경이 들을 리 만무했지만 최초로 제하가 밖으로 내뱉은 마음의 표현이었다. 자신이 진경에게 친구의 누나 이상의 감정을 갖고 있다는 걸 깨달은 지는 오래되었다. 다만 그 감정을 인정하고 싶지 않았다.

"누나, 나 자꾸 흔들지 마."

제하는 소파에 몸을 기댄 채 눈을 감았다. 진경의 단잠이 제하에게도 전염되고 있었다. 진경의 고른 숨소리가 어떤 자장가보다 좋았다.

드르륵, 드르륵.

귀에 거슬리는 소음 때문에 진경은 눈을 떴다. 날씨 탓인지 모르겠지만 이미 어두컴컴했다. 소파 테이블에서 핸드폰이 푸른빛을 내며 몸부림치고 있었다. 어젯밤 진동으로 바꿔뒀던 걸 깜박 잊고 있었다. 언제 잠들었던 거지? 진경은 눈을 떴지만 잠에서 깬 그대로 멍하니 있었다. 소파에서 잠든 것치고는 참 편했다. 자신의 침대라도 되는 양 일 자로 누워 있었다. 기특하게도 제하가 베개까지 챙겨준 모양이었다. 그래서 일어나고 싶지 않아 마냥 드르륵거리는 핸드폰을 무시한 채 늘어지고 있었다.

"전화 안 받을 거예요?"

"응, 응?"

진경은 눈을 번쩍 뜨고 올려다봤다. 바로 코앞에 제하의 입술이 있었다. 취해 있던 잠이 순식간에 달아났다. 베개라고만 생각했던 것이 제하의 무릎이었다. 놀란 진경을 후다닥 몸을 일으켰다.

"아!!"

정통으로 머리를 제하의 입술에 박아버린 것이다. 제하가 찡그리며 손을 입술로 가져갔다.

"어머! 어떡해, 제하야? 괜찮아?"

진경은 어쩔 줄 몰라 하며 제하 옆에 바짝 붙어 앉아 얼굴을 제하의 얼굴 가까이 가져갔다. 어둑해져 잘 보이지는 않았지만 아무래도 입술이 터진 것 같았다. 진경은 일어나 우선 거실 불을 컸다. 그리고 서랍장에서 연고를 찾아 다시 제하 옆에 앉았다.

"얼굴 좀 이쪽으로 해봐."

"괜찮아요."

제하는 찡그리기만 할 뿐 좀처럼 얼굴을 보이려 하지 않았다.

"괜찮기는 뭐가 괜찮아? 피가 나는데. 나 좀 봐."

속상하고 걱정스럽다는 얼굴로 재촉하는 진경을 제하는 말없이 내려다보더니 상처를 가리고 있던 손을 내려놨다. 진경이 더 바짝 다가와 면봉에 묻힌 연고를 제하의 상처 난 입술에 조심스럽게 발랐다.

"미안해. 며칠 불편하겠다."

"누나."

"응."

"아니에요. 전화 계속 오는데."

그제야 진경은 잠깐 멈췄다가 다시 드르륵거리는 핸드폰을 봤다. 제하는 무슨 말인가를 하려다 몸부림치는 핸드폰을 보고 멈춘 듯했다. 진경은 바로 핸드폰을 받지 않고 발신자를 확인했다. 호준이었다. 다른 때 같으면 만사 제쳐 놓고 통화부터 했을 텐데 오늘은 반갑지가 않았다. 다시 그 일을 되새김질하며 자신을 자책하고 싶지 않았다. 그러나 제하의 시선 때문에 어쩔 수 없이 통화 버튼을 눌렀다.

"선배?"

[왜 이렇게 전화를 안 받아?]

"죄송해요. 자고 있었어요."

[오늘 오프였어?]

"네."

[잠깐 볼래?]

"지금요?"

[응, 퇴근하려던 참이니까 너희 동네 잠깐 들를게.]

"저기, 선배, 무슨 급한 일 있어요?"

[아니, 그런 건 아니고…….]

"그럼 오늘은 비도 오고, 다음에……."

[후, 알았다. 푹 쉬어라.]

"네, 선배도요."

통화를 끝내며 고개를 돌리다 제하의 시선과 마주쳤다. 내내 자신을 보고 있었나 보다. 착잡한 표정을 제하가 놓쳤을 리 없었다. 잘못을 저지르다 들킨 사람처럼 얼굴이 화끈거렸다. 그러나 시치미를 떼고 물었다.

"왜?"

"그 선배란 사람과 굉장히 친한가 봐요."

"굉장히는 무슨, 그냥 좀……. 제하야, 배 안 고파? 난 쓰러지기 일보 직전인데."

제하의 말에 뜨끔한 진경은 조금 지나칠 정도로 유쾌한 목소리로 화제를 돌렸다. 그리고 허리를 구부리며 다 죽어가는 표정을 익살스럽게 지었다. 그 모습에 못 말린다는 듯 제하도 일어서서 주방으로 향했다.

"내일은 장 보러 가야겠다."

"네."

냉장고를 뒤적거리던 진경이 한숨을 내쉬며 말했다.

"계란말이라도 해줄까?"

"아뇨, 그냥 먹어요."

진경과 제하는 아침 겸 점심에 먹었던 식단과 별다를 바 없는 저녁을 먹었다. 그나마 먹다 남은 된장찌개가 있어 다행이었다. 찌개 국물을 입으로 가져가던 제하는 얼굴을 찡그렸다. 국물이 입술의 상처에 닿자 몹시 쓰리고 따가웠다.

"아프지?"

언제부터 보고 있었는지 진경이 얼굴을 가까이 붙이며 마치 자신이 아픈 듯한 표정을 지었다. 순간 제하는 당황해서 몸을 뒤로 뺐다. 의식하지 않으려 무던히 애썼는데도 식탁에 마주 보고 앉는 순간부터 제하에게는 진경의 입술밖에 보이지 않았다. 입술이 맞닿았을 때의 그 느낌이 자꾸만 되살아나 진경의 눈을 마주하기가 겁났다. 모든 신경이 진경을 향해 있어서 입술의 상처마저 잊어버렸다.

"괜찮아요."

"아, 정말 속상하다. 나 깨우지 그랬어? 네 무릎이 베개인 줄 알고 마냥 좋아 자다니. 너 힘들었지?"

"아뇨, 누나 머리 너무 가볍던데요."

"하하, 말이라도 고맙다."

제하는 저녁 식사 내내 마음이 편하지 않았다. 진경을 자꾸 의식하게 되는 자신 때문에 힘들었다. 종알거리는 진경의 입술을 빤히 바라보고 있다가 흠칫 놀라기도 했다. 진경의 미소에 심장은 갓 잡아 올린 물고기처럼 파닥파닥 튀었다. 눈앞의 진경이 가질 수 없고 만질 수 없는 존재가 아니라고 하는 것 같았다. 손을 내면 바로 잡을 수 있고 움켜쥘 수 있을 것만 같았다. 젓가락을 쥐고 있던 손이 저리는 것 같았다. 잠재우고 있던 욕구와 소망이 강둑이 터지듯 한꺼번에 터져 나오려 했다. 진경과 마주 보고 있다가는 원치 않는 일을 저지를 것만 같아 제하는 저녁을 채 다 먹지 못하고 일어섰다.

"왜, 그만 먹으려고?"

"네, 입맛이 없네요. 먼저 들어갈게요."

"그래. 내일은 맛있는 거 해줄게."

"네."

방으로 들어온 제하는 책상 앞에 앉았다. 자신이 진경에게 어떤 마음을 가지고 있는지 그녀가 안다면 지금처럼 자신을 편하게 대하지 않을 것이다. 더 이상 욕심 부리면 안 된다는 걸 알면서도 더 자꾸 원하게 된다.

진경을 언제부터 다른 눈으로 바라보게 되었을까? 처음 그녀를 봤을 때 그녀는 정말 이상한 누나, 마녀요괴할멈으로밖에 보이지 않았었다. 그런데 언젠부턴가 진경을 쫓는 자신의 시선을 깨달을 수 있었다. 제하는 책상 서랍을 열고 집게로 집어놓은 작은 쪽지들을 꺼냈다. 크기는 들쭉날쭉이었지만 글씨체는 동일했다. 아마도 그의 마음속에 변화가 생기기 시작한 건 이 쪽지들 때문일 것이다.

5월 체육대회, 남학교였기 때문에 한창 변성기에 접어든 녀석들의 함성이 우렁차게 운동장을 가르고 있었다. 반 대항 달리기, 줄다리기, 구기 종목까지 진우는 그 많은 종목을 섭렵하며 체육대회를 즐기고 있었다. 이리저리 뛰어다니느라 얼굴 마주 볼 새도 없던 진우가 제하 앞에 나타난 건 점심시간 때였다.

운이 좋다고 해야 할까, 나쁘다고 해야 할까? 제하는 진우와 또 같은 반이 되었다. 제하는 지난 일 년 동안 친한 척 달라붙는 진우를 상대하는 것만으로도 벅찼다. 단순히 진우 한 사람이었다면 그나마 나았을지도 모르지만 진우는 늘 혼자가 아닌 세트였다. 그래서 제하는 일 년 동안 원하든 원치 않든 진우의 친구들 서너 명과 줄기차게 어울려야 했다.

귀찮다는 내색을 감추지 않았고, 때로는 눈에 보일 정도로 피해 다녔지만 진우는 작정이라도 한 듯 능글맞은 웃음을 뿌리며 그가 달아난 만큼 그의 곁에 다가와 있었다. 결국 이러다 말겠지, 더 이상 신경 쓰는 것도 귀찮아 수수방관했는데 일 년 새 그가 얻은 건 진우의 단짝 친구라는 또 다른 이름이었다. 새로운

학년이 되면 이제는 더 이상 진우가 귀찮게 하지 않겠지 안도하
면서도 우울했었다. 그래서 진우와 다시 같은 반이 된 게 생각
만큼 싫지 않았다.

"밥 먹자."

"귀찮다."

주방 아줌마가 준비해 준 도시락이 있었지만 제하는 내키지
않았다. 초등학교 때부터 늘 자신의 도시락은 다른 녀석들과 비
교되었다. 맛과 모양이 어떻든 그들이 내놓는 도시락은 엄마의
정성으로 만들어진 것들이었다. 그에 비하면 그의 도시락은 너
무 고급스럽고 전문가적인 냄새가 났다.

요리사 자격증까지 있는 사람의 솜씨인데 오죽하겠는가. 다
른 친구들은 화려하고 먹음직스런 그의 도시락을 부러워했지만
제하는 매번 괴리감을 느꼈다. 의식적으로 외면하지만 일상에
서 드러나는 엄마의 빈자리. 결코 내색한 적은 없지만 제하는
잘 지내다가도 문득문득 견디기 힘들 때가 있었다. 또 먹는 걸
로 끝나지 않고 호기심을 드러내며 물어오는 친구들에게 거짓
이든 진실이든 대답해야 하는 상황이 싫었다.

그래서 우르르 몰려든 녀석들을 피해 막 일어서려는데 진우
가 대뜸 제하의 가방에서 도시락을 자기 것인 양 꺼내놓았다.

"와~ 이게 다 뭐야?"

"후후, 신경 좀 썼지."

눈 하나 깜짝하지 않고 거만하게 거들먹거리는 진우를 제하

는 기가 막힌다는 듯 피식 웃고 말았다. 그런 제하에게 진우가 자신의 도시락을 던졌다.

"넌 이거나 먹어라."

별 의미 없이 그저 짓궂은 장난 같은 행동으로 인해 진우를 다시 보게 됐다. 넉살 좋고, 친구 많고, 활발하고, 동정심 많고, 타인에게 관심과 사랑을 받기에 부족함이 없는 진우. 자신과 정 반대의 성격이었다.

그날 진우에게서 받은 도시락은 제하의 마음에게 또 다른 사람을 담는 계기가 되었다. 평범한 김밥이 담긴 도시락과 한 장의 쪽지.

〈진우야, 오늘 재밌게 보내. 아자아자, 파이팅!!

—사랑하는 누나가.〉

그 담배 사건 이후, 진우의 집만은 피해왔던 제하였다. 나중에 엄마 같은 누나라고 진우에게 들었지만 두 번 다시 보고 싶지 않은 사람이었다. 그런데 막상 진우가 당연히 받았을 이 작은 쪽지 하나가 제하의 차가운 가슴에 파문을 일으켰다.

그 뒤로도 진우의 도시락은 그의 몫이었다. 더불어 쪽지도 그의 몫이었다. 그래서 때론 어떤 내용일지 은근히 기대도 했다. 비록 제하, 자신을 향한 누나의 절절한 사랑이 아니라는 것을 알면서도 자신도 그들 남매에게 동화되는 것 같았다.

〈이진우, 날씨 좋다. 즐거운 소풍, 해피한 소풍 되어라. 누나도 기분 좋다. ^^〉

〈진우야, 아침에 미안해. 기분 풀어라. 어휴, 잘생긴 우리 진우. 최고!!

—손 들고 벌서고 있는 누나.〉

〈너 학교에서도 방귀 뀌냐?? 자제 좀 해.

—숨 막혀 기절할 뻔한 누나.〉

〈젊은 그대, 사랑하는 그대, 당신은 미성년이라네. 끝나고 튀기 없기다. 집으로 곧장 와라.〉

〈설마 또 술 먹지는 않겠지? 그러기만 해봐. 한 달 내내 설거지에 달달 볶아주지. 나 오늘부터 설거지에서 해방되는 거야? 야호!! 참, 프라이팬도 달궈놨다. 명심해!〉

진우에게 쪽지를 보여주자 미간을 좁히며 한숨을 내쉬었었다.

"우리 누나 못 말린다. 어디서 본 것은 있어 가지고 초등학교 때부터 그랬어. 걍 못 본 체해라. 참, 쪽지는 어디다 치워라. 그거 그대로 가져가면 읽어보지도 않았다고 무지막지하게 신경질 낸다."

쪽지를 읽으며 느끼는 감정이 남다른 제하와 달리 진우는 너무 무덤덤했다. 진경의 보살핌과 사랑이 공기처럼 익숙한 진우에게는 극히 평범한 일상에 지나지 않을지도 모른다. 그러나 제

하에게는 사랑과 정성이 담긴 김밥과 함께 담겨진 따뜻한 마음
이 꽁꽁 얼어붙어 있던 그의 심장을 조금씩 녹여줬다. 그래서
제하는 진경의 김밥이 좋았다. 진경도, 진우도 전혀 눈치채지
못하는 듯했지만 단순히 김밥을 좋아하는 게 아니다.

진경의 진우에 대한 애정을 엿보며 제하는 자연스럽게 자신
의 경계선을 진경에게까지 넓혀갔다. 또한 아무도 가르쳐 주지
않았던 마음을 제하는 진경을 통해서 조금씩 깨우쳤다.

'내게도 진경 같은 사람이 한 사람이라도 있다면……'

문득문득 진우를 볼 때면 진경마저 떠올리곤 했다. 이미 오래
전 마음을 닫아버렸고 가질 수 없는 것에 대한 체념도 몸에 배
어버렸지만 정말 진우가 부러웠다. 어머니 없이 자란 것은 똑같
은데 세상을 바라보는 시선이 너무도 다른 두 사람. 제하는 자
신에게도 진경과 같은 사람이 있었다면 다르게 자라지 않았을
까 생각하곤 했다.

제하는 쪽지를 뒤척이다 성분이 전혀 다른 또 하나의 쪽지를
발견하고 경직되었다.

〈많이 망설였어. 그렇지만 지금 고백하지 않으면 두고두고 후회
할 것 같아서. 나…… 선배 좋아해. 부담 갖지는 마. 그냥 내 마음이
그렇다고.

—진경.〉

그에게 심경의 변화를 일으키게 했던 쪽지였다. 그의 세계에는 존재하지 않았던 따뜻하고 좋은 사람, 진우의 누나로서의 동경이 다른 빛깔로 변질되는 계기가 되었다. 진경에게는 오로지 진우뿐이라고 생각했다. 그때까지만 해도 제하는 진경을 도저히 진우와 나눌 수 없는 것이라 여겼다. 가족을 빼앗아올 수는 없지 않는가. 그런데 진경에게 진우 아닌 다른 사람도 존재할 수 있다는 사실의 깨달음, 제하에게는 꽤 충격이었다.

그 후, 진경을 바라보는 자신의 시선이 변하고 있음을 스스로도 느낄 수 있었다. 마음속 작은 악마의 부추김은 지금까지도 계속되고 있었다. 너무 위험한 도박이다. 진경을 얻기는커녕 진우마저 잃을지도 모른다. 부모에게조차 버림받은 그가 아닌가. 그럼에도 어떤 식으로든 진경의 사람이고 싶은 욕심이 버려지지 않아 제하를 괴롭게 했다.

아마도 고3 여름이었을 것이다. 진우가 물었었다.

"넌 성적 나오는 거 보면 정말 신기하다. 만사 귀찮다는 듯 슬쩍슬쩍 페이지나 넘기고 있는 것 같은데. 너 천재냐?"

"그런가 보지."

"어휴, 재수없는 놈. 갈 데는 정했어?"

"아니."

"가고 싶은 곳 없어? 너 정도면 선택할 수 있잖아."

"없어."

“그럼 공부는 뭐 하러 해?”

“심심해서.”

“아, 씨팔. 너 도대체 가지고 싶다든지 욕심난다든지 되고 싶다든지 그런 거 없어?”

그제야 제하는 보던 책에서 시선을 돌려 언성을 높이며 열을 내는 진우를 봤다.

“딱 한 가지 있는데…….”

“그런데?”

눈을 빛내며 바짝 다가오는 진우를 놀리듯 제하는 다시 책으로 시선을 옮겼다.

“야, 그게 뭔데? 뭐야?”

“어려울 것 같아.”

“이제하, 너 병신이냐? 미리부터 포기하게. 힘든 것일수록 노력해서 얻을 생각을 해야지, 젊은 놈이 왜 벌써 포기야?”

“내 것이 아닌데 탐이 나.”

“처음부터 임자 정해진 게 세상에 어디 있어? 뺏으면 되지. 아니다, 정당한 대가를 지불하고 얻으면 되지. 너 부자잖아. 돈으로 안 되는 거라면 권력? 그거 네가 노력해서 가지면 되고. 몸이 필요한 거면 사지 멀쩡하겠다, 몸으로 때우면 되고. 또 뭐야? 아무튼 네놈이 가지고 싶은 게 있다니까 그래도 좀 사람 같다. 꼭 가져라.”

“그럴까?”

"그럼."

진우는 자신이 말해놓고도 꽤 그럴듯하다 생각했는지 흐뭇한 미소를 짓고 있었다. 그러나 제하는 편하게 웃을 수 없었다. 그가 무엇을 탐내는지 진우는 전혀 짐작조차 못했으리라.

진경은 저녁도 먹다 말고 방으로 들어가 버린 제하가 신경이 쓰였다. 어쩐지 주말이라고 집에 있으면서 전혀 챙겨주지 못한 것 같아 미안했다. 피자라도 시켜줄까 싶어 제하의 방문을 두드렸다. 그러나 대답이 없었다. 벌써 자지는 않을 텐데 슬며시 문을 열었다. 제하는 책상 앞에 앉아 뭔가를 골똘히 생각하고 있는 것 같았다.

"제하야."

낮은 소리로 불렀지만 제하는 듣지 못한 듯했다. 진경은 제하 뒤로 다가갔다. 그가 푹 빠져 있는 것이 뭔지 궁금해 고개를 살짝 내밀어 제하의 손에 쥐어진 것을 봤다.

"어, 이게 뭐야?"

그 소리에 깜짝 놀란 듯 제하가 벌떡 일어났다.

"이걸 왜 네가 가지고 있어?"

진경은 자신이 분명 호준에게 보낸 쪽지를 제하가 보고 있다는 것에 분개하며 퉁명하게 물었다. 그리고 제하의 손에 있는 쪽지를 빼앗으려 했다. 그러나 제하는 손을 위로 올려 진경의 손이 닿지 않게 했다.

“야, 이제하. 너 뭐야? 이걸 왜 네가 가지고 있는 거야?”

“제가 받았으니까요.”

“이리 줘. 읽어보면 몰라? 너한테 보낸 거 아니잖아.”

“누구한테 보냈든 받은 사람은 저예요.”

“너 지금 그걸 말이라고 하는 거야? 너 그렇게 머리 나빠? 빨리 줘.”

“싫어요.”

“야!! 너 지금 나하고 장난해? 내가 그것 때문에 얼마나 쪽팔렸는데. 어서 내놔!”

“…….”

“나 장난할 기분 아냐. 빨리 달라니까.”

제하와 진경은 계속 옥신각신 실랑이를 벌이고 있었다. 진경의 위협도 먹히지 않았다.

“제하야, 주라. 응?”

달래봐도 소용없었다. 결국 직접 빼앗아보려 달려들었지만 제하는 호락호락하지 않았다. 높이 들어올린 제하의 손끝에 달린 쪽지를 빼앗으려고 까치발을 하고 깡충 뛰어도 봤지만 닿을 듯 말 듯한 탓에 진경의 속만 태울 뿐 뺏을 수 없었다. 정말 머리끝까지 화가 난 진경은 제하의 정강이를 발로 차버렸다. 갑작스런 공격에 놀란 제하가 허리를 굽히자 ‘기회는 지금이다’를 속으로 외치며 달려들어 쪽지를 낚아채려 했다. 그러나 제하가 그걸 눈치채고는 재빨리 허리를 펴며 쪽지를 들고 있던 손을 뒤로 빼버렸다.

"으악!"

진경은 달려들던 힘을 이기지 못하고 제하에게 몸을 부딪치고 말았다. 제하는 진경에게 밀려 그대로 침대로 떨어졌다. 그것도 혼자가 아닌 진경과 함께.

진경은 자신 아래 깔려 있는 제하를 보며 눈이 휘둥그레졌다. 아무리 동생 친구라지만 이런 포즈는 곤란했다. 당황한 진경은 쪽지를 빼앗아야 한다는 생각은 잊어버린 채 어색한 표정을 지으며 몸을 일으키려 했다. 뚫어질 듯 자신을 바라보는 제하의 시선도 영 불편했다.

"어, 저기…… 흡!!"

막 몸을 일으키는 진경의 뒷목과 머리를 제하의 두 손이 감쌌다. 순식간에 일어난 일이라 진경의 휘둥그레졌던 눈이 더 커지며 뭐라 말할 새도 없이 제하에게 당겨졌다. 그리고 입술이 부딪쳐 왔다. 너무 놀라 정신이 없던 진경은 그녀의 입술 사이로 들어오는 제하의 뜨거운 혀를 무방비 상태로 맞아들였다. 제하의 혀가 그녀의 치아를 훑고 부드러운 속살을 헤매는 동안에도 진경은 멍해 있었다. 지금 무슨 일이 벌어지고 있는 건지 현실 감각이 없었다. 그 정도로 충격이 컸다.

제하는 저녁 내내 그를 괴롭혔던 진경의 입술을 탐했다. 어떤 아이스크림보다도 부드럽고, 차갑고, 달콤했다. 자신을 보며 어색한 듯 얼굴을 살짝 붉히는 진경을 보는 순간 제하는 억눌렀던 마음이 폭발하는 걸 느꼈다. 진경에게 진우 아닌 다른 존재가 있을 수 있다면 그 사람은 바로 자신이고 싶다. 더 이상의 망설임이나 고민은 날려 버렸다. 진경을 가지리라.

입술과 입술이 맞닿고 혀는 집요하게 진경의 혀를 붙잡고 놓아주지 않았다. 선명하게 각인시키고 싶은 본능이 앞서듯 제하는 저 목구멍 깊은 곳까지 자신의 흔적을 남기고 맛보고 싶었다.

몸을 굴려 진경의 위로 올라온 제하는 몸을 더 밀착시켰다. 그리고 벌어진 셔츠의 앞섶에 손을 넣었다. 그리고 망설임없이 브래지어 끈을 밀어내고 하얗고 탐스런 가슴으로 손을 가져갔다. 머리가 뜨거워지고 사고가 멈췄다. 태어나 한 번도 느껴보지 못한 충만함이 제하의 손을 지배했다.

진경은 숨이 막혔다. 위 속에서 목구멍으로 뭔가가 밀고 나오려 했다. 우리 지금 뭘 하고 있는 거지? 넋이 나가 끊겨져 버렸던 정신이 조금씩 돌아왔다. 그리고 초점을 잃었던 눈동자가 제빛깔을 찾아가며 그 안에 선명하게 제하의 모습이 보였다. 진경은 미친 듯이 고개를 흔들며 자신에게 밀착된 제하를 밀어냈다. 두 주먹으로 사정없이 제하의 가슴을 때렸다. 자신의 입술과 맞닿아 있던 입술이 먼저 떨어져 나갔다. 여전히 미련을 버리지 못하고 자신의 가슴을 감싸고 있는 두 손을 있는 힘을 다해 떼어냈다.

제하가 몸을 일으켰다. 진경도 그제야 참았던 숨을 한꺼번에 내쉬느라 캑캑거렸다. 놀란 제하가 진경의 등을 두드리려 했지만 진경은 세차게 그의 손을 쳐냈다. 진경은 치밀어 오르는 분노로 인해 앞섶이 벌어져 유혹적으로 드러난 가슴골과 보일 듯 말 듯한 가슴의 봉우리를 전혀 의식하지 못했다. 진경의 눈에 침대 모퉁이에 구겨져 버린 쪽지가 들어왔다. 진경은 제하를 노려봤다. 그러나 노골적으로 자신의 가슴을 바라보고 있는 제하로 인해 진경의 얼굴은 벌겋게 달아올랐다. 더불어 제하에 대한 분노도 더 커져만 갔다.

짝―

진경의 손이 제하의 뺨을 강타했다. 손이 맵기로 소문난 진경의 손에 정통으로 맞은 제하의 뺨에는 진경의 손자국이 선명하게 모습을 드러냈다. 제하는 얼굴이 돌아간 채 그대로 서 있었다. 때린 진경만이 거친 숨을 몰아쉬며 쌕쌕거렸다.

"너, 뭐야?"

"……."

"너 지금 나한테 뭘 한 거냐고? 너 성추행범이었어?"

"……."

"나가, 당장 나가! 우리 집에서 나가!!"

"싫어요."

"뭐?"

묵묵히 자신의 죄를 인정하듯 침묵을 지키던 제하의 입에서 짧은 대답이 흘러나왔다. 물론 진경을 머리끝까지 열나게 하는 대답이었다.

"너 미쳤지? 내가 누구로 보이니?"

"그래요, 나 미쳤어요. 누나한테 미쳤어요."

"허! 애 정말 돌았네. 왜 네가 나한테 미쳐? 나, 네 친구 누나야. 지금 이 순간부터는 그것도 아니지만. 진우도 너 같은 녀석하고는 상종도 못하게 할 거니까. 어서 나가!"

"시작은 누나가 먼저 했어요."

"뭐? 내가 뭘 먼저 시작한 건데? 본인도 모르는 일에 시작이 어디 있어?"

"날 가만히 내버려 뒀으면 좋았잖아요. 다른 사람들처럼 좀 이상한 녀석이다 정도로 생각하고 신경을 꺼버렸으면 나도 이렇게 내 감정을 폭주하게 되지 않았을 거 아니에요? 누나도 똑같은 사람이라 생각해 버리면 그만이었을 테니까. 동정이었다고 해도 난 이미 누나를 맘에 담아버렸어요. 그러니까 누나가 책임져요."

"허, 기가 막혀서. 지금 이게 다 무슨 소리야? 넌 순수한 호의도 제대로 받아들일 줄 모르니? 네 말처럼 너 정말 이상한 애야. 난 이상한 사람이랑 같이 못살거든. 좋은 말로 할 때 짐 싸서 나가라."

"싫어요."

"지금 당장 진우한테 연락해서 부른다. 네가 한 짓을 알면 진우가 가만히 있겠다."

"누나만 진우에게 할 말 있는 거 아니에요. 그 선배라는 사람, 친구 애인이라죠? 진우도 잘 아는 사람 같던데."

더 이상 말을 하지 않았지만 진경은 제하가 무슨 말을 하는지 알 수 있었다. 그건 분명 협박이었다. 이미 제하는 호준을 향한 자신의 마음을 알고 있었던 것이다.

"야, 이 나쁜 놈아! 네가 어떻게 나한테 이럴 수가 있어? 내가 널 어떻게 생각했는데? 허락도 없이 첫키스도 뺏어간 주제에 뭐, 뭐? 진우한테 뭘 한다고?"

진경은 분을 참지 못해 다시 달려들어 제하의 가슴이고 어깨를 주먹으로 때렸다. 말없이 맞아주고 있던 제하가 한참 만에 입을 열었다.

"내 첫키스도 누나가 가졌잖아요."

키스만큼 갑작스런 제하의 고백에 진경은 제하를 때리던 손을 멈췄다. 이유도 없이 얼굴이 새빨갛게 물들고 있었다. 미친 게 분명했다. 왜 갑자기 불구덩이의 장작처럼 온몸에 열이 오르는지 알 수 없었다. 당혹스런 진경은 제하에게서 몇 걸음 물러났다. 제하와 눈을 마주칠 수가 없었다. 그런 진경의 모습에 제하의 눈은 어둡게 가라앉았다.

"누나!"

"됐어. 더 이상 듣기 싫어. 한 번만 더 이런 일 있어봐. 그때는 지금처럼 안 끝나. 나뿐만 아니라 진우도 잃게 될 거야. 잊지 마!"

진경은 제하에게 경고하듯이 차갑게 대꾸한 후 방문을 쿵 소리가 나도록 세게 닫고 나와 버렸다. 다리가 후들거렸다. 편안했던 휴일 저녁이 결과를 예측할 수 없는 스릴러물처럼 가슴을 압박했다.

일요일, 다른 때와 달리 집 안은 고요했다. 비가 그치고 해가 모습을 드러냈지만 여전히 깊은 잠에서 허덕이는 것처럼 적막하기만 했다. 제하는 어젯밤부터 굳게 닫혀 있는 진경의 방문을 바라보며 무겁고 긴 한숨을 내쉬었다.

"누나, 누나……. 아직도 자요?"

노크를 하며 진경을 불러봤지만 대답이 없었다.

"누나, 나 문 열어요."

"문 열지 마!"

문을 연다는 제하의 말에 그제야 진경의 날카로운 음성이 들려왔다.

"누나, 아침도 안 먹었잖아요."

"신경 쓰지 마. 내가 알아서 할 테니까."

"나 배고파요."

"너 배고픈 걸 왜 나한테 말해? 알아서 챙겨 먹어."

"누나가 맛있는 거 해주기로 했잖아요."

"그 말 취소야."

문을 사이에 두고 오가던 대화는 진경의 단호한 대꾸로 끊어졌다. 계속되는 진경의 신경질적인 말을 다 이해한다는 표정으로 어떻게든 진경의 마음을 풀어보려던 제하의 노력은 수포로 돌아갔다.

진경은 하루 종일 방에 틀어박힌 채 얼굴을 비추지 않았다. 초조해진 제하는 몇 번이나 진경의 방문을 두드렸지만 돌아오는 건 매몰찬 거절의 대답뿐이었다. 아침부터 종일 굶은 채 하루해가 저물고 있었다. 자신을 남자로 바라보지 않는다는 것은 알고 있었고, 믿었던 도끼에 발등 찍혔다는 듯 불신으로 자신을 보게 될지도 모른다는 두려움으로 인해 망설임은 길었다. 그냥 동생의 친구로서 받는 다정하고 부드러운 시선만으로도 만족하고 싶었다. 제하에게는 그 따뜻한 시선마저도 감지덕지였으니까.

그러나 인간이란 참 이기적인 동물이다. 자꾸만 더 욕심을 부리고 더 원하게 된다. 그 욕심이 얼마나 사람을 비참하고 초라하게 만드는지 세상을 제대로 알기도 전에 깨달아 버린 그가 다시 한 번 미련스럽게 욕심을 내버린 것이다.

굳게 닫힌 문을 어두운 눈으로 바라보는 제하의 얼굴엔 긴 그림자가 내려앉았다. 무거운 정적만이 가득하던 집은 갑작스럽게 울려댄 초인종 소리에 화들짝 깨어났다. 제하는 현관으로 향했던 시선을 진경의 방문에 다시 한 번 줬다. 그러나 진경의 방문은 열릴 줄 몰랐다. 제하는 나지막한 숨을 내쉬며 현관으로 향했다. 요란한 초인종 소리가 귀를 울렸다. 문을 열자 신선한

바깥 공기와 함께 진우의 투덜거리는 소리가 들렸다.

"형님이 오셨는데 버선발로 뛰어나와 맞아야지, 뭐 하느라 그렇게 꾸물거려?"

"왔냐?"

"그래, 다녀왔다. 누나는?"

"방에."

제하는 진경의 방을 힐끗 쳐다보며 대답했다. 목소리에는 힘이 없었다. 그러나 진우는 전혀 의식하지 못한 듯 요란스럽게 진경을 불러댔다.

"누나. 누나!"

몇 번을 불러대도 진경이 모습을 드러내지 않자 진우가 고개를 갸웃거리며 물었다.

"자나? 아무리 그래도 그렇지, 하나밖에 없는 동생이 죽을 고생을 다 하고 돌아왔는데 내다보지도 않는 거야?"

진우는 어깨에 메고 있던 가방을 거실 소파 한구석에 던진 후 노크도 하지 않은 채 진경의 방문을 벌컥 열었다. 제하는 방으로 들어서진 못한 채 진우의 뒤로 진경의 방을 들여다봤다. 진경은 침대에 누워 이불을 뒤집어쓴 채 미동조차 하지 않았다.

"누나. 누나, 그만 일어나. 사랑하는 동생이 왔다니까."

"피곤해. 저녁은 너희끼리 해결해."

이불 속에서 정말 기운이 하나도 없는 진경의 음성이 들려왔다. 그제야 진우는 심상치 않은 기운을 느꼈는지 장난기 가득하던 얼굴을 굳혔다.

"누나, 어디 아파?"

"아냐. 잘 거니까 나가."

그리고 벽 쪽으로 돌아눕는 진경을 보며 진우는 심각한 표정으로 방을 나왔다. 방문 앞에 서 있던 제하는 입술을 지그시 깨물었다. 골몰하게 뭔가를 생각하는 듯 말없이 거실로 향하던 진우가 고개를 휙 들더니 제하를 돌아봤다.

"주희 누나 날 잡은 거 아냐?"

"뭐?"

"제일 친한 친구가 결혼하게 되니까 배도 아프고, 외롭고, 샘나서 저러는 거 아닐까?"

진우의 엉뚱한 해석에 제하는 아무런 대꾸도 하지 못한 채 입만 벙긋거렸다. 자세히 보니 진우는 어딘지 모르게 들떠 보였다. 워낙 유쾌한 녀석이기는 했지만 집 안으로 들어서면서부터 느껴지던 목소리와 표정이 다른 때보다 기분이 좋아 보였다.

"뭐 좋은 일 있어?"

"오호, 자식 봐라. 그래도 몇 년 같이 부대끼더니 사람 기분도 파악할 줄 아네. 좀 그런 게 있지."

"뭔데?"

"배고파. 우선 배나 채운 다음에 천천히, 하하, 이 형님의 이야기를 들려주지. 가자."

주방으로 바로 향하는 진우를 따라 제하도 걸음을 옮겼다. 식탁 위에는 제하가 하루 종일 열심히 사서 나른 음식들이 포장도 뜯지 않은 채 고스란히 방치되어 있었다.

"이게 다 뭐냐?"

"보면 몰라?"

"아니까 하는 소리지. 피자에, 치킨, 족발. 뭐야? 순대, 김밥, 떡볶이, 햄버거까지. 너 오늘 종일 동네 야식 가게 다 털었냐? 뭐가 이렇게 많아? 것두 하나도 손 안 댔네?"

휘둥그레진 눈으로 식탁과 제하를 번갈아 보며 진우는 물었다. 의문이 가득한 시선을 받은 제하는 한참을 머뭇거리다 조심스럽게 대꾸했다.

"누나가 입맛이 없대서. 뭐 좀 먹을까 싶어서 사 왔는데……."

"근데 안 먹었다 이거냐?"

"그런 셈이지."

"알 만하다. 너 이렇게 많이 사다 나른 거, 누나 아냐?"

"아니."

우울한 대답이 바로 나왔다. 그런 말을 해볼 기회조차 얻지 못한 제하였다.

"허! 너 누나한테 뭐 실수했어?"

"그냥 좀, 기분이 상했나 봐."

"어휴, 정말. 내가 잠깐 집을 비운 그새 또 싸웠구만. 내가 미쳐! 어쩐지 이상하더라. 우리 누나 정말 그렇다. 다른 사람한테

는 굉장히 너그러우면서 왜 너한테는 그렇게 박하게 구는지,
참. 너는, 너는 뭐 좀 먹었어?"

"아니."

"그래, 잘났다. 둘이 다 쫄쫄 굶어가면서 시위하냐? 사과했
어?"

"응."

"근데도 저렇게 부어 있단 말이지? 우선 먹자. 먹고 난 다음
에 누나도 좀 먹여보자. 앉아."

진우는 기운 좋게 포장을 뜯어내고 음식을 입으로 가져갔다.
하지만 제하는 내내 음료수만 홀짝였다. 배가 많이 고팠던지 진
우는 치킨이며 피자를 열심히 먹어댔다.

"너 좋은 일 있다며, 뭐야?"

"응. 이 형님이 조만간 여자 친구가 생길 것 같단 말이지. 그
것도 퀸카로……."

"그래?"

"그래. 너도 알지? 내가 저번에 학교에서 소개시켜 줬었잖아.
동아리 동기라고, 유채영. 생각나?"

"아니."

"그러면 그렇지. 네가 생각날 리가 없지. 네가 관심있는 거 말
고 기억하는 게 있겠어? 물어본 내가 바보지. 암튼 걔랑 조만간
사귀게 될 것 같아."

"사귀면 사귀는 거지, 사귀게 될 것 같은 건 뭐야?"

"MT에서는 사람이 많아서 그런 말 하기는 좀 그랬고, 내일 영화 보기로 했으니까 만나서 얘기하려고. 둘만 영화 보자는데 오케이 하는 것 보면 나한테 관심있다는 거 아니냐? 그리고 MT 내내 유달리 나를 좀 챙기더라고. 하하하."

"좋기도 하겠다."

"어. 내가 잘되면 너한테도 새끼 쳐줄지 혹시 아냐?"

"됐다. 난 관심없어."

어느 정도 배가 찼는지 느긋하게 콜라를 마시는 진우를 보며 제하는 먼저 말을 꺼냈다.

"다 먹었으면 누나 좀 어떻게 해봐. 종일 아무것도 안 먹었단 말이야."

"고양이 쥐 생각한다. 그러게 성질 알면서 왜 건드려? 뭔 일 인지는 모르지만 걍 좀 넘어가지. 우리 누나, 네가 그렇게 걱정 하는지 알기나 하는지 모르겠다."

진우가 일어나 진경의 방으로 가는 걸 확인한 제하는 자신의 방으로 들어왔다. 그가 거기 있다면 진경이 결코 밖으로 나오지 않을 것이 분명했다. 어떻게 달랬는지 모르지만 퉁퉁거리며 거 실로 나온 진경의 말소리가 들리자 제하는 안도의 한숨을 내쉬 었다.

하루 종일 바늘방석 위에 앉아 있는 기분이었다. 마음을 토해 내고 나니 후련하면서도 평상시 같지 않은 진경을 지켜보자니 불안하고 초조했다. 종일 아무것도 먹지 않았지만 배가 고픈 줄

도 몰랐다. 자신과 같지 않은 진경의 마음을 어떤 식으로 돌려
야 할지 몰라 그저 막막하고, 그렇다고 털어버릴 수도 없는 감
정이기에 답답하기만 했다.

식탁 앞에 진우와 마주 앉은 진경은 황당하기 그지없었다. 진
우의 잔소리와 괴롭힘을 이기지 못해 겨우 몸을 일으켰지만 방
밖으로 나와 제하와 부딪치고 싶지 않았다. 다행히 제하가 방으
로 들어간 것 같아 울며 겨자 먹기로 진우를 따라 거실로 나왔
다.

"누나가 애야, 제하랑 싸우고 종일 굶게? 암튼 나이를 어디로
먹었나 몰라. 빨리 와."

주방으로 밀어 넣는 진우의 보챔에 못 이겨 식탁으로 온 진경
은 그 위에 올려진 음식들을 보고 놀랐다.

"이게 다 뭐야?"

"나하고 똑같은 소리 하네. 보면 몰라? 제하가 종일 열심히
퍼다 나른 음식이잖아. 누나 먹이려고."

"제하가?"

"그래. 쟤가 워낙 말이 없고 숫기가 없어서 그렇지, 누나를 얼
마나 생각한다고. 나랑 다르다는 거 누나도 잘 알면서 왜 애를
닦달해. 어지간하면 좀 봐주지."

"제하가 뭐라 하던?"

"뭐라 하긴? 제하가 이러쿵저러쿵할 애야? 자기가 좀 잘못했

다고만 하던데. 사과도 했다며. 그러고 보면 누나 제하한테만 너무 예민하게 구는 거 아냐?"

"됐어. 먹기나 해."

"난 먹었어."

"그 녀석은?"

"아니. 누구 때문에 입맛없나 봐."

"하나도?"

"응."

"후……."

진경은 너무 태평하고 쉬운 진우의 대꾸를 들으며 불편한 숨을 길게 내쉬었다. 몇 번이나 자신의 방문을 두드리고 문 앞에서 서성이고 있는 제하를 느꼈지만 내내 모른 척했다. 너무 머리가 복잡하고 신경질이 나 배가 고픈 줄도 모른 하루였다. 진우가 보는 앞에서 차갑게 식은 피자 한 조각을 뜯으면서도 여전히 식욕이 당기지 않았다. 그녀가 머리 싸매고 드러누워 하루를 굶었듯이 제하 역시 하루 종일 아무것도 안 먹고 해바라기마냥 자신의 눈치를 살폈을 거라는 생각에 마음이 편치 않았다.

"친구라는 게 종일 아무것도 안 먹었다는 데 뭐 좀 먹이지, 가만뒀어?"

"허, 그 말을 지금 누나가 할 소리야? 애처럼 하루 종일 삐쳐 있던 사람이 누군데?"

"아무것도 모르면서 함부로 말하지 마."

"그래, 나도 좀 알자. 왜 싸운 건데?"

"그만 하자. MT는 재밌었어?"

"응, 그런대로."

제하와 왜 틀어졌는지 진우에게 도저히 말할 수 없었던 진경은 화제를 돌렸다. 단순한 진우는 더 이상 추궁하지 않고 MT에서 있었던 일들을 주저리주저리 이야기하기 시작했다. 진경은 머릿속으로 들어오지 않는 이야기를 그저 고개를 끄덕이며 경청했다.

"나 내일부터 데이 근무다. 아침 둘이 챙겨 먹고 가."

"알았어. 그건 걱정 말고 누나, 내일 꼭 화해해라."

"흠, 넌 신경 꺼. 제하랑 내가 알아서 할 테니까."

다
섯

봄이라지만 아직은 쌀쌀했고 꽤 오랜 병원 생활에도 불구하고 이른 시간에 출근하는 일은 항상 버거웠다. 겨우 눈을 뜨고 씻고 나와보니 식탁에는 방금 데운 듯 따끈따끈한 우유 한 잔이 덩그러니 놓여 있었다. 주위를 둘러봐도 사람의 흔적은 보이지 않았지만 진경은 우렁 각시를 흉내 낸 사람이 누구인지 짐작할 수 있었다. 마지못해 우유를 마신 후, 찹찹한 마음으로 준비를 마치고 밖으로 나오자 차가운 공기와 더불어 제하가 차에 시동을 건 채 그녀를 기다리고 있었다. 진경은 냉랭한 시선으로 못 본 체 지나치려 했지만 어느새 내린 제하에게 팔을 붙잡혔다.

"너 지금 뭐 하는 거야?"

"타요. 데려다 줄게요."

"됐어. 다시는 네 차 탈 일 없을 테니까 이러지 마."

"누나, 누나가 나한테 화난 것 알고, 또 충분히 화낼 만하다는 것도 알아요. 그렇지만 나도 쉽게 내뱉은 말은 아니에요. 누나 말대로 누나도, 친구도 다 잃을지 몰라요. 그거 알면서도 마음대로 안 되는 내 마음, 누나가 조금만 이해해 주면 안 돼요?"

"도대체 어떡하자고 이러는 거야? 네 마음 받아달라 떼쓴다고 그게 가능한 일이야? 넌 내게 동생의 친구일 뿐이야. 너도 그거 알잖아."

"알아요, 억지 부려서 되는 일이 아니라는 거. 그렇지만 누나가 좋아요. 다른 사람과는 손끝만 스쳐도 불쾌한데 누나는 아니에요."

"제하야,"

"무슨 말 하려는지 알아요. 하지만 지금은 아무 소리도 안 들려요. 무조건 싫다고만 하지 말고 한 번만이라도 좋으니까 누나도 진지하게 생각해 줘요. 동생의 친구가 아니라 남자로."

"제하야!"

"늦은 것 같은데 타요."

진경의 이야기는 더 듣고 싶지 않다는 듯 제하는 차 문을 열어 진경이 탈 것을 종용했다. 무시하고 버스를 타러 가기에는 자신을 바라보는 제하의 눈빛이 너무 진지했다. 감정을 담지 않는 공허하고 무료한 눈빛이 아니라 간절함이 담긴 깊고 고요한 시선에 진경은 한 발짝 물러설 수밖에 없었다.

병원에 거의 도착할 즈음까지 진경도, 제하도 더 이상의 말은 없었다. 만약 제하의 다른 감정을 알지 못했다면 모자란 잠을 자는 데 그 시간을 충분히 이용했을 텐데 마음이 편치 않으니 잠조차 오지 않았다. 묵묵히 운전에 열중인 제하를 한 번 쳐다본 진경은 긴 한숨을 내쉬며 물었다.

"뭐 좀 먹었어?"

"아뇨."

"너 바보니? 나 굶는다고 너도 안 먹고. 그거 하나도 안 예쁘니까 굶지 마라. 몸 상한다."

진경의 말에 아무런 대꾸도 하지 않았지만 전방을 주시하는 제하의 눈동자는 복잡한 감정이 실려 있었다.

아무렇지도 않게 내뱉는 진경의 말 한마디, 태도 하나가 제하를 얼마나 코너에 모는지, 얼마나 기대를 갖게 하는지 모를 것이다. 그것이 그저 동생에게 하는 일상적인 것에 지나지 않는다 할지라도 동정조차 받아보지 못한 제하에게 그건 달콤한 독이었다.

제하는 병원 안으로 사라지는 진경의 뒷모습이 더 이상 보이지 않을 때까지 서 있다가 차를 움직이기 시작했다.

인수인계와 더불어 바쁜 하루의 시작이었다. 똑같은 패턴이지만 직업의 특성상 긴장을 늦추지 못했다. 또한 이틀을 쉬었음에도 불구하고 정신적인 충격이 큰 탓에 몸 상태는 그리 좋지 않았다. 특히나 대학 시절 호준에게 가졌던 짝사랑의 감정을 들킨 후 함께 근무하는 날이라 신경은 더 날카로웠다.

너무 창피한 나머지 호준의 얼굴과 마주 대하고 싶지 않았다. 그래서 호준이 보일세라 이런저런 핑계를 대며 요리조리 피해 다녔다. 같은 병원, 같은 내과 병동에서 일했지만 호준과 마주치는 일은 그리 많지 않았다. 전공의 과정을 밟고 있는 호준은 몸이 두 개여도 모자랄 만큼 바쁜 사람이었다. 얼굴을 마주쳐도 느긋하게 이야기할 시간적 여유가 없었다.

그런데 오늘따라 자꾸만 마주치니 진경은 정말 어디로 숨고 싶은 심정이었다. 보고 싶어도 보이지 않던 그가 피하려고 드니 왜 자꾸 보이는지 난감하기만 했다. 전처럼 편하게 학교 선배이며 친구의 애인으로 대하자 싶으면서도 눈을 마주치고 웃어오는 호준을 보면 마음이 편치 않았다. 순수하게 받아들였던 호준의 태도를 자꾸만 다른 의미로 의식하게 되는 것이다. 그럴 리가 없는데, 고개를 갸웃거려 봤지만 소용없었다.

이 모든 게 다 그 녀석 때문이었다. 이상한 말을 해가지고 이제는 사람의 순수한 행동마저 이상하게 받아들이고 의식하게 된다 싶어 속이 상했다. 빨리 하루가 지나가기만을 바랐다.

그러나 불편한 날은 이 주째 계속되었다. 집에서도, 직장에서도 곤욕스런 시간이었다.

처음 며칠은 일부러 퇴근 후 시간을 때우고 늦게 들어가 제하와의 마주침을 피했다. 그러나 무엇 때문이지 매일같이 늦는 진우 탓에 저녁까지 먹지 않고 그녀를 기다리는 제하를 피할 수 없었다. 그래서 그녀는 퇴근 후의 방황을 접고 제하와 더불어 조용한 식사를 했다.

제하는 더 이상 채근하지 않았다. 녀석의 태도는 고백 전이나 후나 무덤덤했다. 원래 말이 없는 성격이었기에 주로 진경이 먼저 말을 걸지 않는 한 제하가 먼저 입을 여는 경우도 없었기에 겉보기에는 평온한 일상처럼 보였다. 그러나 제하는 매일 이른 아침 식탁 위에 따뜻한 우유를 놓아두고 출근길을 함께하기 위해 차에 시동을 켠 채 기다렸다. 그의 고집스런 마음의 표현이었다.

시간이 흐르고 있었지만 진경은 제하의 바람처럼 그를 진지하게 생각해 보지 않았다. 전혀 그럴 마음이 없었다. 동생의 친구도 친구거니와 자그마치 일곱 살이라는 나이 차를 극복하고 사랑할 만한 용기도 그녀에겐 없었다. 그저 한때의 감정처럼 제하가 떨어져 나가기만을 바랐다.

좀처럼 긴장하거나 주눅 들지 않는 진경이었지만 안팎으로 그녀를 신경 쓰게 하는 일들 때문에 육체도, 정신도 몹시 피로했다. 그나마 내일만 일하면 이틀간 휴일이다. 학교와 집이 전부인 제하 때문에 집에서 쉬는 것도 그리 녹록하지는 않겠지만 그래도 하나에서만큼은 해방이 아닌가. 무심하던 호준이 더 친한 척 말을 거는 것도 곤욕이었다.

주방을 정리하며 일찍 자야지 생각하는데 현관문 열리는 소리가 들렸다. 얼굴 보기 힘든 동생 진우였다.

"어이, 동생. 얼굴 보기 힘들다. 아르바이트라도 하는 거야?"

"헤헤, 아르바이트는 담달로 미뤘어."

"그럼 뭐가 그리 바빠?"

"흠, 아직까지 솔로인 누나한테는 좀 미안한 일이지만 잘난 동생을 둔 누나가 참아야지 어떡하겠어? 하하. 누나, 나 연애해."

"뭐?"

"여자 친구 생겼다고."

"그래?"

"응. 누나, 궁금하지?"

"그러네."

"캬캬, 그래서 내가 누나 이번 주말에 쉴래 초대했어. 기대해."

"집으로?"

"응."

"온다고 하던?"

"그럼~ 내가 어떻게 사는지 무척 궁금해하던걸. 누나, 그날 맛있는 거 해줄 거지?"

"그래."

진경은 진우의 들뜬 모습을 보며 조금은 당황스러웠다. 대학에 합격했을 때도 이 정도로 상기되어 세상을 다 얻은 것처럼 의기양양하지는 않았다. 늘 친구들에게 둘러싸여 있던 진우는 미팅이나 소개팅에 별로 관심을 보이지 않았었다. 친구들과 함께 어울리고 노는 것에 푹 빠져 있는 모습만 봐왔던 진경이기에 여자 친구 이야기를 하며 흥분을 감추지 못하는 진우의 모습은 낯설었다. 진경은 자기 기분에 취해 있는 진우를 지그시 바라봤다.

정말 많이 컸구나. 물가에 내놓은 어린아이마냥 종종거리며 조바심을 부렸던 게 엊그제 같은데 여자 친구가 생겼다는 말을 들으니 진경은 기분이 묘했다. 어리게만 느껴졌던 동생이 이제는 커 보였다.

"그렇게 좋으니?"

"응, 누나."

"그래, 아들 키워봤자 소용없다는 소리가 그냥 있는 말은 아니지? 누나 배신감 느껴지려고 그런다."

"무슨, 누나가 엄마냐?"

"그럼 엄마지. 내가 너 다 키웠는데. 그러고 보니 네 여자 친구한테 할 얘기가 무진장 많을 듯한데……."

"누나, 이상한 얘기만 해봐. 내가 가만있나."

"어, 더 기분이 나빠지려고 그러네. 네가 그런 식으로 나온다면 더 하고 싶어질 것 같은데."

"누나!"

"하하하, 알았다. 걱정하지 말고 데려와. 우리 진우가 푹 빠진 여자가 어떤 여자인지 누나도 궁금하다."

아주 괜찮은 여자 친구에 대해 한참을 떠들던 진우는 씻어야 겠다며 욕실로 들어갔다. 진경은 진우를 눈으로 쫓으며 시원섭 섭한 표정을 지었다. 동생이란 존재인 진우는 진경의 인생에 있어 가장 많은 부분을 차지한 사람이었다. 갑작스런 복통에 구급 차를 타고 병원에 실려간 엄마의 모습이 마지막이었다. 돌아오는 아버지의 팔에는 자신이 오랜 때가 묻은 곰돌이 인형보다 더 작은 아기가 안겨 있었다. 그것이 진우와의 첫 만남이었다. 왜 엄마가 돌아오지 않는지 이유를 물었지만 대답해 주는 사람은 없었다. 그저 자신에게 측은하고 안쓰러운 시선만 던질 뿐이었다. 아버지는 엄마가 아프셔서 좀 더 병원에 계셔야 한다고 했지만 불쌍한 것, 불쌍한 것이라 흐느끼던 외할머니를 보며 진경은 어린 나이지만 어림짐작했던 것 같다.

진우는 가까이 살던 고모 집에서 키워졌다. 초등학교 1학년이 었던 진경은 수업이 끝나면 고모 집으로 갔다. 그리고 고모를 도왔다. 친구들과 한창 놀고 싶은 시기였음에도 진경은 진우의 곁을 지켰다. 어린 나이였지만 고모가 잠깐 집을 비운다거나 일이 생겨 외출을 해야 될 때는 진우를 대신 돌봤다. 진우를 잘 돌보면 엄마가 돌아와 칭찬해 줄지 모른다고 생각했던 것도 같다. 이미 짐작했음에도 인정하고 싶지 않은 어린 마음이었는지도 모른다.

진우가 여섯 살이 될 무렵 고모부가 지방으로 발령이 나자 고모의 도움을 받던 부분들이 모두 진경의 몫이 되고 말았다. 힘들지 않았다면 거짓말이다. 그러나 엄마의 따뜻한 품도 느껴보지 못한 진우가 그녀가 전부인 양 바라봤을 때의 그 가슴 뭉클하고 측은하고 안타까운 마음은 이루 말할 수 없었다. 그것도 그럴 것이 일하러 가는 아버지는 저녁에야 잠깐 얼굴을 보는 정도였고 그 외 나머지 시간은 진경과 함께였다.

그녀 스스로도 조금은 유별났는지도 모른다. 학교, 직장까지 빠져 가며 진우의 입학식, 졸업식을 쫓아다니곤 했으니까. 진우에게 엄마의 빈자리를 채워주고 싶었나 보다. 그녀의 유년기뿐만 아니라 학창 시절 모두 진우를 중심으로 이뤄졌다. 그 덕에 친구라는 것을 만들지 못한 것도 사실이다. 진경은 훌쩍 커버린 진우로 인해 만감이 교차했다.

"강진경!!"
'윽, 걸렸다.'
정말 작정하고 피해 다녔는데 드레싱 세트를 빌리러 육층에 가던 중 계단에서 호준과 정면으로 마주치고 말았다.
"선배."
"너 요즘 이상하다. 날 왜 자꾸 피해?"
눈에 보일 정도였나, 진경은 난처함을 어색한 웃음으로 대신

하며 시치미를 뗐다.

"피하기는요?"

"그래? 정말 나 안 피한 거야?"

"네. 제가 선배한테 죄지은 거라도 있나요, 피하게?"

"그럼 됐고. 오늘 일찍 끝나지? 저녁이나 먹자."

"선배 바쁘잖아요."

"밥은 핑계고 너한테 할 말 있어. 지난 금요일에 모처럼 오프라 집 근처에서 전화했는데 너 피곤한 것 같아서 다음으로 미뤘잖아. 약속있으면 잠깐 차라도 한 잔 하자."

"약속은 없어요."

"그럼 끝나고 보자."

"네."

진경은 계단을 내려가며 긴 숨을 내쉬었다. 약속은 했지만 진경으로서는 자신에게 할 말이 있다는 호준이 잘 이해되지 않았다. 주희 문제로 상담이라도 하려나. 주희를 제외한 호준과의 일 대 일 만남은 정말 피하고 싶었다. 그런데 그것도 자신의 뜻대로 되지 않았다.

일을 마치고 밖으로 나오자 차가 빵빵거렸다. 호준이었다. 진경은 다른 사람들이 볼세라 빨리 차에 올랐다. 호준은 기분이 좋은 듯 입가에 부드러운 미소를 짓고 있었다.

"선배, 좋은 일 있으세요?"

"아니, 그냥. 너랑 같이 있으니까 즐겁다."

“네. 네?”

“뭐 먹을까?”

“그냥 간단한 거 먹죠.”

“맛있는 거 사주고 싶은데.”

“나중에 돈 많이 벌면 사주세요.”

호준과 함께 간 곳은 일식집이었다. 거한 저녁 식사를 생각했던 게 아니었기에 조금 당황스러웠지만 호준의 막무가내 고집에 어쩔 수 없이 회를 먹어야 했다. 진경은 다른 어느 때보다 부담스럽고 조심스러웠다.

“선배, 지금 저한테 뇌물 먹이는 거예요? 아무리 비싼 음식이어도 전 우정을 팔아먹지는 않는데.”

“주희 친구가 아니라 그냥 내 후배 강진경과 함께하는 저녁이야.”

“아.”

부담스러운 분위기를 조금 바꿔보고자 일부러 큰 소리로 농담한 건데 호준은 정색을 하며 진지하게 대답하자 진경은 할 말을 잃고 말았다.

“진경아, 지금 와서야 이런 말 하는 거 좀 그렇지만, 나도 그때 너 좋아했다.”

“네?”

“사실 네가 준 도시락에서 쪽지를 발견했을 때만 해도 혹시나 하는 마음에 심장이 쿵쾅거렸었지. 그래서 더 실망이 컸던 것

같아. 친한 후배의 짓궂은 장난쯤으로 가볍게 여길 수도 있었을
텐데 그러지 못했어. 한동안 내가 너 멀리했던 거 기억하지?”

진경은 백만 볼트 전류보다 더 강한 충격과 혼란에 빠진 상태
라 그저 고개만 끄덕일 수밖에 없었다. 호준에게서 뒤늦은 고백
을 들으리라고는 상상조차 하지 못한 일이었다. 제하에게서 뜻
하지 않는 고백을 들었을 때의 충격과 버금갔다.

“우습게도 네 마음도 모르고 나 그때 삐쳐 있었다. 사내자식
이 되어가지고 참, 내가 생각해도 참 한심스럽다.”

“…….”

과거를 회상하는 듯 나지막하게 내뱉는 호준의 고백에 진경
은 어떤 식으로 대응해야 할지 몰라 침묵할 수밖에 없었다. 그
저 지나간 버린 시간에 대한 이야기를 편하게 털어놓는 건지 알
수 없었지만 선뜻 어떤 대꾸를 하기에는 위험한 대화였다. 진경
은 그가 그만 멈춰주기를 바랐다. 그런데 호준의 얼굴은 더 깊
이 생각에 잠겨드는 것 같아 불안했다.

진경은 다시 한 번 분위기를 바꾸고 싶어 태연스러운 얼굴로
대꾸했다.

“그래서 인연이라는 건 따로 있다고 하잖아요. 선배와 주희가
만나려고 그랬나 봐요.”

“그런 걸까?”

그녀의 말에 호준이 낮게 한숨을 내쉬며 되물었다.

“그럼요. 어딘가에 제 인연도 있겠죠. 저를 만나기만을 학수

고대하면서. 만나면 볼살을 마구마구 주물러 줄 거예요, 오래 기다리게 한 죄로."

"너랑 있으면 기분이 참 좋다. 편안하고. 솔직히 이 마음이 무슨 마음인지 모르겠지만 그때, 네가 나를 좋아했다는 이야기를 듣고 나니까 어린아이처럼 들뜨고 막 웃음이 나더라. 진경아, 나 문제있는 거지?"

"아뇨, 문제는요? 누군가가 자신을 좋아했다는데 기분 나쁜 사람이 있겠어요? 저도 선배가 저 좋아했었다니까 기분 좋은걸요. 뭐, 인간이라면 누구나 갖는 감정 아닌가요? 선배, 너무 심각하게 생각하지 마세요. 다 지나간 과거잖아. 그냥 우스갯소리 정도로 여겨요."

"그런가?"

"그럼요. 주희가 자기 빼놓고 선배랑 저만 맛있는 저녁 먹은 거 알면 또 한바탕하겠네요. 선배랑 주희는 정말 천생연분이에요."

자신의 예감이 틀리지 않았다는 사실에 진경은 뜨끔했다. 왠지 호준이 전과는 다른 시선으로 보고 있는 듯해 마음이 불편했었다. 괜한 제하를 향해 툴툴거렸지만 그것은 핑계에 지나지 않았다. 주희만 아니었다면, 어쩌면 주희가 그녀의 친구만 아니었다면 지금 이 순간 진경은 흔들렸을 것이다. 이성으로서 처음 좋아해 본 사람이었다. 아버지와 진우밖에 몰랐던 진경이 처음 다른 곳으로 눈을 돌려 바라본 사람이기에 오래도록 마음에 담아뒀던 것도 사실이다. 주희의 남자임에도 혼자만의 감정으로 남아 있을 때는 가슴이 쿵쿵거리기도 했는데 들키고 나자 더 이상의 쿵쿵거림은 존재하지 않았다. 창피하고, 주희에게 죄를 지은 것 같고, 불편하고 첫사랑이라 우겼던 그 감정 자체를 잃어버린 것 같았다. 여기까지가 호준에 대한 그녀의 감정이었다. 솔직히 제하의 고백이 그녀를 충격으로 몰아넣은 탓인지 호준에게 가졌던 애틋한 감정을 되새김질할 여유가 없었다.

호준과 진경은 더 이상 지나온 감정에 대한 이야기를 진전시키지 않았다. 요즘 서로의 근황을 나누며 저녁 식사를 마쳤다. 택시를 타고 가겠다는 진경을 굳이 집까지 바래다주겠다고 호준이 우기는 바람에 집 앞까지 같이 와야 했다. 그러다 결국은 원치 않는 상황에 부딪치고 말았다.

막 차에서 내리려던 진경은 불량스럽게 담벼락에 몸을 기댄 채 서 있는 제하와 눈이 마주쳤다. 차에서 내리는 사람이 진경임을 알자 제하는 몸을 꼿꼿이 세우고 가까이 다가왔다. 제하의 생각처럼 호준에게 아직까지 연정을 품고 있는 것이 아님에도 불구하고 함께한 모습을 보이고 싶지 않았다. 껄끄럽지 않았던 감정은 당사자뿐만 아니라 타인에게조차 들키고 싶지 않은 건 자명했다. 내심 당황스러웠지만 태연스럽게 물었다.

"왜 나와 있어?"

"누나 기다렸어요."

대답은 진경에게 하고 있었지만 제하의 눈은 차에서 내리는 호준에게 가 있었다. 동생이 있는 걸 아는 호준은 의심없이 사람 좋은 얼굴을 하고 물었다.

"동생? 전에 얼굴 한번 봤었는데, 어릴 때 봐서 그런가. 전혀 몰라 보겠네."

호준은 제하를 진우로 생각했다. 그래서 가볍게 아는 척을 한 것 같은데 제하의 표정은 변함이 없었다. 날카롭게 올라간 눈매하며 굳게 다물어진 입술, 얼굴엔 자신의 영역을 침범한 자에 대한 경계와 분노가 서려 있었다. 차갑고 매서운 시선으로 호준을 노려보던 제하는 묘한 대답으로 진경을 당혹스럽게 했다.

"동생 아닙니다. 동거인인데요."

"동거인?"

그제야 제하의 호의적이지 못한 시선을 느꼈는지 반문하는 호준의 표정도 굳어졌다. 사람 좋아 보이는 얼굴이 사라진 자리에는 또 다른 호준의 얼굴이 자리잡고 있었다.

"저기, 그러니까 선배……."

"제 여자가 다른 남자와 함께 있는 모습 몹시 불쾌합니다."

두 사람의 대립에 당황한 진경은 어떻게든 정리를 하려고 나섰다. 그러나 진경은 불쑥 끼어든 제하로 인해 말을 끝맺지 못하고 경악하고 말았다. 호준도 놀랐는지 멈칫했다. 진경은 도저히 믿기지 않아 할 말을 잃고 눈만 깜박거렸다. 그런 진경을 보며 호준이 사실이냐며 눈짓으로 물었지만 그녀는 너무 놀란 나머지 어떤 대답도 되돌려 줄 수 없었다. 사고가 멈춘 상태였다.

대답도 없이 멍하니 서 있기만 한 진경으로 인해 호준의 얼굴은
잔뜩 구겨졌다.

"나이도 꽤 어려 보이는데……."

"그건 댁이 상관할 바 아니죠. 시간있으면 댁의 여자한테나
관심 쓰시죠?"

"어린놈이 말하는 게 영 거슬리네. 나, 진경이 선배야. 아무리
두 사람이 사귀는 사이라 하더라도 그런 식으로 말하는 거 아니
지 않아?"

"그럼 제가 오해한 겁니까? 그렇다면 죄송합니다. 들어올 시
간이 지났는데 연락도 없이 늦어서 신경이 좀 날카로웠습니다.
여자 친구 있으니까 제 맘 이해하시죠?"

불쾌한 기색을 역력히 내는 호준에게 제하는 정말 오해했다
는 듯 정중하게 사과를 하면서도 이어지는 말들은 진경에 대한
소유를 확실히 하고 있었다. 호준은 여전히 못마땅한 얼굴이었
지만 더 이상 대꾸를 하지 못했다.

"누나, 들어가자."

발이 땅에 붙어버린 듯 눈만 동그랗게 뜬 채 얼어 있는 진경
의 어깨를 제하가 손으로 감싸며 말했다. 그제야 정신을 차린
진경은 제하의 손을 밀어내려 했지만 어깨가 얼얼한 정도의 힘
만 더해졌다. 머뭇거리며 떠나지 않고 서 있는 호준에게 인사라
도 하려 했지만 제하에 의해 더 당겨지며 기회를 놓치고 말았
다.

"바래다주셔서 감사합니다. 안녕히 가십시오."

내키지 않는 듯했지만 호준이 차에 올랐다. 뭔가 묻고 싶은 게 아주 많은 얼굴이었지만 완강한 제하의 태도에 물러나는 것 같았다.

호준의 차가 보이지 않게 되자 진경의 어깨 위에 놓인 제하의 손을 거칠게 뿌리쳤다. 그러나 다시 손목이 잡혀 아직 차가 들어오지 않은 빌라 주차장으로 끌려갔다.

"놔, 이거 놔!! 이제하, 너…… 흡."

성질을 부리며 소리를 지르던 진경의 입술은 제하의 입술에 가로막혀 버렸다. 두 손은 간단하게 제압당했고 어두컴컴해 사람의 형체조차 구분하기 힘든 주차장 안쪽 구석에 몰아붙여진 진경은 고개를 가로저으며 힘껏 반항했다. 하지만 제하의 혀가 그녀의 입술을 가로질러 들어오는 것을 막을 순 없었다. 입술은 제하의 입술에 짓눌려 뭉개졌고, 입 안으로 파고든 혀는 거칠게 속살들을 농락했다. 처음 멋모르고 입술을 내주던 때와 달리 익히 상황을 잘 인식하고 있던 진경은 제하를 떼어내려고 했지만 힘이 모자랐다. 잡혀 있는 손에 얼마나 힘을 가했는지 끊어질 듯 아팠다. 뭐라고 웅얼거리려 했지만 그러면 그럴수록 제하의 혀는 더 깊이 들어왔다. 숨을 쉬기가 버거울 정도로 제하는 그녀를 몰아붙였다. 이성을 잃은 듯 호흡을 가다듬을 틈도 주지 않는 제하를 보며 죽이려고 작정을 한 게 아닌지 의심스러웠다. 그래서 벗어나려고 온몸을 비틀어 저항했다. 그러나 그러면 그럴수록 옴짝달싹 못하도록 짓눌러오는 제하였다. 너무 가깝게 느껴지는 숨소리, 심장 소리. 진경은 자신의 귓가에 생생히 느껴지는 그 소리에 흠칫 놀랐다. 거친 호흡과 더불어 서로 맞대어진 가슴, 불안하고 불규칙적이며 급박하게 뛰는 심장은 그녀의 것이 아닌 제하의 심장이었다.

거칠고 무자비하게 덤벼들어 그녀의 입술을 탐하고 있는 녀석과 달리 그의 심장은 불안하고 초조해하고 있었다. 왠지 제하가 떨고 있는 것처럼 느껴졌다. 온몸으로 뭔가를 말하고 있는 것 같았다. 어둡고 고요한지라 진경은 너무도 선명하게 제하의 심장 소리를 느꼈다.

진경은 거부하던 몸짓을 멈췄다. 그것을 느꼈는지 제하는 꼭 쥐고 있던 손목을 서서히 놓았다. 그리곤 허리와 어깨를 더 꼭 껴안으며 부드럽게 입술을 부딪쳐 왔다. 진경은 낯설고 이물질이라고만 느꼈던 제하의 혀를 처음으로 거부감없이 받아들였다. 그리고 지그시 제하의 가슴에 몸을 기댔다. 불규칙하고 너무 세서 금방이라도 어떻게 되지 않을까 불안하던 심장이 조금씩 정상으로 돌아오는 게 느껴졌다.

그 순간 제하의 키스를 받아들였지만 제하의 마음까지 받아들인 것은 아니었다. 그저 제하의 안타까운 마음과 몸짓이 자신에게 전이되었다고 해야 할까? 아니면 연민이라는 감정이 더 컸을지도 모른다. 사람과 어울리는 것 자체를 싫어하는 제하였지만 그 존재감만으로도 매력적인 녀석이었다. 굳이 자신이라는 사람에게 목을 매지 않아도 원하기만 한다면 애인뿐만 아니라 바람둥이도 될 수 있는 녀석이 초조해 보였다. 벽을 세우고 누구도 다가오는 것을 막는 녀석이 자신을 다 드러내고 온몸으로 그녀에게 매달리고 있었다. 차갑고 이지적인 제하의 모습은 찾아볼 수 없고 그녀의 손길을 기다리는 아이처럼 느껴져 진경은 놓인 손으로 제하의 어깨를 끌어안았다.

"누나⋯⋯."

"제하야."

"나 불안하게 하지 말아요."

"널 이해할 수 없다."

조심스럽게 제하의 품에서 빠져나오며 진경이 말했다. 그런 진경을 제하는 더 이상 붙잡지 않았다.

"제하야."

"미안해요, 감정이 그만 격해져서⋯⋯."

"너 오늘 호준 선배한테도, 나한테도 너무 심했어."

"왜, 아쉬워요?"

"뭐?"

가라앉았던 감정들이 다시 부유하는지 제하의 물음은 비꼬듯 뒤틀려 있었다. 진경은 어이가 없어 짧게 되물을 수밖에 없었다.

"아직도 현재진행형이냐고요, 그 작자한테."

"현재진행형이든 아니든 너와는 상관없어."

“아뇨, 상관있죠. 그것도 많이. 나도 누나한테 현재진행형이
니까요.”

“제하야.”

“정리해요. 나, 누나 포기 못하니까.”

단호하게 말을 마친 제하는 더 이상 어떤 반론도 듣지 않겠다
는 듯 다짜고짜 손목을 잡더니 주차장 밖으로 나왔다. 골목길은
멀리 서 있는 가로등 빛이 전부였다.

“손 놔! 아프단 말이야.”

“싫어요. 그 작자랑 저녁 내내 함께 있었던 벌이에요.”

제하는 말도 안 되는 이유를 대며 손을 잡은 채 빌라 계단을
오르기 시작했다. 당황한 진경이 발을 질질 끌며 말했다.

“미쳤어? 진우라도 보면 어쩌려고 이래?”

“진우만 안 보면 이렇게 손잡아도 된단 말이죠?”

“뭐?”

“진우 아직 안 왔어요.”

원치 않았지만 나란히 손을 잡고 집 안까지 들어오게 된 진경
은 그제야 손이 놓이자 못마땅하다는 듯 제하를 노려봤다. 그러
나 제하는 능청스럽게 진경의 손목만을 걱정하고 있었다.

“손자국 남았다. 멍들면 어떡하지?”

“아프다고 하는 소리 못 들었어? 그런데도 네가 이렇게 만들
었잖아.”

진경은 손목을 제하의 얼굴 앞에 보란 듯이 들이댔다. 그러자

제하가 얼굴 앞에서 흔드는 그녀의 손을 다시 붙잡아 입으로 가
져가는 게 아닌가. 순간 진경은 눈이 휘둥그레지며 손을 빼내려
했지만 제하가 더 빨랐다. 상처를 핥기라도 하듯 진경의 손목에
난 자신의 손자국을 핥고 있었다. 온몸에 쫘르르 소름이 돋는
것 같았다. 얼굴은 새빨개지고 마비가 된 듯 꼼짝도 할 수 없었
다.

"야, 너 저리 안 가? 네가 강아지냐, 아무 데나 핥아대게? 떨
어져! 찜질할 거니까."

"아, 찜질하면 되는구나."

정말 몰랐다는 듯 대꾸하는 제하의 말에 진경은 할 말을 잃었
다. 함께 있다가는 어떤 불상사가 일어날지 장담할 수 없었다.
그래서 제하를 남겨둔 채 요란하게 문을 닫고 자신의 방으로 숨
어버렸다. 자신의 의지와 달리 제하의 페이스에 자꾸만 휘둘리
는 것 같아 불안했다. 오늘만 해도 제하에게 화를 내고 당장이
라도 집에서 내쫓아야 하는 게 정상이었다. 제하는 오늘 무례하
고 건방졌으며 몹쓸 짓을 했다. 그럼에도 자신의 말과 달리 제
하를 어느 정도 이해하고 받아들이는 모습은 그녀로서도 생소
했다. 느닷없이 그녀에게 호감을 보이는 인간이 둘이다 보니 머
리가 어떻게 된 거 아닌지 의심스럽기까지 했다.

어제 일찍 잠이 들었던 것 같다. 토요일이라 모두 집에 있으리라 예상했는데 막상 일어나 보니 아무도 없었다. 진우 하는 걸로 봐서 여자 친구를 모시러 갔을 게 뻔했고, 제하는 어디를 갔는지 보이지 않았다. 점심때 오기로 한 진우의 여자 친구를 위해 장을 봐야 하는데 머피의 법칙처럼 꼭 필요할 때 없다.

혼자 터덜터덜 골목을 걸어나와 버스를 타고 마트에 가 장을 봐왔다. 잡채거리, 불고기감, 부침거리, 각종 야채와 과일을 사 들고 오자니 버스로는 도저히 무리였다. 그래서 내키지 않았지만 거금을 들여 택시를 탔다. 요즘 택시비가 너무 올라 요금이 순식간에 올라가는 걸 보니 제하의 차가 너무 아쉬웠다.

"개똥도 약에 쓰려면 없다는 말이 딱 맞군."

혼자 중얼거리던 진경은 요금을 계산하고 택시에서 내렸다. 또 사층까지 운반하려면 힘을 좀 써야 할 것 같았다. 그때 진경을 부르는 소리가 들렸다.

"누나!"

돌아보자 운동복 차림의 제하가 뛰어오고 있었다. 주말 아침이라 공원에 운동을 갔었나 보다. 괜히 얄미웠다.

"누나, 이게 다 뭐예요?"

"뭐긴? 장 본 거잖아."

"무슨 장을 꼭두새벽에 가서 봐요? 점심 먹고 오후에 나랑 갔다 오면 되잖아."

제하는 일부러 진경이 혼자 장을 봐왔다고 생각하는지 얼굴을 굳히며 말했다.

"나도 그러고 싶었지. 근데 오늘 점심때 진우 여자 친구 오잖아. 꼭 필요할 때는 없었으면서 무슨 큰소리야? 어여 짐이나 들어!"

제하가 마트 문구가 적힌 봉지를 양손으로 들어올리며 마음에 안 든다는 듯 투덜거렸다.

"오늘 잔치해요? 동생 여자 친구가 무슨 귀빈이라고 이렇게 한 보따리 사들고 와요? 내내 일하고 모처럼 쉬는 날인데 좀 쉬어야지. 이거 다 만들려면 몇 시간은 서서 종종거려야 할 텐데 그냥 간단하게 보통 때처럼 시켜 먹어도 되잖아요."

"진우가 처음 데려오는 여자 친구잖아. 아마 엄마가 살아 계셨더라면 나보다 더했으면 더했지 못하지는 않았을걸."

"누나 피곤할 텐데."

"뭘 이 정도 가지고. 또 내일도 쉬잖아. 그리고 네가 도와주면 되겠네."

"네? 저도 도와주고야 싶죠. 그런데 할 줄 아는 게 있어야 말이죠."

"걱정 마. 조수는 요리 못해도 돼. 푸하하하, 이 누님이 제대로 부려먹어 주마!"

"누님의 영원한 머슴으로 채용해 준다면야 전 좋죠."

"으엑!!"

하하, 정말 웃겼다. 제하가 저런 느끼한 말을 내뱉을 줄 누가 알았으랴. 오바이트 흉내를 내면서도 진경은 웃음을 참지 못하고 시원스럽게 웃어댔다. 제하도 자기가 말해놓고도 좀 머쓱했는지 뒷머리를 살짝 긁적였다.

"들어가자."

집으로 들어온 진경은 쉴 새도 없이 본격적으로 음식 할 준비를 했다. 엉거주춤 진경의 옆에 서 있는 제하에게 진경은 마늘을 건네줬다.

"마늘부터 까."

진경에게 건네받은 마늘을 제하는 서툴지만 말없이 껍질을 까기 시작했다. 마늘을 다 깐 다음에는 양파를, 그 다음에는 시판된 동그랑땡에 계란을 입혀 프라이팬에 부치게 했다. 의외로 제하는 진경이 시키는 대로 잘하고 있었다.

"제하야, 제법인데? 우리 진우보다 훨씬 낫다. 그 녀석 할 때마다 태워먹어서 나한테 혼나곤 했는데. 누가 될지 모르지만 너 데려가는 사람은 복받은 거다."

"그럼 누나는 복받은 사람이네."

무심히 제하의 하는 양을 보고 말하던 진경은 돌아오는 대꾸에 자신의 입을 때리고 싶었다.

"적당히 좀 해라. 자꾸 그러면 오늘 너 아무것도 안 먹이는 수가 있어."

"전 누나가 매일 해주는 된장찌개랑 밥이면 돼요. 이런 진수성찬 안 먹어도 돼."

"너 요즘 무지 말 많아졌다. 하루에 몇 마디도 안 하던 녀석이 갑자기 왜 그래? 사람이 변하면 어쩐다는 말 안 들어봤어?"

"지금까지 별로 관심있는 게 없으니까 말도 필요없었죠. 그렇지만 누나는 특별하잖아."

정말 할 말을 잃게 하는 제하였다. 진경은 더 이상 말로 제하를 이겨보려는 걸 포기했다. 그 대신 분풀이로 마구마구 부려먹었다. 슈퍼를 몇 번이나 다시 다녀오게 하고, 집안 청소도 시켰다. 아마도 제하가 없었다면 점심때까지 식사를 준비하기 어려웠을 것이다.

대충 다 마치자 진경은 제하에게 진심으로 감사를 표했다.

"제하야, 오늘 수고했다. 고마워."

"내가 뭘요. 누나의 수고에 비하면 아무것도 아니죠. 진우가 누나 오늘 고생한 걸 알려나 모르겠다."

얼마 지나지 않아 초인종이 울렸다. 문을 열자 상기된 표정의 진우와 그의 여자 친구 채영이 서 있었다.

"어서들 와."

진경은 자신의 시선이 저절로 채영에게 가는 것을 느끼며 애써 담담해지려고 노력했다. 어떤 친구인지 노골적으로 확인하고 싶은 욕심을 잠시 뒤로 미뤘다. 자신이 선을 보는 것도 아닌데 조금 긴장했는지 경직된 근육을 풀며 일부러 더 환하게 웃었다. 언뜻 봐도 채영은 굉장한 미인인데다 결코 떨어지는 얼굴은 아니지만 평범한 진우와 달리 세련되고 도시적인 색채가 강했다. 진경이 원했던 참하고 부드러우며 귀여운 스타일의 여자가 아니라 조금 실망했지만 내색하지 않았다. 채영은 어디 가든 시선의 집중을 받을 것 같았다. 진우와 동갑이면 아직 스물 살 새내기. 그러나 채영의 어디에서도 그런 풋풋한 티는 느껴지지 않았다. 옷도 지나치게 세련되고, 화장을 하지 않아도 예쁠 텐데 잡티 하나도 보이지 않게 완벽한 메이크업을 하고 있었다. 손톱도 사회생활 몇 년째인 진경보다 더 잘 손질된 것 같았다.

"우리 진우가 굉장한 미인을 데려왔네. 나 진우 누나, 진경이야."

"네, 안녕하세요. 유채영입니다."

인사를 한 채영이 진경의 옆에 서 있는 제하를 인사나 소개를 기대하는 눈빛으로 올려다봤다. 그러나 제하가 침묵하자 그 자리를 진우가 메웠다.

"이쪽은 내 베스트 프렌드 이제하."

"안녕. 유채영이야."

채영의 인사에 제하는 고개만 살짝 끄덕였다.

"배고프지? 지금 바로 차릴 테니까 너희들은 거실에 가 있어. 아, 진우 네 방 구경시켜 주든지."

진경은 세 사람을 남겨두고 주방으로 들어왔다. 그리고 서둘러 준비한 음식을 식탁 위에 내놓았다. 그때 거실에 있을 줄 알았던 제하가 불쑥 고개를 내밀었다.

"왜, 놀고 있지?"

"진우 방 구경한대."

"그래? 그럼 넌 좀 쉬어, 내가 부를 때까지. 도와줄 것도 없어."

진경의 말에도 불구하고 제하는 숟가락, 젓가락을 챙겨놓았다. 그리고 진경이 접시에 담은 음식을 식탁으로 운반하는 일을 도왔다. 언제 왔는지 채영과 진우가 부르기도 전에 주방 쪽으로 걸어왔다.

"와, 제하 보기하고 너무 다르다. 굉장히 가정적이네."

채영의 말에 움찔한 것은 진경만이 아니었다. 오래전부터 잘 알고 지내오던 사람을 대하듯 거리낌없이 말하는 채영의 모습에 음식 담던 것을 멈추고 돌아보자 제하의 얼굴에 표정이 사라진 것을 느낄 수 있었다. 진경이 제하를 마음으로 편하게 대하기까지만 해도 꽤 오랜 시간이 흐른 후였다. 굳이 말하지 않아도 제하의 메마른 시선이나 표정은 사람의 접근을 쉽게 허락하지 않았다. 그런데 채영의 눈에는 제하의 그런 모습이 전혀 보이지 않는 것일까?

진경과 제하, 둘만이 함께 있을 때의 편안한 분위기가 사라지고 불편한 기운이 스며들었다. 진경은 애써 기분 좋게 말했다.

"앉아라. 준비 다 됐다. 제하 너도 그만 앉아."

"이 녀석, 겉만 무뚝뚝해."

의자에 앉는 제하를 보며 진우가 말하자 채영의 시선이 제하에게 머물렀다. 그러나 제하는 전혀 그 시선을 느끼지 못하는 듯 마지막 음식을 식탁 위에 내려놓는 진경만을 쳐다볼 뿐이었다.

"이제 먹자."

식탁을 마주하고 진우와 채영, 진경과 제하가 나란히 앉았다.

"입에 맞으려나 모르겠다. 차린 정성을 봐서라도 많이 먹어요."

"네. 그런데 제가 아침을 늦게 먹고 와서……."

그녀의 권유에 난처한 표정을 지으며 말꼬리를 흐리는 채영을 보고 진경은 바람 빠진 숨소리가 튀어나오려는 걸 꾹 참았다. 표정이 없던 제하도 살짝 눈을 치켜뜨는 게 보였다.

“내가 아침 먹지 말고 오랬잖아.”

“엄마가 자꾸 먹으라고 해서.”

“많이 먹었어?”

“응, 조금.”

“그럼 조금만 더 먹어. 소화 안 될 것 같으면 일부러는 먹지 말고.”

“알았어.”

두 사람의 대화를 들으며 진경은 기분이 더 나빠졌다. 혹시 이게 시어머니 마음인가. 아침나절부터 바쁘게 준비한 음식을 맛도 즐기지 못한 채 어귀적어귀적 먹어댔다. 객관적으로 그럴 수도 있다고 쉽게 넘어갈 수 있는 일을 자신만 유난히 속상하게 생각하고 크게 의미를 부여하는 것은 아닐까. 진경은 동생과 동생의 여자 친구를 앞에 두고 별의별 생각이 다 들었다. 기분 좋게 시작했던 하루가 조금씩 암울해지는 느낌이었다.

채영은 겨우 공기의 삼 분의 일 정도를 비우는 게 고작이었다. 워낙 느린 속도였기에 다른 사람들과 식사 시간을 맞추는 건 얼추 비슷했다. 주로 진우에 의해 대화가 이뤄졌고 진경과 채영이 대꾸하는 정도였다. 제하는 처음부터 끝까지 말이 없었다. 진우가 불고기를 야채에 싸서 입에 가득 담고 웅얼거렸다.

“누나, 이왕이면 갈비로 하지. 난 불고기보다 갈비가 더 좋던데.”

진경은 더 이상 밥을 먹을 기분이 아니었다. 그래서 숟가락을 놓았다. 제하의 시선이 자신의 손에 머무르는 것을 느꼈다.

"누나, 아침도 안 먹었잖아. 더 먹어."

"입맛없다. 너희들은 거실에 나가 있어. 과일이랑 차 갖다 줄게. 차 뭐 마실래? 커피랑 녹차 있는데."

"누나, 난 커피."

"채영이는?"

"저도요."

진우와 채영이 거실로 나가자 과일을 준비하려고 일어서려는 진경의 팔을 제하가 붙잡았다. 진경은 눈을 동그랗게 뜨며 눈빛으로 왜? 하고 물었다.

"조금 더 먹어."

"후……."

진경은 그제야 긴 한숨을 내쉬며 진우와 채영 앞에서 감추고 있던 얼굴을 드러냈다. 얼굴에는 서운함이 가득했다. 또 내색은 안 했지만 불만 가득한 표정이었다.

제하는 위로하듯 다른 한 손으로 잡고 있던 진경의 손을 부드럽게 꼭 쥐었다가 놓았다. 그리고 입가에 살짝 미소를 머금고 그녀만이 들을 수 있을 만큼 작은 소리로 진경의 귓가에 대고 속삭였다.

"불고기도, 잡채도 최고였어."

진경은 피식 웃고 말았다. 진경의 웃음에 제하도 마음이 놓였는지 대충 식사를 마무리하고 일어섰다. 그리고 식탁 위에 다 먹고 난 그릇들과 남은 반찬들을 정리하려 했다.

"됐어, 제하야. 내가 치울게. 넌 그냥 가서 쟤네들이랑 놀아."

"싫어요."

"풋, 암튼 너도 못 말려. 어때, 채영이?"

제하는 고개를 돌려 거실 소파에 앉아 뒤통수만 보이는 채영과 진우를 힐끔 보더니 관심없다는 듯 어깨를 올렸다 낮다. 결국 디저트가 다 준비될 때까지 제하는 진경과 함께 주방에 머물렀다.

제하와 함께 진경이 나타나자 채영이 다시 한 번 제하에게 말을 걸었다.

"제하는 언니랑 무척 친한가 봐."

"응."

무시할 줄 알았던 제하의 입에서 아주 짧고 명료한 대답이 흘러나왔다. 물론 시선은 텔레비전 화면에 가 있었다. 진경은 생각만큼 동생의 여자 친구를 만나는 시간이 별로 즐겁지 않았다. 진우가 처음 데려오는 여자 친구이기에 기대가 무척 컸었다. 품 안의 자식을 떠나보내는 사람처럼 여러 복잡한 마음을 뒤로한 채 기뻐해 주고 싶었다.

그런데 지금 진우와 나란히 앉아 있는 이 멋진 스무 살짜리 어린 아가씨는 자꾸만 거슬렸다. 열심히 준비한 음식을 먹지 않았다는 서운함은 접어두고라도 본능적으로 거부감이 일었다. 그래서 편하게 대할 수가 없었다. 주인인 그녀보다 채영이 더 편해 보인다는 사실도 진경의 기분을 더 가라앉게 했다.

"오후에 뭐 할까?"

"글쎄."

"영화나 보러 가자."

"우리끼리만?"

채영이 진우의 영화 보러 가자는 말에 슬쩍 제하를 건너다보며 말했다. 그러자 진우는 그제야 좀 너무 애인 생각만 했다는 생각에 미안했는지 제하에게도 권했다.

"제하야, 너도 같이 가자."

"싫어, 나가서 둘이 봐."

"야, 삐쳤냐? 같이 가자."

"사람 많은 곳 질색이야."

완곡한 거절에 진우가 더 이상 권하지 않자 채영이 나섰다.

"그럼 영화관까지 갈 필요 없이 비디오 빌려다가 집에서 같이 보자. 나 안 본 것도 꽤 되는데."

"오, 역시 채영이야. 이제하, 잘 좀 봐. 내 여자 친구가 너까지 신경 쓰는 거."

진우의 말에 제하는 쓰윽 채영을 한번 보더니 바로 고개를 돌려 버렸다.

"그럼 비디오 가게나 갔다 올까? 채영아, 같이 가자."

"나? 난 잠깐 화장실 좀 가고 싶은데."

"그래? 화장실 어딘지 알지? 저쪽 현관 입구. 제하야, 가자."

“싫어. 난 잠이나 잘래.”

“야, 너 정말 그럴 거야? 너한테 조만간 우리 채영이만큼 예쁘고 착한 여자 소개시켜 줄 테니까 삐치지 말고 어서 일어나.”

진우의 등쌀에 제하는 마지못해 일어났다.

진우와 제하가 비디오 가게에 가자 진경은 채영과 단둘이 남게 되었다. 이것저것 물어보는 것도 촌스러울 것 같고, 사실 물어보고 싶은 마음도 생기지 않았다. 그래서 먼저 일어섰다.

“난 설거지 좀 할게. 텔레비전 보고 있어.”

주방으로 들어온 진경은 이미 디저트를 준비하는 동안 제하가 대충 설거지를 해놓은 그릇들을 헹구기만 했다. 설거지를 다 마치자 손님만 홀로 남겨둔 채 주방에 있는 것도 실례인 것 같아 거실로 나왔다. 그러나 채영의 모습은 보이지 않았다. 아직도 화장실에 있나? 괜히 먹고 싶지 않은 걸 억지로 먹어서 혹시 탈이라도 난 거 아냐? 진경은 불안한 생각이 들어 화장실을 노크했다. 그러나 대답이 없었다. 문을 살짝 열어봤다. 빈 화장실이었다. 어디 갔지? 진우 방에 들어갔나? 진우 방도 열어봤지만 채영의 모습은 보이지 않았다. 기분이 묘했다.

설마, 하면서 제하의 방으로 갔다. 방문을 살짝 열자 어디에도 없던 채영이 제하의 침대에 앉아 시트를 손으로 쓸어보고 있었다. 순간 눈이 번쩍 뜨이면서 내내 자신의 기분을 찜찜하게 했던 감정의 정체를 알게 되었다. 바로 채영의 시선이었다. 제하에게 자꾸 머무르던 채영의 시선, 단순히 친구의 친구를 보는 시선이 아니었다. 머리에 열이 확 치솟았다. 뭐 저 따위가 있어? 당장이라도 달려들어 뺨을 한 대 후려갈기고 싶은 심정이었다. 부르르 떨리는 주먹을 꼭 말아 쥐며 진경은 다분히 폭발하려는 감정을 억제하려고 노력했다. 뭐라 하든 지금 채영은 진우의 여자 친구로 자신의 집을 방문한 사람이었다.

"여기서 뭐 해? 여긴 제하 방인데."

진경의 날카로운 말에 깜짝 놀랐는지 채영이 벌떡 일어섰다.

"언니……."

못마땅하단 시선으로 대답을 요구하며 서 있는 진경에게 채영은 당황해하며 다 보이는 거짓말을 늘어놓았다.

"화장실을 찾다가 잘못 들어왔어요."

"제하, 남이 허락없이 자기 방에 들어오는 거 싫어해."

쌀쌀맞게 말하곤 나가달란 듯이 문을 활짝 열었다. 채영이 얼굴을 살짝 붉히며 나갔다. 진경은 채영이 나가는 것을 지켜보며 아찔했다. 물론 제하가 그런 말을 한 적은 없었다. 그러나 채영이 제하의 방에 있는 모습이 싫었다. 채영이 진우보다 제하에게 더 관심이 있다는 사실도 그녀를 기막히게 했다. 그런 것도 모르고 실실거리는 진우를 생각하자니 더 화가 나고 짜증이 났다. 지금까지 살아오면서 타인을 미워하고 싫어한 적이 한 번도 없지는 않았다. 그러나 채영은 그중에서도 최악이었다. 이 감정은 좀처럼 사라지지 않을 것 같았다. 어떻게 진우의 얼굴을 봐야 할지 진경은 난감하기만 했다. 그때 현관문이 열리는 소리가 들려왔다. 비디오를 빌리러 간 제하와 진우가 돌아온 모양이었다.

"누나, 누나도 같이 보자."

진우가 처음으로 진경도 함께 있다는 것에 신경을 썼다. 그러나 이미 기분이 상할 대로 상해 버린 진경은 진우와 채영을 더 보고 있다가는 머리는 어떻게 되어버릴 것 같았다.

"제하야, 우리 데이트 가자."

"네?"

"싫어? 싫으면 말구."

될 대로 돼라는 식으로 대꾸하며 자신의 방으로 들어가려는 진경을 제하가 붙잡았다.

"아뇨. 누나, 같이 가요."

"그럼 옷 챙겨 입고 나와."

"네."

진경은 자신의 방으로 들어와 카디건을 걸치고 나왔다. 이미 제하는 그녀와 세트인 양 같은 색상의 니트를 입고 대기하고 있었다.

"불청객들은 사라져 주마. 좋은 시간 보내라."

짧은 인사를 남기고 밖으로 나온 진경은 참 난감했다. 데이트라는 말을 먼저 꺼낸 사람은 그녀였기 때문이다. 차에 시동을 걸고 있는 제하의 기대에 찬 표정만으로도 자신이 실수하고 있는 것은 아닌가 의심이 들기 시작했다.

"오해하지 마, 그냥 진우랑 채영이 불편해할 것 같아서 나온 거니까.”

“알아요. 그래도 기분 좋아요.”

진경은 피식 웃고 말았다. 지금 옆에 앉아 있는 제하는 그녀가 가졌던 선입관을 통째로 날려 버린 녀석이다. 모든 일에 무신경하고 말 섞기 싫어하던, 다분히 자폐아적 성향이 강한 제하가 아니라 그녀의 말 한마디, 행동 하나에 민감하게 반응하는 녀석을 보며 진경은 새삼 무엇이 그를 변하게 만든 것일까 궁금해졌다. 도저히 자신 때문이라고는 믿어지지 않았다. 그러나 선뜻 물어볼 수도 없었다. 어떤 대답이 돌아올지 두렵기도 했고, 느끼한 말은 아침에 들은 걸로 충분했다.

“하고 싶은 거 있어?”

“누나는?”

“글쎄, 데이트라는 걸 해봤어야 말이지.”

“영화 볼래요?”

“너 사람 많은 데 싫어하잖아.”

“누나하고라면 어디든⋯⋯.”

“말을 말자. 그냥 좀 걷자. 나도 오늘은 답답한 데는 싫다.”

“바다 보러 갈래요?”

“바다? 지금 이 시간에?”

“네. 인천은 얼마 안 걸려요.”

“에이, 그냥 한강 가자. 강이든 바다든 바람은 시원하겠지.”

“후, 그래요.”

진경이 근무하는 병원과 가까운 여의도로 차를 몰았다. 그리고 한강시민공원 주차장에 세를 세운 후 진경과 제하는 시원한 강바람을 맞으며 조금 걸었다. 따뜻한 봄날, 공원에는 휴일을 즐기러 나온 가족들이 많았다. 운동장에는 조기 축구팀들의 축구 경기가 진행되고 있었고, 자전거를 타고 씽씽 달리는 사람들도 보였다. 잔디밭에 돗자리를 깔고 앉아 준비해 온 도시락을 먹는 사람들을 보며 진경은 부럽다는 듯 한숨을 내쉬며 한마디 했다.

"우리도 도시락이나 싸가지고 나올 걸 그랬다. 그지? 먹지도 않은 음식, 아침부터 죽어라 고생해 가며 만들었는데."

"후후."

"왜 웃어?"

"누나가 귀여워서요."

"뭐?"

"누나, 우리 선유도 가볼래요?"

눈꼬리를 휙 올리는 진경의 기분을 눈치챘는지 제하는 재빨리 화제를 멀리 보이는 선유도로 돌렸다. 그리고 덥석 진경의 손을 잡고 선유교 쪽으로 끌고 갔다.

계단을 오르자 다리 너머로 선유도공원이 보였다. 그곳은 진경의 병원 가까운 곳에 있었지만 이야기만 많이 들어봤지 한 번도 가본 적이 없었다. 선유교는 생각보다 꽤 길었다. 한강 위를 두 발로 걷는 기분이 참 묘했다. 강바람도 무척 시원했고 조금

겁먹은 그녀의 손을 꼭 잡아주는 제하도 무척 듬직해 보였다.

지금 뭐 하는 짓인지 하는 의문이 일기도 했지만 오늘은 그런 복잡한 생각들을 잊고 싶었다. 제하에게는 미안했지만 그저 동생과도 충분히 할 수 있는 행동이라 편하게 생각하고 싶었다.

선유도공원에 도착한 진경과 제하는 잘 갖추어진 산책로를 따라 걸었다. 제하는 여전히 진경의 손을 놓지 않고 있었다.

"손에 땀 찬다. 그만 놔라."

"난 누나 땀도 좋은데."

"허, 미친놈."

"누나 손 정말 따뜻해."

"바보."

"뭐 좀 마실래요?"

"그럴까?"

"잠깐 여기 앉아 있어요."

걷다 보니 제하와 진경은 사람들이 많이 다니지 않는 한적한 곳에 와 있었다. 한강이 환히 내려다보이는 곳의 벤치, 분명 연인들의 장소로 보였다. 공원 곳곳에 서 있는 예쁜 조명들이 밤이 되면 무척 아름다울 것 같았다. 제하가 자판기에서 캔 음료 두 개를 뽑아왔다. 톡 쏘는 탄산음료의 맛이 입 안으로 퍼졌다.

"밤 되면 멋있겠다. 좀 무서우려나."

"아뇨. 밤에도 사람들 많아요."

"너 와봤어?"

“네.”

“언제? 너 보면 항상 방콕인 줄 알았는데 은근히 많이 다녔나
봐.”

“다 누구 덕이겠어요? 야자 끝나고 술 사들고 진우 친구 녀석
들하고 휩쓸려서 온 적 있어요.”

“안 봐도 비디오다. 그러고 보면 진우랑 너, 참 많이 다른데.
그지?”

“진우는 샘날 정도로 부러운 녀석이에요.”

“그렇게 생각해?”

“네. 그 녀석, 나와 다르게 성격도 좋고 남자답잖아요. 거기다
좋으신 아버지에 오로지 자기밖에 모르는 누나까지. 내가 가지
지 못한 것을 다 가진 녀석이에요.”

진경은 제하가 그런 생각을 하고 있었다는 사실에 놀랐다. 늘
혼자만의 세계에 빠져 있는 사람처럼 모든 것에 무관심하고 얼
굴에는 무료한 표정을 달고 사는 제하였기에 누군가를 부러워
할 거라는 생각은 전혀 하지 못했다. 가족이라고는 할아버지와
제하, 둘뿐이라는 이야기는 진우를 통해 이미 들었었다. 어떻게
된 건지는 모르지만 부모님은 안 계신다고 했다. 어쩌면 차갑고
곁을 내주지 않는 제하의 성격은 지나친 자기 보호인지도 모른
다는 생각이 문득 들었다.

“너도 충분히 남자다워. 그리고 가족이라는 건 우리가 선택할
수 있는 범위의 것이 아니잖아. 진우랑은 어떻게 친해졌어?”

"지겹도록 달라붙어 사람을 괴롭히더라고요. 한마디로 미운 정. 내가 불쌍했나 봐. 난 부모가 없다는 걸 별로 의식하지 않고 살았는데 진우는 자신과 동류라 생각했던 것 같아요. 친해진 후에야 들었는데 그러더라구요, 내가 무척 안돼 보였다고. 날 그렇게 생각한 사람은 진우가 최초였을걸요. 날 모두 거만하다거나 재수없다고 했었는데. 누나도 나 재수없었지?"

"알면 됐어. 근데, 부모님은 두 분 다 돌아가신 거야?"

진경은 망설이다 끝내 묻고 말았다. 진우에게 꼬치꼬치 물었지만 진우도 안 계신다는 것밖에 모른다고 대답했었다. 제하는 말없이 멀리 유람선이 지나가는 강을 바라다봤다. 순간 진경은 자신이 건드리지 말았어야 할 부분을 건드렸구나, 싶어 아차 싶었다.

"저기, 제하야, 말하고 싶지 않으면……."

"한 분은 살아 계셔요."

"아."

"그런데 그 사람을 어머니라 부를 수 있을지 모르겠어."

의문투성이의 말을 남긴 제하는 다시 침묵했다. 그렇지만 진경은 재촉하지 않았다. 제하의 가라앉은 눈빛이 너무 어둡고 공허해 보였다.

"어머니란 사람을 여섯 살 때 처음 만났어. 유학 중에 만나 결혼한 부모님은 내가 세상에 나온 지 얼마 되지 않아 바로 이혼했대. 그리고 채 돌도 지나지 않은 나를 한국에 있는 할아버지

에게 보내 버리고 새 애인과 떠난 여행에서 아버지는 교통사고
로 돌아가셨고.”

“어머니와 연락은 해?”

제하는 쓸쓸한 표정을 지으며 고개를 좌우로 흔들었다.

“왜?”

“우연히 통화하는 것을 들었어. 졸지에 팔자에도 없는 베이비
시터 노릇을 하고 있다며, 아이가 얼마나 달라붙는지 미치겠다
고 누군가에게 신세한탄을 하고 있었어. 그 약삭빠른 노친네가
돈 좀 가졌다고 사람을 우롱한다며 어떻게 애랑 이 주를 같이
보내냐고 고래고래 소리를 지르는 걸 봤어. 고작 여섯 살짜리
아이가 뭘 알았겠어? 그런데도 엄마라는 사람이 좋았나 봐. 잠
깐 귀국했다는 엄마가 떠나 버릴까 봐 귀찮도록 따라다녔었던
것 같아.”

“혹시 너, 그때부터 접촉기피증 생긴 거야?”

“……아마도. 우리 할아버지, 자신의 속내를 한 번도 내비치
지 않는 아주 무뚝뚝하고 냉정한 분이었지만 나름대로는 노력
했는지 몰라요, 날 보고 싶어하지 않는 엄마를 돈으로까지 유혹
해 불러들인 걸 보면. 근데 차라리 보지 않느니만 못했던 것 같
아. 그 어린 나이에 보고 들었던 엄마란 사람의 모습이 아직도
뇌리에 선명하거든요.”

“제하야.”

진경은 차가워 보이는 제하의 손을 꼭 잡았다. 쓸쓸히 먼 곳

을 향해 있던 제하의 시선이 진경에게로 향했다. 자신의 손에 온기를 전해주려는 듯 꽉 움켜잡은 진경의 손을 내려다보며 제하는 우울함이 채 가시지 않은 미소를 지었다.

"누나, 이러고서도 나 아니라 그러면 누나 정말 잔인한 거야. 알아?"

"뭐?"

"누나는 단순히 내 차가운 손 잡아준다 생각할지 모르지만, 지금 누나가 잡은 손은 내 손뿐만 아니라 내 심장까지 꼭 쥔 거야."

"제하야."

"누나, 나 한 번만 안아주라."

진경은 제하의 깊은 눈동자를 피할 수 없었다. 나지막이 한숨을 내쉬며 제하의 어깨를 끌어안았다. 제하의 큰 키 때문에 결국엔 안기는 모양새가 되었지만 처음으로 진경이 먼저 손을 내민 스킨십이었다. 가슴은 단단하고 넓었다. 옷깃에서는 갓 말린 옷에서 느껴지는 산뜻한 냄새와 제하만의 체취가 어우러져 코끝을 자극했다. 동생의 친구라는 그 낯설고 이질적이며 비정상적이라 느낌이 들지 않는 첫 포옹이었다. 그녀의 생각처럼 가볍게 스쳐 갈 수 있는 범주에서 이미 벗어나 버렸다는 것을 인정하지 않을 수 없었다. 귓가에 제하의 따뜻한 숨소리가 느껴졌다.

"누나가 정말 좋아."

"너, 착각하는 것 아닐까?"

"뭘?"

"나에 대한 너의 감정. 내게서 엄마의 모습을 찾는 건 아닐까 하는 생각이 문득 들어서."

제하가 진경의 어깨에 둘렀던 팔을 풀고 눈을 정면으로 응시했다.

"엄마 같은 건 필요없어. 엄마를 필요로 할 시기는 이미 지났어. 누나의 사랑을 듬뿍 받는 진우가 부러웠던 적도 있지만 지금은 아니야. 누나의 남자가 되고 싶지, 아들이 되고 싶은 생각 추호도 없어. 누나는 철딱서니없는 아들이 더 필요해?"

"미쳤어? 하나로도 머리가 아파 죽겠구만."

"풋."

"웃지 마! 나 자꾸 헷갈려. 이러면 안 되는데."

"누나도 내가 좋지?"

"에라이~"

진경은 입을 삐죽이며 제하의 가슴을 손으로 툭 쳤다. 제하는 입가에 웃음을 매단 채 피하지 않고 맞아줬다.

"누나랑 데이트하니까 참 좋다. 진우한테 막 고마워지려고 그러네."

"아, 진우 얘기 꺼내지도 마. 생각하면 할수록 열받으니까."

"그러고도 집에 가면 제일 먼저 진우 저녁부터 챙길 사람이?"

"우리 저녁 먹고 들어갈까?"

“그럴래요?”

눈을 빛내며 바짝 다가앉는 제하를 보고 진경은 그러면 그렇지 싶다는 듯 고개를 좌우로 흔들었다.

“아무튼 너 못 말려. 아무래도 내가 속고 살았던 것 같아. 날름날름 말만 잘하는 걸 말 안 한다고 옆구리 쑤시고 말시키려 알랑거리고, 괜히 친한 척하고. 나 속은 거 맞지?”

“아뇨.”

무뚝뚝하게 짧게 대답했지만 제하의 입가엔 다시 한 번 웃음이 스쳤다. 자주 볼 수 없는 제하의 환한 미소가 진경까지 환하게 웃게 했다. 따뜻하고 기분 좋은 감정이 전신으로 퍼져 가는 것 같았다. 눈이 마주칠 때마다 미소를 나눴다. 특별한 대화가 없이 나란히 앉아 있는 게 전부인데도 그 시간이 너무 편하고 유쾌했다. 그래서 더 오래도록 머물고 싶었지만 이미 해가 도시 너머로 지고 있었다.

“그만 일어나자. 오전 내내 만든 거 너하고 나 아니면 누가 먹어치우겠니? 진우는 분명 나갔을 테고.”

집에 돌아오니 진우 혼자 텔레비전을 보고 있었다.
“어? 안 나갔어? 집에 있었네.”
“응, 채영이 피곤하다고 해서 일찍 데려다 줬어.”
“저녁은?”
“아직.”

“우리도 돌아다녔더니 배고프다. 밥 먹자.”

“어디 갔다 왔어?”

“응, 한강.”

진우에 대한 섭섭함은 많이 누그러진 상태였다. 제하와 함께 보낸 시간 덕이었다. 평상시와 다름없는 저녁시간을 보내고 있었지만 진경은 진우가 자꾸 걸렸다.

“채영이가 그렇게 좋아?”

“예쁘잖아.”

“좋은 것하고 예쁜 게 같니?”

“다른 건가? 예쁜 거 싫어하는 사람 있어?”

진우의 말대로 채영은 예뻤다. 그런 채영을 좋아하는 건 어쩜 당연한 건지 모른다. 하지만 진경은 내내 채영의 시선이 신경 쓰였다. 자신의 남자 친구인 진우보다 더 제하에게 머물던 시선, 눈빛을 빛내며 호기심을 감추지 않던 채영의 모습이 뇌리에서 사라지지 않았다. 채영으로 인해 진우와 제하의 관계가 흐트러지지 않았으면 좋겠는데 자꾸만 불안한 느낌이 지워지지 않았다.

“제하, 너도 예쁜 사람이 좋아?”

“네.”

정말 할 말을 잃게 만드는 대답이었다. 진우만 없었다면 따져 묻고 싶었다. 그러면 너는 나 왜 좋아해, 라고. 그러나 물을 수 없었다. 너무도 당연한 걸 묻는다는 대답에 허탈하기마저 했다.

제하와의 데이트로 풀어졌던 기분이 다시 팍 상해 버렸다. 그래서 제하를 힐끗 노려봤다. 그러나 표정으로는 아무것도 알 수 없었다. 피곤이 밀려왔다. 진경은 무척 길게만 느껴졌던 하루를 마감하고 싶었다.

"먼저 잘게."

방으로 들어와 침대에 누웠지만 좀처럼 잠에 들 수 없었다. 채영의 시선이 자꾸만 되새김질되었다. 아직 아무 일도 일어난 게 아닌데 초조했다.

'예쁜 사람이 좋다고? 흥, 그래. 예쁜 여자랑 잘 먹고 잘살아라.'

진경은 내내 구시렁거렸다. 그 대상이 제하인지 진우인지 알 수 없었지만 뒤척이며 툴툴거리는 걸 멈추지 않았다. 제하의 대답이 더 신경 쓰이고 기분 나빴다는 것을 진경은 인정하고 싶지 않았다.

창가로 스며드는 햇빛에 눈이 부셨지만 진경은 이불 속에 파묻혀 나오지 않았다. 제하와 진우는 벌써 일어났는지 밖에서 쿵쾅거리는 소리가 들렸지만 진경은 꿋꿋이 버텼다. 마음껏 늘어져 푹 쉬고 싶은 휴일이었다. 초인종 소리만 들리지 않았다면 오후 늦게까지 침대에서 뒹굴며 시간을 보낼 참이었다.

진우의 흥분에 들뜬 큰 목소리가 진경의 방까지 들려왔다. 누가 왔지? 진경은 무거운 몸을 이끌며 밖으로 나왔다. 진경의 눈에 들어온 건 잡지에서 막 빠져나온 듯 세련된 채영의 모습이었다. 이제 막 잠에서 깨어나 부스스한 머리와 눈곱도 채 떼지 않은 자신의 모습과는 너무나 상반된 채영의 등장을 진경은 당혹

스런 시선으로 바라봤다. 결코 반갑지 않았다. 진우와 약속이라
도 한 것일까?

"어떻게 된 거야?"

진우가 반가움과 놀란 표정을 교차하며 물었다.

"놀랐지? 어제 언니가 나 때문에 아침부터 열심히 음식 준비
하셨다고 했잖아, 미안해서 도시락 좀 싸왔어. 언니, 오늘 아침
겸 점심은 이걸로 해요."

묵직해 보이는 도시락 가방을 들어 보이며 채영이 말했다. 기
분이 좋아 보이는 진우의 얼굴은 당연했고 제하 역시 진경을 힐
끗 보며 웃음기를 머금었다.

식탁이 아닌 거실에 차려진 채영의 도시락은 눈이 부실 정도
였다. 알록달록 화려한 색상으로 치장된 먹음직스러워 보이는
도시락이었다. 여러 종류의 김밥과 더불어 주먹밥, 유부초밥 등
의 밥 종류와 샌드위치, 디저트로 과일까지 깔끔하게 준비된 도
시락이었다. 연신 맛있다며 먹어대는 진우와 여전히 말없이 먹
고 있는 제하. 진경은 막 일어난 상태라 입맛도 없거니와 무식
하게 야채 넣고 돌돌 말아 써는 게 전부인 자신의 김밥이 비교
되어 더 기분이 상했다.

"직접 만든 거야?"

"네? 네."

진경은 자신이 만든 음식을 깨작거리던 채영이 조금은 이해
도 될 듯했다. 이 정도 음식 솜씨면 평범한 자신의 요리가 탐탁

지 않았을 것이다. 나이도 어린 게 별걸 다 잘하는군. 순수하게 칭찬하는 마음보다 고까운 마음이 앞서는 진경은 자신이 한심하게 느껴졌다.

"난 입맛이 없다, 더 자야겠어. 먹고 놀아라."

진경은 셋을 남겨두고 자신의 방으로 들어와 다시 침대에 누웠다. 기분 좋아 보이는 그들에게 무슨 말을 건네겠는가. 단지 채영의 제하를 향한 시선만으로 자신이 나서서 할 수 있는 일은 아무것도 없었다. 체념 섞인 한숨을 내쉬며 진경은 잠을 청했다.

얼마나 잔 것일까? 시끄럽던 거실이 조용했다. 진우와 채영의 웃음소리를 들으며 잠이 들었던 것 같은데 지금은 너무 조용했다. 돌아갔나 보다. 진경은 다소 기분이 풀어지는 걸 느꼈다. 별일은 일어나지 않은 듯했다. 진경은 기지개를 켜며 밖으로 나왔다. 그리고 무심히 바라본 거실 소파, 돌아간 줄 알았던 채영이 있었다. 진우는 어디 갔는지 보이지 않고 한쪽으로 머리가 기울어진 제하는 잠이 든 듯했다. 진경의 얼굴이 구겨졌다. 채영과 제하, 단둘만이 한공간에 있었다는 사실이 불쾌하기만 했다. 그 불쾌함에 대한 명확한 이유를 따져 볼 여유 같은 건 없었다.

채영은 잠든 제하의 얼굴을 유심히 뜯어보고 있었다. 막 발을 내디디려는 순간 채영의 손이 제하에게 다가가는 것이 보였다. 진경은 끓어오르는 화를 누르며 들으라는 듯 성큼성큼 큰 소리를 내며 그들을 향해 다가갔다. 그제야 진경을 봤는지 채영의 손이 급히 제하에게서 떨어졌다.

"뭐 해?"

"자는 게 불편해 보여서요."

"진우는?"

"소화제 사러 갔어요."

"이제하, 일어나. 졸리면 방에 가서 자."

진경은 잠든 제하의 어깨를 흔들어 깨웠다. 잠에 취해 미간을 찌푸리는 제하의 등을 떠밀어 방으로 보냈다. 진경은 더 이상 모른 척할 수가 없었다. 방심하고 잠들어 있는 제하도 못마땅했고, 애인의 친구를 그런 시선으로 바라보고 있는 채영도 용서할 수 없었다. 천연덕스럽게 거짓말하는 모습은 가증스럽기까지 했다.

"너 뭐야?"

"네?"

"유채영, 분명히 하자. 진우 좋아하니, 아니면 제하에게 다가가기 위한 수단이니?"

"언니."

"미안하지만 지금 가줄래? 다시는 우리 집 오지 마!"

차가운 진경의 말에 채영은 얼굴을 붉히며 제대로 대꾸조차 하지 못했다. 눈동자에는 당혹스러움이 가득했다. 자신의 감정을 그렇게 쉽게 들키리라고는 예상치 못했을 것이다. 그리고 직접적이고 날카로운 진경의 반응도 예기치 못했을 것이다.

진경은 채영을 내쫓는 상황을 진우에게 보이고 싶지 않았다. 나중에는 알게 되겠지만 지금 당장 얼굴을 맞닥뜨리고 할 이야기는 아니었다. 진경은 재촉하듯이 현관문을 활짝 열었다. 채영은 넋이 나간 사람처럼 현관을 빠져나갔다.

십여 분이 지나 들어온 진우는 채영이 보이지 않자 두리번거리며 진경에게 물어왔다.

"채영이는?"

"먼저 간다더라."

"그래? 속이 많이 안 좋았나."

핸드폰을 할 셈인지 전화기를 찾아 방으로 들어가는 진우의 뒷모습을 지켜보며 진경은 무거운 한숨을 내쉬었다. 진우에게 자신이 내쫓았다고 솔직하게 말할 수 없었다. 어쩌면 끼어들지 말았어야 할 일에 끼어들었는지 모른다. 진우가 상처받는 게 싫다는 이유만으로 자신의 영역에서 벗어난 부분까지 건드린 거다. 그러나 가슴 밑바닥을 더 들여다본다면 진우 때문만은 아니었다. 제하가 채영과 함께 있다는 자체만으로 싫었다. 그래서 더 참지 못했나 보다. 이 감정은 뭘까? 얼굴이 화끈거리고 죄지은 사람마냥 뜨끔했다.

진우의 방문이 벌컥 열렸다. 알아버렸구나, 당혹스런 얼굴로 진우를 바라봤다. 그러나 진우는 진경은 쳐다보지도 않고 급하게 신발을 챙겨 신고 뛰쳐나갔다. 황급히 집을 나가는 진우는 분명 채영을 만나러 가는 길일 것이다. 못된 시누이처럼 동생의 연애에 여유롭지 못하고 치졸하게 트집 잡는 모양새가 되어버린 게 속상했다. 좀 더 참아야 했을까? 이미 되돌릴 수 없는 상황이 되어버렸지만 자꾸만 자신의 행동을 되돌아봤다. 진우에게서도, 제하에게서도 자유롭지 못한 감정이 그녀를 힘들게 했다.

아침부터 종일 늘어진 탓에 저녁때는 잠도 오지 않고 몸 상태도 좋았다. 다만 진우에 대한 걱정으로 한숨이 끊어지지 않는다는 게 문제였다. 한숨 자고 일어난 제하는 개운한지 어느 때보다 편한 얼굴로 진경에게 다가왔다. 진경의 기분도 모른 제하는 채영의 도시락으로 인해 그녀의 기분이 풀렸으리라 생각했나 보다.

"누나, 오늘 기분 좀 풀렸지?"

"풀리기는 뭐가 풀려? 너도 그럴듯한 도시락에 사람이 달라 보이던?"

제하가 진경의 퉁명스런 대꾸에 놀란 듯 흠칫했다.

"그 도시락 누나 김밥보다 별로였어. 그 애가 만든 것도 아니고."

"네가 그걸 어떻게 알아?"

"나 그런 것에 길들여진 사람이잖아. 먹어보면 알아. 그래도 누나가 기분 좀 풀렸을 줄 알았는데, 나 자는 동안 무슨 일 있었어?"

“아니. 나이 많고 못생긴 누나한테 치근대지 말고 예쁜 애들이랑 놀아!”

그제야 진경이 화가 나 있는 이유를 알았다는 듯 제하는 피식 웃으며 대꾸했다.

“그러니까 누나랑 놀아야지. 내 눈에는 누나가 제일 예쁘거든.”

째려보는 진경은 아랑곳하지 않고 어깨를 움켜쥐고 안마를 하듯 주물럭거렸다. 그러나 진경은 여전히 기분이 풀리지 않았는지 제하의 손을 쳐내며 말했다.

“떨어져! 칠칠치 못하게 제 몸 하나 간수 못하는 놈 딱 질색이야.”

“누나?”

“가서 세수나 하고 나와. 양치도 깨끗이 해!”

제하가 욕실로 향하는 걸 지켜보며 진경의 입가엔 자조 어린 미소가 고였다. 지금 뭐 하는 짓인지, 제하에게는 아무런 잘못이 없다는 것을 알면서도 삼각관계로 엉켜 버린 녀석에게 화가 솟구쳤다. 욕실에서 나온 제하는 다시 진경에게 다가왔다. 저녁을 준비하는 그녀를 제하가 뒤에서 내려다보고 있다는 것을 느끼면서도 모르는 척 돌아보지 않았다.

제하의 두 손이 허리를 껴안았다. 예상치 못한 반격이었다. 놀라 하던 일을 멈추고 차갑게 말했다.

“너 지금 뭐 하는 짓이야? 놔!”

“싫어.”

진경의 거부에도 제하는 그녀를 더 꼭 껴안았다. 제하의 단단한 가슴이 등을 감쌌다. 정수리에 따뜻한 숨결이 느껴졌다. 몇 번의 포옹을 했지만 지금처럼 제하를 성인인 한 남자로 인식해 보기는 처음이었다. 제하의 넓은 품에 안긴 진경은 꼼짝도 할 수 없었다. 채영의 등장과 함께 자신의 감정을 다스리지 못하고 허둥대던 심란함이 순간에 진정되는 것을 느꼈다.

'제하야, 나 기분이 이상하다. 네가 왜 이렇게 편한 거야?'

진경은 마음속으로 묻고 또 물었다. 빠져나가려고 꼼지락거리던 진경이 가만히 있자 정수리 위에 있던 제하의 얼굴이 귓가로 내려왔다. 그저 숨만 내쉴 뿐인데도 귀가 간질거렸다. 제하의 입술이 귓불에 느껴졌다. 너무 놀란 진경은 몸을 움츠리며 거친 숨을 내쉬고 말았다.

“제하야, 이러지 마.”

“아무것도 안 해. 그냥 안고만 있을 거야.”

낮게 울리는 음성은 신뢰감을 주었다. 도저히 거짓이라 느껴지지 않아 진경은 더 밀어내지 않았다. 그러나 제하는 말과 달리 지분거리는 것을 멈추지 않았다. 귓불을 가볍게 부딪쳐 오던 입술이 뒷목을 스쳤다. 꼭 껴안은 한 손을 제외한 나머지 손이 볼록 솟은 가슴을 쓸어내렸다. 뭔가 어긋나는 기분이었다. 누구의 것인지 확인할 수 없는 가슴이 달음박질을 쳤다.

“제하야.”

"누나, 조금만. 조금만……."

그녀를 약하게 만드는 제하의 애달픈 음성이 진경의 이성을 흐트러뜨렸다. 옷 위로 가슴을 쓸어내리던 손이 그녀의 셔츠를 밀어 올렸다. 차가운 기운이 엄습했다. 놀라 저항을 하기도 전 제하의 뜨거운 손바닥이 안으로 파고들었다. 가볍게 브래지어를 밀어 올린 제하의 손이 긴장한 진경의 젖가슴을 어루만졌다.

"나 이제 누나 못 놔. 알지?"

얼굴이 화끈거렸다. 타인에 의해 가슴이 만져지는 건 처음이었다. 말도 안 되는 일이었지만 제하의 두 손이 그녀의 하얀 젖가슴을 희롱하는 동안 진경은 아무것도 할 수 없었다. 생생하게 전해져 오는 제하의 손길을 느끼면서도 넋이 나간 사람처럼 몸을 맡긴 채 밀어내지 못했다. 주인을 알 수 없는 심장의 쿵쾅거림 탓인지 귓가를 간질이는 안타까운 숨 탓인지, 아니면 너무나 조심스럽게 그녀의 속살을 더듬는 손길 탓인지 알 수 없었다. 다만 자신을 놓치지 않겠다는 듯 꽉 껴안는 제하의 안타까운 몸짓이 싫지 않았다. 처음 기대본 제하의 넓은 가슴이 정말 편안했다.

그녀의 몸이 돌려 세워졌다. 자신의 하얀 젖가슴이 제하의 시선 앞에 적나라하게 드러났다. 진경은 제하의 뜨거운 시선에 당황하며 두 손으로 올려진 셔츠를 내리려 했다. 그러나 제하의 손에 붙들리고 말았다. 눈과 눈이 만났다. 창피함으로 붉게 달아오른 진경의 뺨을 제하의 손이 부드럽게 쓸어내렸다. 그리고 얼굴이 내려왔다. 진경의 입술에 깃털처럼 가볍게 닿았다가 떨어졌던 입술은 다시 부딪쳐 왔다. 한 손으로는 그녀의 등을 감싸 안고 다른 한 손은 그녀의 가슴을 꼭 움켜쥔 채 깊은 키스는 오랫동안 계속되었다. 가스레인지에 올려놓았던 압력밥솥이 요란한 소리를 울려대지 않았다면 끝을 짐작할 수조차 없었을 것이다.

진경은 놀라 황급히 제하에게서 떨어지며 옷을 추슬렀다. 그리고 뒤돌아서 가스레인지의 불을 조절했다. 제하에게서 떨어졌지만 고장난 것처럼 심장이 덜커덩거렸다. 손발마저 떨렸다. 제하의 품에서 느꼈던 편안함의 몇 배는 더 불안하고 초조했다. 뒤늦게 찾아온 이성이 그녀를 질타하고 있었다. 제하가 다시 뒤에서 끌어안아 왔다.

"그만…… 해."

목소리마저 탁하고 부드럽지 못했다. 그러나 제하는 손을 풀지 않았다. 진경의 목소리만큼 가라앉은 제하의 음성이 들려올 뿐이었다.

"누나, 사랑해."

진경은 제하의 가슴에 등을 기대는 것밖에 할 수 없었다. 이미 건널 수 없는 강을 건너 버린 것 같았다. 활시위는 이미 당겨져 화살은 과녁을 향해 달려오고 있음을 인정해야 했다. 피해야 하는데 자꾸만 머뭇거리게 된다. 단순히 둔한 몸 때문만은 아니었다. 마음이 자꾸만 제하의 시선, 몸짓, 말 하나하나에 멈칫하게 되는 것이다. 오래전부터 제하에게 가졌던 연민 탓이라 우기고 싶었다.

"시간 준다고 하지 않았어? 이제부터 정말 진지하게 고민해 볼게. 그러니까 그만 놔."

제하의 손이 떨어져 나갔다. 검은 두 눈이 안타까운 빛을 내며 오랫동안 돌아서 있는 진경의 뒷모습을 바라봤다. 돌아선 진경은 뛰는 가슴이 진정되기만을 바랐다. 시간을 달라는 말로 한 발짝 물러섰지만 이미 자신의 가슴은 동생의 친구가 아닌 한 남자로 인식하고 있었던 게 분명했다. 등 뒤로 느껴지는 제하의 시선만으로도 진경의 가슴은 진정될 기미를 보이지 않았다.

차분한 저녁이었다. 제하는 유난히 말이 없었고, 진경도 묵묵히 식사만 했다. 부둥켜안고 했던 짓이 떠올라 제하의 시선을 마주 볼 수 없었다. 눈이 마주친다면 다시 발정난 것처럼 얼굴이 벌게질 것만 같았다. 다급히 뛰쳐나갔던 진우는 아직 들어오지 않고 있었다.

요란한 초인종 소리에 깜박 잠이 들었던 진경은 몸을 추스르고 일어났다. 제하가 먼저 일어나 현관문 여는 소리가 들렸다. 문을 열고 나오자 술 냄새가 진동했다. 얼마나 마셨는지 몸조차 제대로 가누지 못하는 진우가 통탕거리며 들어왔다. 거칠게 미는 힘 때문에 꽝 소리를 내며 닫히는 현관문이 고요했던 빌라 전체를 뒤흔드는 것 같았다. 진경은 선뜻 진우에게 다가가 웬

술을 이렇게 많이 마셨는지 물어볼 수 없었다. 이미 짐작되는 바가 있었기 때문이다. 힘들겠지만 진우가 잘 극복해 주기만을 바랄 뿐 자신이 나서서 해줄 수 있는 건 아무것도 없었다. 제하가 진우를 부축하는 걸 안타까운 눈으로 지켜보는 게 전부였다.

"누나, 나 오늘 누나한테 정말 실망했다. 누나가 채영이 가라고 했다며? 어떻게 그럴 수가 있어?"

"너 취했다. 자고 내일 이야기하자."

술에 취해 눈의 초점이 잘 맞춰지지 않는데도 따지듯 묻는 진우를 보며 진경은 얼굴을 굳히고 타이르듯 대꾸했다. 그러나 진우는 작정이라도 한 듯 거칠게 나왔다.

"아니, 난 안 취했어! 정신 말짱해. 난 누나가 내 뒤통수를 칠 거라고는 상상도 못했어. 누나가 나한테 누나 이상으로 잘한다는 거 알아. 그래서 고맙다고 생각했어. 그렇지만 누나, 뭔가 착각하는 거 아냐? 누나는 누나일 뿐이지, 엄마는 아냐!"

"진우야."

"내가 누나한테 여자 친구 소개시킨 적 있었어? 처음이잖아. 내가 열 살 먹은 어린애도 아니고 누나가 만나야 할 사람까지 정해주려고? 그건 아니잖아. 도대체 채영이의 어디가 마음에 안 들어? 연애도 한 번 제대로 안 해본 누나가 뭘 안다고 내 일에 간섭이야?"

"강진우, 그만 해!"

진우는 휘청이면서도 진경을 향해 분노를 감추지 않고 드러냈다. 진우의 말의 수위가 자꾸 험해지는 것을 본 제하가 얼굴을 찌푸리며 말렸다. 그리고 잡고 있던 진우의 어깨를 방 쪽으로 끌었다. 그러나 진우는 거칠게 제하의 손을 뿌리쳤다.

진경은 발광하듯 그녀를 다그치는 진우를 말없이 바라봤다. 진우에게 어떤 말을 해줄 수 있을까? 채영이 좋아하는 사람은 네가 아니라 제하라고? 그건 결코 입에 담을 수 없었다. 진우에게, 제하에게 서로의 존재가 어떤 존재인지 누구보다도 잘 아는 진경이었다. 그들은 가족이나 다름없었다.

정말 진우의 말대로 그들의 연애사에 끼어든 건 잘못이다. 그걸 충분히 인정하면서도 진우가 내쏟는 거침없는 말들이 가슴을 짓눌렀다. 그래, 홧김에 무슨 말인들 못하랴. 이해하면서도 마음이 아팠다.

"이제하, 넌 빠져! 누나, 얘기를 해봐. 이유가 뭐야? 왜 채영이에게 그런 짓을 해서 이별을 말하게 만들어? 동생이 연애를 하니까 왜, 꼴 보기 싫었어? 나 없는 사이에 나가라느니 그런 말을 했으면 이유가 있을 거 아냐! 내가 바보야? 등신이야? 여자 친구 집에다 불러놓고 그런 소리나 듣게 하고. 누나가 그런 식으로 나올 줄 알았으면 소개도 안 시켰어. 알아?"

"그만 해! 나도 그 애 맘에 안 들었어."

"뭐?"

입에 풀칠이라도 한 듯 꾹 다문 진경을 대신해 제하가 굳은 음성으로 대답했다. 그의 대답에 놀랐는지 진우가 눈에 힘을 주며 제하를 봤다. 그러나 제하는 더 이상 해줄 말이 없다는 듯 진우를 방으로 끌었다. 허우적대며 가지 않으려고 몸부림치던 진우였지만 제하가 강하게 잡아끌자 질질 끌려 침대에 눕혀졌다. 멍하니 그 자리에 그대로 서 있는 진경을 대신해 제하가 진우의 옷가지를 벗겨내었다. 진우는 침대에 누워서도 계속해서 진경을 향해 구시렁거렸다.

"누나, 누나…… 말 좀 해보라고. 누나, 누나…… 내가 누나한테 여자 친구를 소개시키면 사람이 아니다. 누나, 누나……."

문을 닫고 나온 제하는 진경의 앞에 섰다. 구시렁거리던 진우의 목소리가 잠잠해질 때까지 넋이 빠진 사람처럼 서 있는 진경을 묵묵히 지켜봤다.

"누나, 왜 그랬어?"

"우리 진우가 더 아까웠어."

진경의 대답은 믿기지 않을 정도로 평범하고 유치하기까지 했다. 제하는 단순히 그 이유 때문만은 아닐 거라 짐작하면서도 더 이상은 묻지 않았다. 금방이라도 쓰러질 듯 지친 표정을 짓고 있는 진경을 말없이 안았다. 무거운 숨을 내쉬며 그의 가슴에 진경이 얼굴을 파묻었다. 제하는 위로하듯 등을 토닥였다.

"맞아요. 진우가 더 아까워. 잘했어요, 잘했어."

진경은 왈칵 눈물이 쏟아졌다. 정말 울려고 한 것도 아니었고 울고 싶은 마음조차 없었다. 그런데 등을 토닥이며 내뱉는 제하의 말에 가슴이 뭉클해지며 생각지도 않은 눈물이 차 올랐다.

생각해 볼 겨를도 없이 차 오르는 눈물로 제하의 가슴을 적셔야 했다. 한참 동안 눈물을 흘리고 나니 마음이 편안해지고 진정이 되었다. 다만 창피해 고개를 들 수 없었다.

"누나, 진우 녀석 술에 취해 홧김에 한 소리란 거 알지?"

"그럼."

"그러니까 다른 생각 하지 말고 푹 자."

"그래, 고맙다."

진경은 끝내 고개를 들지 못하고 제하의 품에서 빠져나오자마자 자신의 방으로 직행했다. 어린 녀석의 품에 안겨 눈물 바람을 한 사실이 스스로 생각해도 어이가 없었다. 누군가의 품에 안겨 울어본 게 언제였던가. 너무 일찍 철이 들어버린 그녀였다. 초등학교 때부터 밥을 짓고, 빨래를 하고, 동생을 챙기며 엄마의 빈자리를 다 채우고자 종종걸음을 쳤다. 늘 씩씩한 진경을 친척들 모두 칭찬하곤 했다. 어린아이답지 않은 조숙함이 결코 칭찬만이 될 수 없다는 걸 깨달았을 때는 이미 어른이 되어버린 후였다. 제하는 잊었던 어린 진경 자신을 떠오르게 했다. 그리고 어린 진경에 무엇이 필요한지 다 안다는 듯 꽉 껴안아줬다.

뒤척이다 새벽에 잠들었던 진경은 겨우 일어나 출근 준비를 했다. 제하는 여느 날과 다름없이 따뜻한 우유를 준비해 준 후, 병원까지 태워다 줬다. 진경은 자신이 부담없이 제하의 호의를 받아들이고 있음을 느꼈다.

멀어지는 제하의 차를 보고 있던 진경은 뒤에서 들려오는 소리에 깜짝 놀라 고개를 휙 돌렸다.

"출근까지 시켜주나 보지?"

"선배!"

"너 새파란 녀석이랑 동거하는 거 아버지도 아셔?"

날카로운 가시가 박힌 호준의 말에 진경은 놀란 나머지 제대로 대꾸도 하지 못한 채 눈만 깜박였다. 제하의 말을 곧이곧대로 믿은 게 분명했다.

"널 잘 안다고 생각했는데, 열 길 물속은 알아도 한 길 사람 속은 모른다더니……."

"선배, 뭔가 오해한 것 같은데요. 우리 그런 사이 아니에요."

"그럼 내가 들은 건 뭐지? 나이도 어린 게 예의라고는 눈곱만치도 없는 녀석이 잘도 나불대던데 설마 다 지어낸 소리라는 거야?"

"제하가 말이 좀 심했어요. 제가 대신 사과할게요. 그렇지만 선배가 생각하는 그런 관계 아니에요."

사과를 하는 진경의 목소리는 딱딱하게 굳어 있었다. 다 안다는 듯 단정 짓는 투로 비난하는 호준의 태도가 거슬렸다. 오해는 풀어야 했지만 제하에 대해 함부로 말하는 호준으로 인해 이미 기분이 상해 버린 진경이었다.

"그런데 한집에서 같이 사니?"

"동생 친구인데 우리 집에서 하숙해요."

"허, 웃기는 녀석이네. 그러니까 주제 파악도 못하고 너한테 관심있다 이거지? 네가 동생 친구라고 너무 봐주는 거 아냐? 그러니까 기어오르지."

"선배, 나 기분이 몹시 나쁘네요. 아침부터 왜 선배와 제가 이런 이야기를 나눠야 하죠? 잠깐 본 걸로 제하에 대해 다 아는 것처럼 이야기하지 마세요."

진경은 참지 못하고 감정을 드러내고 말았다. 너무 화가 나 참을 수 없었다. 제하에 대해 다 아는 것처럼 한낱 웃음거리로 쉽고 하찮게 말하는 호준을 보며 숨을 고를 새도 없이 거침없이 튀어나와 버린 분노였다. 차갑게 말을 내뱉은 진경 자신조차 속으로 놀랄 정도였다. 제하가 자신이 아닌 타인에 의해 평가절하되는 걸 용납할 수 없었다. 제하는 결코 가볍거나 하찮은 존재가 아니었다.

진경은 호준에게 자신을 향해 했던 말을 되돌려 주고 싶었다. 호준을 잘 안다고 생각했는데 오늘 아침의 모습은 상당히 이질적이고 낯설었다. 그의 트레이드마크인 부드러움은 찾아볼 수조차 없었다. 단순한 선후배 사이의 대화라기에는 내용도 엇나간 데다 말투도 지나쳤다.

일은 시작도 안 했는데 벌써부터 지치는 기분이었다. 언제부터 호준과의 마주침이 이토록 곤혹스럽게 변했는지 알 수 없지만 지금은 빨리 벗어나고만 싶었다. 호준이 얼핏 비쳤던 감정은 지난 금요일의 대화로 다 마무리된 줄 알았는데 그게 아니었나

보다. 자신을 바라보는 호준의 시선엔 짙은 감정이 배어 있었
다.

"저, 선배. 저 그만……."

"그 녀석 좋아하니?"

막 인사를 하고 자리를 피하려던 진경은 갑작스런 호준의 물
음에 말문이 막혀 버렸다. 진경은 난처한 표정을 지으며 주위를
두리번거렸다. 아는 사람이라도 나타나 이 불편한 상황을 벗어
나게 해주었으면 했다. 그러나 오늘따라 아무도 보이지 않았다.

"선배, 그만 하죠."

"주말 내내 네 생각만 했어."

"선배!"

"네 말처럼 다 지나간 과거라 생각하려고 했지만 그게 안 돼.
그 어린 녀석, 질투했다. 주희와 네가 친구라는 게 미치도록 속
상하고, 미련한 욕심을 떨칠 수가 없다. 손가락질당하고 욕을
먹더라도 나쁜 남자가 되어버릴까도 싶어."

"오늘 선배 이야기는 못 들은 걸로 할게요. 저 먼저 들어가
요."

도망치듯 호준의 곁을 벗어났지만 묵직한 돌이 가슴을 짓누
르는 기분이었다. 듣지 말았어야 할 말을 결국은 듣고 말았다.
체한 듯 가슴이 답답하고 한숨만 나왔다.

진우 때문에 제대로 잠도 자지 못한 데다 아침부터 호준과의
실랑이로 진을 뺀 탓에 일이 손에 잡히지 않아 종일 헤맸다. 그

나마 위급 환자가 없어서 다행이었다. 병원에 흰 가운이 입은 사람들이 얼마나 많은가. 진경은 짧은 머리에 흰 가운을 입은 남자의 뒷모습만 봐도 움찔거렸다. 이제는 두 번 다시 호준과 얼굴을 마주할 수 없을 것 같았다. 자신으로 인해 호준과 주희와의 관계가 어긋나지 않기를 바랐다.

정신없었던 하루를 마감하고 퇴근을 준비하던 진경은 주희에게 온 문자 메시지를 확인했다.

〈병원 앞 로즈마리야. 기다릴게.〉

삼십 분 전에 온 메시지였다. 아침에 유니폼으로 갈아입으면서 탈의실 사물함에 깜박 잊고 넣어둔 모양이었다. 진경은 핸드폰 버튼을 눌렀다. 자신이 잘못한 것도 없는데 주희라는 이름이 주는 압박감이 너무 심했다. 설마 호준이 주희에게 이야기한 건 아니겠지? 만약 그랬다면 진경은 호준을 용서하지 않을 것이다.

[끝났어?]

"응. 지금 문자 봤다. 금방 갈게."

[그래.]

전화상의 목소리만으로는 기분이 어떤지 알 수 없었다. 그러나 주희가 병원까지 찾아왔다는 것만으로도 가볍게 넘길 수 있는 일이 아니었다. 주희는 한때, 자신이 짧게나마 근무했던 병원 근처에 오는 걸 극도로 싫어했다. 그런 주희가 스스로 진경을 만나기 위해 찾아왔다는 게 심상치 않았다. 진경은 무거운 마음으로 자꾸만 더뎌지는 걸음을 재촉했다.

집에 빨리 들어가 쉬고 싶은 마음이 굴뚝같았다. 정말 힘들고 지치는 하루였다. 그러나 아직도 갈 길은 멀기만 했다. 주희와의 만남에서 반복되는 그녀의 넋두리를 들어주는 것만으로 끝나지 않을 것 같아 걱정이었다.

병원 응급실이 훤히 바라다 보이는 창가에 앉은 주희는 이미 커피를 마시고 있었다.

"놀랐지?"

"그래, 해가 서쪽에서 떴나 했지. 네가 다 여기를 오고. 웬일이야?"

"내가 연락하지 않으면 네 얼굴 보기 힘들잖아. 친구라는 게 먼저 전화하는 법이 없어."

"좀 바빴어."

"그 똑같은 소리! 네가 안 바쁠 때 있었니? 그 비싼 얼굴이라도 보려면 별수있어? 내가 찾아오는 수밖에."

입을 삐죽이며 투덜대는 주희를 보며 진경은 피식 웃었다. 많이 걱정했는데 자신을 바라보는 주희의 눈빛은 과거와 별반 다르지 않았다. 안도의 한숨이 절로 나왔다.

"웬 한숨? 지금 내 앞에서 한숨이 나오니?"

"그건 또 무슨 소리야? 세상에서 제일 팔자 좋은 사람이 누군데?"

“그것도 옛날 말이야. 남자 하나 잘못 만나서 내 인생은 암울 그 자체야.”

“뭐?”

일상의 넋두리를 늘어놓듯 태평스런 주희와 달리 진경은 놀란 나머지 목소리 톤이 높아졌다. 심장이 덜커덕 내려앉는 것 같았다.

“요즘 호준 오빠랑 안 좋아.”

“아.”

진경은 차마, 왜라고 물을 수 없었다. 심하게 흔들리던 호준과 맞닥뜨렸던 진경으로서는 아무것도 모르는 척 주희를 마주 보고 있어야 하는 시간이 괴로워지기 시작했다.

“내가 먼저 좋아했어. 고백도 내가 먼저 했고. 호준 오빠는 나와 달리 말도 없고 진중하지. 뭐랄까? 젊은 혈기만 믿고 설치는 어린애들이 아니라 남자답고 어른 같았어. 그래서 대답없는 오빠를 향해 열심히 대시를 했지. 그리고 오빠가 내 마음을 받아줬을 때 세상을 다 얻은 기분이었어. 너 나 잘 알잖아, 한 남자 오래 만나지 못하고 금방 싫증 내는 거. 근데 내가 호준 오빠만 본 지 삼 년이야. 나 좋다는 남자들한테 눈길 한 번 안 주고 말이야. 대단하지? 사랑이 사람을 그렇게 변하게 하더라고.”

“그런데 남자 잘못 만나서 암울하다는 말은 무슨 소리야?”

“늘 목마르고 허기지니까. 내가 포만감을 느낄 만큼 퍼주지 않으니까. 오빠 앞에서는 내가 아닌 내가 되는 것 같으니까. 벌써 얼굴 못 본 지 한 달이야. 내 성질 같아서는 당장 차버리고 새로운 사람을 만났어야 하는데 그러지도 못하고 기다리고 있는 내가 한심해서. 넌 남자 때문에 고민 같은 거 안 하지?”

“그래, 너만 여자고 난 여자 아니다. 이 나이 먹도록 연애 한 번 못해본 숙맥은 고민도 안 하고 산다. 됐니?”

무겁게 가라앉은 분위기가 싫어 진경은 조금 과장된 표정을 지으며 투덜거렸다. 그 모습에 주희가 피식 웃으며 말했다.

“너랑 있으면 참 편해. 그래서 좋다.”

“난 너 싫어.”

“쳇, 계집애. 말하는 것 하고는. 너 정말 만나는 사람 없어? 그럼 내가 한 사람 소개시켜 줄까?”

“됐어. 지금 있는 걸로도 머리 아파.”

“뭐?”

무심히 대꾸했던 진경은 눈을 동그랗게 뜨고 되묻는 주희 얼굴을 보고 자신이 무슨 말을 했는지 기억해 냈다. 조금 전과 달리 눈을 반짝이며 얼굴을 바짝 붙여오는 주희를 피해 진경은 몸을 뒤로 뺐다.

“너, 남자 있구나. 그렇지? 이 새침데기! 있으면서도 앙큼하게 나한테 아무 말도 안 해? 그러고도 네가 친구야?”

“아니야.”

“아니긴 뭐가 아냐? 빨리 불어.”

절대 그냥 물러설 주희가 아니었다. 새로운 건수를 잡았는데

놓칠 리가 없었다. 진경은 망설이다 결국 입을 열었다.

"아직 사귀는 건 아니고……."

"어, 사귀는 건 아니고."

"나 좋아한대."

"뭐 하는 사람인데?"

"나이가 좀 어려."

"캬! 뭐야, 연하야?"

마치 자기 일이라도 되는 듯 흥분해 소리 지르며 두 손까지 부딪치는 주희를 보고 진경은 더 이상 말을 잇지 못했다. 뭘 기대하는지 초롱초롱 빛을 내는 눈동자가 난처한 진경의 표정은 아랑곳하지 않은 채 더 들려줄 것을 재촉했다. 처음 입 밖으로, 그것도 타인에게 제하의 이야기를 하는 것이라 조심스럽고 어려웠다.

"동생 친구야."

"뭐야? 그럼 진우 친구? 진우 이번에 대학 들어갔잖아."

"그래."

알아, 안다고. 이제 겨우 스무 살이라는 것 확인 안 해줘도 안다고.

고맙게도 제하의 나이를 꼭 집어 확인시켜 주는 주희가 얄미워 속으로 투덜거리면서도 어떤 대답이 돌아올지 다소 긴장하고 있는 자신을 느낄 수 있었다. 개방적인 성격의 주희 생각이 궁금했다.

“어떻게 생각해?”

“강진경!”

“응.”

“너 능력있다!”

“뭐?”

“세상에나, 세상에나. 어린 녀석이 좋다는데 노친네들이 눈에 들어오기나 하겠어? 생긴 건 어때? 진우 친구라면 기본은 되겠다, 그치? 진경아, 언제 보여줄 거야? 한번 보자. 그래도 연애 경력 베테랑인 내가 봐야지. 아직 솜털이 보송보송하겠다. 진경아, 나 미쳤나 봐. 왜 내 심장이 더 뛰지?”

“정신 차려.”

“이 놀라운 소식을 왜 지금에서야 알려주는 거야? 그럼 내가 진작 만나봤지. 참, 진우 입학 선물도 못해줬는데 한번 놀러갈까?”

“진우는 몰라. 어떻게 생각할지도 걱정이고.”

“강진경, 넌 진짜 내 우울한 삶에 단비다. 연하남과 스릴 만점의 연애라, 부럽다.”

“아직 사귀는 거 아니라니까.”

주희는 역시나 자기 방식대로 생각해 버렸다. 진경이 가지는 고민 따위는 주희 앞에서는 아무 문제가 되지 않았다. 그렇게 생각할 수 있는 주희가 부럽기도 했고 자신의 고민은 안중에도 없는 듯한 주희에게 괜한 이야기를 털어놓은 것 같아 후회가 되기도 했다.

"강진경, 누가 너한테 결혼하래?"

"어?"

"네가 고민할 정도라면 싫지 않다는 소리인데 그냥 편하게 만나. 그리고 다음은 나중에 생각해도 돼. 결혼할 남자라 정해놓고 사람 만나려다 보면 너 꼬부랑 할머니 된다. 그러고 싶어?"

"무서운 소리 하지 마!"

제법 충고다운 충고를 하는 주희를 진경은 한껏 눈을 흘기며 째려봤다. 만날 때와 달리 환하게 웃고 있는 주희의 모습을 볼 수 있었다. 여전히 묵직하게 가슴을 짓누르는 일들이 남아 있지만 진경도 모처럼 웃을 수 있었다.

조만간 보여줘야 한다는 주희의 말을 귀가 닿도록 듣고 돌아왔다. 그러나 보여줄 수 있을지 모르겠다. 진경은 주희의 응원에도 선뜻 고개를 끄덕이지 못했다.

여
덟

숨바꼭질을 하듯 진우와는 며칠째 얼굴을 마주할 수 없었다. 이른 출근 시간 때문에 자는 진우를 보는 게 전부였고, 퇴근 후에는 일부러 그러는 듯 진경이 잠이 든 후에야 진우가 들어왔다. 진경도 자신을 피하는 진우를 굳이 만나기 위해 시간을 맞추거나 기다리지는 않았다. 진우에 시간이 필요했듯 진경에게도 시간이 필요했다. 다만 진경은 병원에서는 호준 때문에, 집에서는 진우로 인해 많이 지쳐 있었다.

3교대로 근무하는 진경은 보통 일반 직장인처럼 주말에 쉬는 기회가 흔하지 않았다. 그녀뿐만 아니라 다른 동료들도 주말에 쉬기를 바라기 때문에 종종 다른 사람들처럼 주말에 쉬게 될 때는 휴일의 기쁨이 배가되곤 했다. 진경은 운이 좋았는지 한 달에 두 번이나 주말에 쉴 수 있어 동료들의 부러움을 샀다. 수간호사의 편애라는 등 시샘 섞인 말까지 들으면서 진경은 기분 좋은 퇴근을 했다. 하지만 이것이 진경이 몇 달 전부터 수간호사에게 부탁하고 부탁해서 얻은 휴일이라는 것을 아는 사람은 없었다. 여전히 진우와는 냉랭한 분위기였지만 주말에 좀 풀어볼 생각이었다.

그러나 아침부터 진우는 보이지 않았다. 씁쓸했다. 진경의 마음을 아는지 제하는 군소리없이 진경의 일을 도울 뿐이었다. 가슴이 답답했다. 그녀를 원망하는 진우에 대한 섭섭함보다는 채영과의 결별을 힘들게 받아들이고 있는 모습이 진경을 안타깝고 아프게 했다.

점심이 될 때까지 진우는 돌아오지 않았다. 어제 늦은 시간임에도 장을 봐 진우 좋아하는 갈비찜까지 해놨는데 참 무심한 녀석이다.

"누나, 바람이라도 쐬러 갔다 올까?"

"아니, 좀 잘련다."

막 방으로 들어가려는데 진우가 들어왔다. 그것도 혼자가 아닌 채영과 함께. 진경은 숨이 턱 막히는 것 같았다. 어떤 식으로 받아들여야 하는지 암담하기만 했다. 화해라도 한 것일까? 일주일 내내 그녀와 시선 한 번도 마주치지 않던 진우가 채영을 다정하게 바라보고 있었다. 아무 말도 못하고 그들을 바라보고만 있는 진경에게 채영이 먼저 인사를 하며 말했다.

"언니, 오늘도 쫓아낼 거 아니죠? 우리 이제 친구 하기로 했거든요."

싱긋 웃는 웃음이 진경에게는 비웃음으로 보였다. 작정하고 약을 올리는 것처럼 채영은 그 어느 때보다 기분이 좋아 보였다. 진경은 채영을 무시하고 진우를 건너다봤다. 여전히 진우는 십대의 반항아처럼 진경과 눈을 마주치지 않았다.

"놀아라, 난 그만 들어가마."

무슨 할 말이 더 있겠는가. 진경은 더 이상 자신이 할 수 있는 일이 없음을 깨달았다. 진우가 상처받지 않기를 간절히 바라는 마음이야 여전하지만 그녀로서도 더는 힘들었다. 사랑하는 동생으로부터 받는 냉랭한 시선도, 잔인한 말도 사양이었다. 방으로 들어온 진경은 이불을 뒤집어쓰고 누워버렸다.

거실에 남은 채영과 진우, 그리고 제하는 멀뚱히 서 있었다. 제하의 시선은 진우에게 머물렀다.

"너답지 않다."

"나다운 게 뭔데?"

"진우야."

"누나가 원하는 대로 됐잖아. 그러니까 너도 얼굴 펴!"

"우리 이러지 말고 나가서 술이나 한잔하자. 우리 셋이 친구 된 기념으로, 어때?"

진우와 제하의 대화에 끼어든 채영을 향해 제하는 차갑게 대꾸했다.

"나 너랑 친구 된 적 없는데?"

"뭐?"

"제하야."

놀라 되묻는 채영과 당황한 표정을 지으며 그의 이름을 부르는 진우가 보였지만 제하는 그들의 장단에 맞춰줄 기분이 전혀 아니었다. 제하가 지금 신경이 쓰이는 것은 방에서 혼자 끙끙거리고 있을 진경이었다. 진우를 이해 못하는 건 아니지만 진경을 몰아세우는 모습을 보고 싶지 않았다.

"둘이 놀아라. 난 좀 피곤해서."

제하는 두 사람을 남겨두고 자신의 방으로 들어와 버렸다. 늘 시끄럽고 왁자지껄했지만 따뜻하고 평화로웠던 집이 채영이라는 여자 때문에 흔들리고 있었다. 제하는 누가 뭐라 하든 진경의 결정을 신뢰했다.

저녁, 눈을 뜬 진경은 벌써 어두워졌다는 걸 알았다. 깜박 졸았다고 생각했는데 오후 내내 자버렸던 것 같다. 기지개를 켜던 진경은 침대에 걸터앉아 자신을 내려다보고 있는 제하를 발견하고 깜짝 놀라 일어나 앉았다.

"제하?"

진경은 생각없이 손을 내밀어 제하의 얼굴을 쓰다듬었다. 어둠 속에 보이는 사람이 정말 제하인지 확인해 보려는 무의식적

인 행동이었다. 그러나 진경의 손은 제하의 손에 간단히 잡혔
다. 놀란 눈을 치켜뜰 새도 없이 제하의 입술이 진경의 입술에
살짝 닿았다가 떨어졌다.

"잘 잤어요?"

"어? 응."

당황해 얼굴을 붉히는 진경과 달리 제하의 얼굴은 평온하기
만 했다.

"저녁 차려놓고 깨우려던 참이었는데."

"갔니?"

"네. 누나 들어가고 얼마 되지 않아서 나갔어."

"넌?"

"나도 한숨 잤어. 점심도 거르고 배고프죠?"

"배고픈지도 모르고 잤어."

"그만 일어나요. 밥 먹자."

"그래."

진경이 일어나 막 움직이려던 차 핸드폰이 울렸다. 침대 옆
사이드 테이블에 올려져 있던 핸드폰을 귀로 가져가며 다시 침
대에 걸터앉았다.

"여보세요."

[아비다. 바쁘니?]

"아뇨. 오늘 쉬었어요."

[그럼 내일은?]

“진우 생일인데 당연히 쉬죠.”

[잘했다. 너라도 챙겨야지.]

“걱정하지 마세요. 아침에 미역국 끓여주고 저녁때 맛있는 거 사주죠 뭐. 엄마한테는?”

[오늘 다녀왔다.]

“네.”

[다음 달에는 같이 내려올 거지?]

“그럼요. 새어머니는 어떠세요?”

[응, 잘 지내지. 네 안부 묻는다.]

“저도 잘 지내고 있다고 전해주세요.”

[그러마. 넌 좋은 소식 없냐?]

“아버지는?”

[어허, 스물일곱이면 적은 나이가 아니지. 네 새엄마도 주변에 좋은 사람 있나 알아본다고 한다만 한 번 생각해 볼래?]

“싫어요. 그건 제가 알아서 할게요.”

[이제 진우도 대학생이니까 네가 덜 신경 써도 될 거다.]

“알아요. 아버지. 다음 달에 뵐게요.”

[그러자. 밥 잘 챙겨먹고.]

“네.”

전화통화를 지켜보던 제하가 통화를 마치고 일어나는 진경에게 물었다.

“아버지예요?”

“응.”

“진우 생일이라고 전화하셨나 보네요.”

“어. 또 다음 달에 어머니 제사도 있고. 나가자.”

진경은 주방으로 나와 미역과 쇠고기부터 챙겼다. 혹시나 잊어버릴까 봐 눈에 잘 보이는 곳에 두고 제하가 차려놓은 식탁 앞에 앉았다.

“냉장고에 있는 것만 꺼내놨어요.”

“진수성찬이다. 먹자.”

제하가 차려놓은 저녁을 먹었다. 언젠가부터 진우가 아닌 제하와 마주 앉아 식사를 하는 게 잦아졌다. 처음 이사를 왔을 때의 그 어색함은 어디로 사라졌는지 이 시간이 너무도 자연스러워 오래전부터 함께 살아온 것처럼 느껴졌다.

알람 소리에 눈을 뜨고 일어나 어제 자기 전 물에 담가두었던 미역을 깨끗이 씻었다. 냄비에 참기름을 두르고 쇠고기와 마늘을 넣고 볶다가 미역을 넣어 어느 정도 익을 때까지 더 볶은 다음 물을 부어 끓였다. 그리고 쌀을 씻어 압력 밥솥에 안쳤다. 몇 가지 나물을 준비하고 아직 어린애처럼 햄을 좋아하는 진우를 위해 햄을 먹기 좋은 크기로 썰어 프라이팬에 구워냈다. 대충 아침 준비가 끝나자 제하가 주방으로 들어섰다.

“벌써 다 했네요, 도와주려고 했더니.”

“가서 진우나 깨워줘.”

식탁에 진우의 생일상을 차리며 진경은 오늘만큼은 좋은 얼굴로 마주할 수 있기를 바랐다. 요즘 들어 자꾸 밖으로 도는 데다 마음고생까지 하는 탓에 얼굴도 까칠해 보이고 살도 빠진 듯했다. 제하가 억지로 깨웠는지 얼굴을 구긴 채 마지못해 다가온 진우에게 진경은 기분 좋고 밝은 목소리로 말했다.

"생일 축하한다, 강진우!"

그제야 식탁 가득 차려진 부담스런 아침상이 생일상임을 인식한 진우는 잠깐 머뭇거리더니 의자에 앉았다. 조용한 아침 시간이었다. 보통 세 사람이 마주한 식탁에서 진우는 대화의 중심이었다. 기분이 안 좋은 날이라 해도 집에 오면 진우의 유쾌함이 전달되어 기분이 나아지곤 했다. 그런데 그 주인공이 굳게 입을 다물자 식탁에는 침묵이 감돌 수밖에 없었다. 진경은 불편하고 가라앉은 분위기를 풀어보고자 진우에게 가볍게 물었다.

"뭐 먹고 싶은 거 있어? 누나가 저녁때 맛있는 거 사줄게."

"됐어. 친구들이랑 생일 파티 하기로 했어."

"그랬어? 누나 돈 굳었네. 그럼 뭐 필요한 건 없어? 너 한동안 핸드폰 노래 불렀었잖아. 생일 선물로 바꿔줄까?"

"괜찮아. 쓸 만해."

여전히 퉁명스러운 진우로 인해 진경은 더 이상 말을 잇지 못했다. 시간이 필요하다는 것을 알면서도 자꾸만 엇나가는 진우를 바라보는 진경의 마음은 불안하고 초조했다. 오늘만은 기분 좋게 서로 감정 상하는 말 하지 않고 넘어가고 싶었는데 진우의 모습을 보니 묻지 않을 수 없었다. 사람의 감정이라는 게 이렇게 하자 작정한다고 해서 그대로 되는 것인가. 얼마 전까지만해도 애인 사이였던 관계가 정말 편한 친구가 될 수는 없었다. 그것도 자의가 아닌 타인에 의해 헤어진 사람들이.

그래서 버젓이 친구 하기로 했다며 나타난 채영의 마음이 무엇인지 불 보듯 훤히 들여다보였다. 그렇지만 정말 진우의 마음은 이해할 수 없었다. 그녀에게 그토록 심한 말까지 쏟아놓으며 채영에 대한 절절한 마음을 고백했던 녀석이지 않은가. 그런 녀석이 정말 채영과 친구가 될 수 있을까. 모른 척 넘어가야지 몇 번이나 마음먹었던 말을 결국은 하고 말았다. 그러나 그 말은 진우에 의해 가로막혀 버렸다.

"너 채영이와는……."

"채영이 이야기는 더 하지 마! 채영이가 친구이기를 원한다면 친구가 되어줄 거야."

그 어느 때보다 정색을 하고 차갑게 내뱉는 진우를 봤다. 친구로라도 옆에 있겠다 말할 만큼 진우는 첫사랑의 열병을 앓고 있었다. 착잡했다. 혼자만의 사랑으로 몸부림치는 진우에게 무엇을 해줄 수 있단 말인가. 진경은 안타까운 시선으로 바라보는 것밖에 할 수 없었다.

늘 그랬지만 자신보다 진우가 먼저였다. 진우의 생일을 위해 휴가까지 낸 진경으로서는 친구들과의 생일 파티 소식에 허탈해졌다. 스무 살 성인으로 우뚝 선 진우를 대하는 게 조금씩 버거워지기 시작했다.

아침을 먹자마자 학교 갈 준비를 한 진우는 먼저 현관을 나서며 제하를 재촉했다.

"나가서 기다린다. 빨리 내려와."

제하는 집에 혼자 남아 있을 진경이 걸리는 듯 머뭇거렸다.

"진우 기다리겠다. 가라."

"강의 끝나는 대로 빨리 올게요."

"진우 생일 파티 한다잖아. 단짝이 빠지면 쓰니? 재밌게 놀다와. 나도 모처럼 혼자만의 시간 좀 가져 볼 테니까."

진경은 제하의 등을 떠밀었다.

혼자가 된 집은 조용했다. 아침 먹은 걸 정리하고 집안 청소를 다 마쳤음에도 뭔가를 다 하지 않은 것처럼 허전했다. 공원에 산책이라도 갈까? 아니면 주희에게 전화해서 영화라도 볼까? 이런저런 꺼리들을 떠올려 봤지만 마음이 당기지 않았다. 가슴의 답답함만 차 오르는 것 같았다. 엄마가 보고 싶었다. 그 마음이 드는 순간 진경은 앞뒤 생각할 겨를도 없이 옷가지를 챙겨 입고 밖으로 뛰쳐나갔다. 엄마라면 어느 누구보다도 그녀를 반길 것이다.

구파발역에서 내려 문산 방향으로 가는 버스를 탔다. 삼십여 분이 걸려 도착한 곳은 납골당이 있는 추모 공원이었다. 돌아가신 엄마를 오 년 전에 이곳으로 옮겨왔다. 긴 산책로를 지나 건

물 내에 상주해 있는 화원에서 생전에 좋아했던 분홍색 장미 리스를 구입했다.

이층 백합실 문을 열자 대리석과 유리를 혼합한 안치단이 길게 늘어서 있었다. 진경은 엄마의 안치단 앞에 가 섰다. 형형색색의 리스로 장식된 안치단들 속에 자리잡고 있는 고운 엄마의 사진. 어제 아버지가 다녀가신 탓에 그녀가 들고 있는 리스와 똑같은 분홍색 장미 리스가 여전히 생생한 빛을 머금은 채 안치단을 장식하고 있었다.

오랜 시간이 흘렀지만 아버지도 엄마가 좋아하시던 꽃을 기억하고 있었다. 코끝이 찡했다. 그만큼 사랑했던 연인이 떠났을 때 아버지는 거의 공황 상태였다. 진우와 그녀를 돌볼 마음의 여유를 갖지 못했다. 그때 아버지가 선택한 것은 일이었다. 말단 공무원이었던 아버지는 전보다 더 많은 일을 찾아서 하느라 아침 일찍 출근해 별이 보일 때야 돌아오곤 했다.

다섯 살 무렵, 고열에 시달리다 병원 응급실로 실려간 진우가 결국 폐렴으로 입원하게 된 일이 계기가 되어 아버지는 마음을 추슬렀다. 그리고 자식들에게 아버지의 역할을 다하고자 노력했다. 작년에야 재혼한 아버지가 오래도록 결혼을 미뤘던 데는 엄마에 대한 사랑뿐만 아니라 자신의 방황으로 자식들을 힘들게 했다는 죄책감도 있었다. 어렸을 때 무서웠던 적은 있다. 갑작스런 엄마의 떠남과 얼굴조차 보기 힘들던 아버지. 하지만 아버지에 대한 원망보다는 두려움이 더 컸다. 세상에 자신과 진우만 남겨지는 게 아닌가 하는 불안감, 그 불안감이 더 특별히 진우를 감싸 안게 했을 것이다. 억척스러울 만큼 엄마의 빈자리를 채우고자 노력했다. 어린 마음에 엄마가 안 계셔서 아버지가 그들을 버리고 떠나지는 않을까 생각했었는지도 모른다. 오랜 시간이 흘러 가물가물하지만 진경에게는 참 힘든 시기였다.

사진 속의 엄마는 여전히 곱다. 그녀의 유치원 재롱잔치에 예쁜 꽃다발을 들고 찾아왔을 때의 그 모습 그대로였다.

"엄마, 거기 좋아? 조금만 더 있다 가지 뭐가 그렇게 급했어? 엄마가 생명보다 더 사랑한 우리 진우, 이제 어엿한 스무 살 대학생이야. 일 년 사이에 키가 얼마나 컸는지 알아? 누구를 닮았는지 모르겠어. 엄마, 아빠도 큰 키 아니잖아. 옆에 서면 얼마나 늠름하고 든든한지 몰라. 엄마도 저 위에서 흐뭇하게 지켜보고 있겠지?"

진경은 그녀의 마음을 다 안다는 듯 엷은 미소를 짓고 있는 사진 속의 엄마에게 말을 건넸다. 다른 그 여느 때처럼 기분 좋게 일상을 주저리주저리 떠들고 갈 참이었는데 자꾸만 말문이 막히고 넋두리가 터져 나오려 했다. 진경은 입술을 잠시 동안 지그시 깨물었다. 여전히 엄마는 미소 짓고 있었다. 그것이 오히려 진경을 더 슬프게 했다.

"엄마가 떠난 걸 마음껏 슬퍼하지 못했어. 그러면 진우를 미워하게 될 것 같았거든. 그런데 지금 후회돼. 그때 많이 울고 슬퍼할 걸. 엄마가 너무 보고 싶고, 그립고, 두려운 밤에도 꾹꾹 참으려고만 했지 소리 내어 펑펑 울지 못했던 게 너무 후회돼. 내게도 엄마가 필요하다는 걸 인정해 버릴 걸. 아버지에게 엄마가 보고 싶다고 울며 떼라도 쓸 걸. 이제 와 엄마 보고 싶다고 울면 다들 놀리겠지? 철이 없어도 될 때 무식하게 어른인 척 굴더니 나이를 먹을 만큼 먹은 지금 난 더 애가 되는 것 같아. 진우에게 더 어른스럽게 굴지도 못하고, 나보다 한참 어린 녀석에게 자꾸만 휘둘리고. 엄마, 나 어떡하면 좋지?"

결국은 무던히도 감추고 속으로만 삭이던 감정을 엄마에게 토해내고 말았다. 그저 웃고만 있는 사진 속의 엄마가 대답을 해줄 리 만무했다. 그럼에도 답답하기만 했던 가슴이 뚫리는 것 같았다. 넋두리를 들어주는 것만으로도 진경에겐 위로가 되었다.

그제야 기분이 풀어진 진경은 일상의 이야기들을 털어놓았다. 호준과의 쪽지 사건, 병원 노처녀 선생님의 결혼 이야기, 함께 살게 된 제하 이야기 등. 주위에 사람이 있었다면 이상한 눈초리로 바라보고도 남을 만큼 긴 이야기였다. 그러나 다행히도 평일이라 그런지 이층 봉안당에는 그녀 혼자뿐이었다.

집으로 가는 길이 생각보다 늦어졌다. 엄마와 가까운 곳에 있다는 기분에 젖어 근처를 산책하다 출발도 늦게 했거니와 생각 없이 오른 버스가 서울이 아닌 다른 방향으로 움직이는 바람에 중간에 내려 갈아타야 했다.

우여곡절 끝에 구파발역에 도착하니 컴컴했다. 여덟 시가 지난 시간이었다. 진경은 지하철을 타고 집으로 향했다. 아침나절 그 우울하던 기분이 많이 풀렸고, 마음도 안정을 찾았다. 지하철에 내려 골목 어귀를 들어서는데 누군가를 기다리는 듯 초조한 얼굴로 서성이고 있는 제하가 보였다. 제하는 진경과 눈이 마주치자마자 성큼성큼 큰 걸음으로 다가와 버럭 화부터 냈다.

"도대체 어디를 갔다 오는 거예요?"

"왜? 기다렸어?"

"그걸 말이라고 해요? 제발 사람 걱정 좀 시키지 마! 어디 갔다 오는 거예요?"

"엄마한테."

"다음 달이 기일이라면서요. 그때 같이 가지, 차편도 불편했을 텐데 왜 혼자 가요?"

"그냥, 엄마가 보고 싶어서."

어린애 같은 대답이었지만 정말이었다. 엄마의 기일이 오늘이라는 건 아버지와 그녀만의 비밀이다. 노산에다 건강까지 좋지 않았던 엄마에게 임신은 무리였다. 그러나 엄마는 생긴 아이를 포기할 수 없다며 끝까지 고집을 피우셨다고 한다. 무리한 출산 끝에 갑작스럽게 찾아온 쇼크는 결국 엄마를 죽음으로 몰고 갔다.

아버지는 자신의 생일이 엄마의 기일이라는 건 진우에게 너무 잔혹하다며 공식적인 엄마의 기일을 엄마의 생일로 하자고 제안했다. 친척 어른들도 아버지의 말에 이의를 제기하지 않았

다. 세상을 등진 엄마보다는 진우가 더 중요하다 생각했을 것이
다. 늘 진우의 생일을 축하하고 챙기다 보니 정작 기일에는 엄
마를 찾아가지 못했다. 그저 아버지만 조용히 엄마에게 갔다 오
곤 했다.

　너무 기쁘면서도 슬플 수밖에 없는 날, 친구들과의 생일 파티
정도는 대수롭지 않게 넘겨야 하는데도 목구멍에 걸리는 씁쓸
함은 상반된 감정 때문이리라. 그래서 더욱이 혼자이고 싶지 않
은 날이었다. 엄마의 빈자리를 더 크게 인식하게 되는 날, 위로
가 되었던 진우의 빈자리에 제하가 있었다.

　"진우는?"

　"진우 진우 그만 해. 진우 어린애 아니에요."

　"알아."

　"저녁도 안 먹었지? 가요."

　제하는 집이 아닌 고기집으로 진경을 데려갔다. 삼겹살을 노
릇노릇하게 구워 줄기차게 쌈을 싸 진경에게 내밀었다. 괜찮다
고 하는데도 자신은 저녁을 먹었다며 그녀를 챙겼다. 점심도 굶
은 탓에 꽤 많은 양을 먹고 집에 돌아왔다. 집에 돌아왔어도 진
우는 없었다. 당연히 그러리라 예상했음에도 조금은 기대를 했
던 진경의 입가엔 자조적인 미소가 스쳤다.

　커피를 한 잔 마시려고 주방으로 들어온 진경은 가방에 있는
줄 알았던 그녀의 핸드폰이 식탁에 놓여 있는 걸 발견했다. 부
재중 전화 삼십 통, 모두 제하의 전화였다. 급하게 나가느라 핸

드폰을 두고 나갔었나 보다. 언제부터 밖에서 기다린 것일까. 엄마를 만나러 가서도 울먹이기만 했지 결코 흘리지 않았던 눈물이 왈칵 차 올랐다. 진경은 몇 번이고 눈을 깜박여 차 오르는 눈물을 지웠다. 언제 뒤에 왔는지 제하가 진경의 등을 부드럽게 감싸며 말했다.

"연락이 안 돼서 얼마나 걱정했는지 알아? 수업이고 뭐고 달려왔는데 핸드폰만 있잖아. 연락할 방법도 없고, 어디 갔는지도 모르고 불안해서 죽는 줄 알았어. 그런데 누나는 진우만 찾지?"

투정 부리는 제하의 음성이 너무 따뜻해서 진경은 몸을 돌려 까치발을 하고 제하의 입술에 자신의 입술을 살짝 갖다 대었다. 제하의 눈이 커다래지는 것을 보자 웃음이 나왔다. 어른스럽게 느껴지다가도 히죽거리는 걸 보니 덩치만 큰 아이처럼 보이기도 했다.

두 사람은 서로 마주 안고서 큭큭거리며 웃었다. 제하는 드디어 자신의 마음이 진경에게 받아들여진 듯해 기쁨을 감추지 못했고, 진경은 그 기뻐하는 제하의 모습이 너무 보기 좋아 웃음밖에 나오지 않았다.

"그렇게 좋아?"

"응."

"너 바보야, 손익 계산도 제대로 못하는. 알아?"

"아니. 누나를 알아본 걸 보면 난 거의 천재야."

"미쳐."

“쿡.”

서로의 어깨가 떨릴 정도로 낮은 웃음을 토해내던 진경은 제하의 품에서 빠져나왔다. 아쉽다는 눈을 하며 다시 다가오려는 제하에게 살며시 뒷걸음질치며 놀리듯 말했다.

“오늘은 여기까지만이야. 더 이상은 곤란해. 나 커피 마실 참인데, 넌?”

“내일도 일찍 일어나야 하는데 커피 괜찮겠어? 허브 차 마시지. 오늘 피곤했을 텐데.”

“흠, 그럴까?”

“텔레비전이나 보고 있어요. 내가 끓여 갈게.”

“오케이.”

진경은 우울했던 기분을 다 떨쳐 버리고 기분 좋게 거실 소파에 앉았다. 제하에 대한 어떤 결정도 하지 못한 채 돌아왔는데 막상 그녀를 잔뜩 걱정하며 기다리고 있는 그를 보자 진경은 더 망설이지 못했다. 누군가에게서 보호받는다는 느낌, 참 좋았다. 무엇보다 환하게 웃는 제하의 미소가 그녀를 유쾌하게 했다. 무표정한 얼굴에 웃음이 고일 때면 전체적으로 부드럽고 섹시하기까지 한 제하였다.

제하가 머그잔을 양손에 들고 나왔다. 제하가 건넨 머그잔에는 은은한 향의 캐모마일 허브 차가 담겨 있었다. 커피보다는 밋밋했지만 나름대로 좋았다. 여전히 입가에 미소를 단 채 그녀를 넌지시 바라보고 있는 제하를 보며 진경도 피식 웃고 말았다.

 '저 녀석과 연애라는 것을 하게 되는 건가. 내 일생일대의 첫 연인이 한참 어린 동생의 친구라니…….'

 객관적으로 생각한다면 무모할 뿐 전혀 현실감도 없고 허무맹랑하지만 이미 객관적이고 이성적인 시각을 잃어버린 진경이었다. 쿵쿵거리며 뛰는 심장 소리만이 그녀의 귀에 들릴 뿐이었다.

아
홉

아직 밤공기가 남아 있는 병원은 어딘지 모르게 스산했다. 충분하지 못한 잠으로 인해 하품을 연신 해대며 찌뿌드드한 몸을 움직이는 보호자들도 눈에 띄었고 청소를 하는 아줌마들도 보였다. 진경은 유니폼으로 갈아입기 위해 지하 탈의실로 가는 엘리베이터를 기다리던 참이었다. 그때 뒤에서 진경을 부르는 소리가 들렸다. 이 년차 순임이었다.

"강 선생님."

"어, 김 선생님. 좋은 아침!"

"에이, 선생님만 좋은 아침이죠."

"왜요?"

"선생님, 요즘 연애하죠?"

"네?"

"얼굴에 다 써 있어요. 다들 우중충한데 강 선생님만 봄날인 것 같아요."

"허, 김 선생님도."

태연한 척 대꾸한다고 했지만 진경의 볼은 불그스름해졌다. 제하와 만나고 있지만 그것이 타인의 눈에도 느껴질 정도라고는 미처 생각지 못했던 진경은 당황할 수밖에 없었다.

"어? 정말 수상타."

"아니야."

진경은 띵 하며 엘리베이터 문이 열리자 모르며 살짝 고개를 저었다. 제하를 마음으로 받아들이고 만나기 시작했지만 타인 앞에서도 떳떳하게 애인이라고 소개시킬 수 있을지는 의문이었다. 제하와의 만남을 다른 사람이 알아본다는 사실이 몹시도 신경 쓰였다.

물품을 정리하고 인수인계로 시작한 하루는 여느 때와 마찬가지로 바쁘게 지나갔다. 점심 식사를 하러 가던 진경은 호준과 정면으로 마주쳤다. 호준이 병원 일과 논문 준비로 바쁘기도 했고, 진경이 열심히 피해 다닌 덕에 그날 이후 처음 얼굴을 대면했다.

"선배."

"오랜만이다."

“네.”

“퇴근 후에 잠깐 보자.”

“선배?”

“우리 할 이야기 남았잖아.”

“전 선배와 더 나눌 이야기 없는데요.”

“여섯 시, 저번에 같이 갔던 일식집에서 보자.”

“선배, 선배!”

호준은 진경의 의사와 상관없이 약속 시간과 장소를 통보하고 멀어졌다. 진경은 기가 막힌 듯 쇳소리를 내며 발을 동동 굴렀다.

“강 선생님, 왜 그래요?”

“아니에요.”

언제 다가왔는지 순임이 묻자 진경은 당황하며 얼버무렸다.

“식사했어요?”

“아직.”

“그럼 같이 가요.”

“먼저 다녀오세요. 전 입맛이 없어서요.”

진경은 식당을 향하던 발걸음을 다시 병동으로 옮겼다. 밥이 넘어갈 것 같지 않았다. 목구멍에 커다란 돌덩이가 걸려 있는 것 같았다. 이러다 신경쇠약에 걸려 쓰러지지 않을까 걱정이었다. 진경은 어떻게 해야 할지 고민하며 서성이다 주희에게 전화를 넣었다.

[어머, 웬일이야?]

"왜, 끊을까?"

[애는, 전화를 했으면 용건을 말해야지. 어떻게 됐어?]

"긴 이야기 할 시간은 없고 저녁때 보자."

[뭐야? 보여줄 거야?]

"싫으면 말고."

[애는, 남는 건 시간뿐인 사람한테. 어디로 갈까?]

"병원 후문 쪽에 있는 일식집 알지? 어원이라고. 그곳에서 여섯 시."

신이 나 지르는 주희의 비명을 뒤로하며 진경은 전화기를 내려놓았다. 호준과 단둘만의 만남은 피하고 싶었다. 더 질질 끌다가는 정말 주희에게 상처를 줄 것 같아 두려웠다. 호준을 향한 주희의 사랑이 깊다는 걸 알게 된 후 진경은 철딱서니없다고만 생각했던 주희를 다시 보게 되었다.

"누나!!"

일과를 마치고 밖으로 나오니 오늘도 어김없이 제하가 기다리고 서 있었다. 요즘 제하는 아침저녁으로 출퇴근을 시켜주고 있었다. 여전히 냉랭한 진우와의 관계는 좀처럼 좁혀지지 않는데 제하와는 점점 더 가까워지는 기분이었다. 제하는 진우로 인해 우울해하는 진경을 많이 배려해 줬다.

"빨리 가자."

　진경은 주변의 동료들이 볼세라 제하를 세워진 차 쪽으로 급히 끌었다. 그런 진경을 보며 환하게 웃던 제하의 얼굴이 다소 굳어졌다. 그러나 진경은 미처 그런 제하의 얼굴을 보지 못했다.

　"누가 쫓아와요?"

　"어?"

　"고작 집에 가는 게 전부잖아요."

　볼멘소리를 하는 제하를 진경은 힐끔 쳐다봤다. 그러고 보니 여러 가지를 함께하고 싶어하는 제하에게 늘 피곤하다는 핑계를 대고 집으로 곧장 직행하곤 했다. 연인들처럼 함께 시간을 공유하고 싶어하는 제하의 마음을 모르는 건 아니었지만 호준이며, 진우로 인해 마음 편히 웃고 즐길 수가 없었다.

　"오늘은 내 친구 소개시켜 주려고 했는데 싫어?"

　그제야 얼굴이 풀어지는 제하였다. 그 모습을 보는 진경의 입가에 슬며시 미소가 떠올랐다. 자신보다 더 어른스럽게 느껴지다가도 문득문득 내비치는 제하의 행동들이 아직 덜 자란 아이 같아 볼을 꼬집어주고 싶을 만큼 귀여웠다. 귀엽다고 말하면 이 녀석 뒤집어지겠지?

　"왜 음흉스럽게 자꾸 웃어요? 나 자꾸 이상한 짓 하고 싶어지게."

　"어머, 애 좀 봐. 빨리 가기나 해."

　일식집 어원에 도착해 막 주차를 하고 들어서려는데 때마침 주희가 진경을 불렀다.

"진경아!"

"어, 주희야. 너도 지금 왔어?"

"응, 지하 주차장에 차 세워놓고 오느라고."

대답하면서도 주희의 눈은 진경이 아닌 제하에게 가 있었다. 그리고 소개하라는 듯 팔꿈치로 옆구리를 툭툭 쳤다.

"내 친구 주희, 너도 들어봤지?"

"네. 이제하입니다."

"반가워요. 진경이한테 얘기 많이 들었어요."

"누나한테요?"

"그럼요. 내가 진경의 제일 친한 친구거든요."

자신의 이야기를 했다는 게 믿기지 않는지 놀라며 제하는 되물었다. 그러자 신이 난 주희가 고개까지 끄덕이며 엄청 친한 체를 했다. 주희는 소개시켜 주기 전부터 제하가 마음에 들었는지 호의적인 표정을 감추지 않았다.

"그만 들어가자, 선배 기다리겠다."

"선배? 누구? 설마 호준 오빠?"

주희의 눈동자가 커지며 물었다. 진경은 당혹스런 마음을 감추며 멋쩍은 표정으로 말했다.

"응, 오늘 우연히 마주쳤거든. 너 여기까지 왔는데 같이 보면 좋을 것 같아서."

"역시 넌 하나밖에 없는 내 친구야!"

잔뜩 오버한 목소리로 진경의 어깨를 토닥이는 주희를 제하
는 희한한 생물체를 바라보듯 했다. 그리고 호준과의 만남이 내
키지 않는지 편하게 풀려 있던 얼굴이 다시 굳어졌다. 주희가
먼저 앞장을 섰고 제하와 진경은 뒤따라 들어갔다. 식당에 먼저
들어선 주희가 호준을 먼저 발견하고 손을 흔들었다.

"오빠!"

구석진 자리에 앉아 있던 호준은 주희의 모습에 당황한 듯 미
간을 찌푸리며 누군가를 찾는 듯 두리번거렸다. 진경은 호준에
게 미안한 마음이 없지 않았지만 이것이 그녀가 할 수 있는 최
선이라 생각했다. 그래서 당황해하는 호준을 보면서도 시치미
를 뗐다.

"선배, 저희도 왔어요."

그제야 제하와 함께 등장한 진경을 보고 그녀의 의도를 이해
한 듯 어색하게 반겼다.

"어서들 와라."

"오빠도 진경이 애인 궁금해서 보러 나왔구나! 제하 씨, 앉아
요. 진경아, 앉아. 우리 오빠가 맛있는 거 사줄 거야. 그죠?"

"어? 어."

"암튼 진경이 애 엉큼한 건 알아줘야 해요. 어쩜 연하의 꽃미
남 애인을 두고 시치미를 뚝 떼고 있었는지 몰라. 나 같으면 말
하고 싶어서 입이 간질거려 하루도 못 참았을 텐데. 아주 무르
익을 때까지 입 다물고 있는 것 보면 의지의 한국인이야."

"너는 안 그랬어? 선배 좋아한다는 말 한 마디도 안 했었잖아. 어느 날 갑자기 호준 선배랑 사귀기로 했다고 통보해 놓고는."

"내가 언제?"

"너도 그랬어."

음식이 나오고서도 호준은 내내 말없이 술잔만을 비웠다. 진경과 주희만이 초등학생들처럼 유치한 말싸움을 하고 있었고 제하는 묵묵히 진경을 챙겼다. 오랜 침묵 끝에 호준이 입을 열었다.

"나이가 좀 어리지 않나?"

"오빠는, 요즘 연상연하 커플이 유행인 거 몰라? 꼭 남자만 나이 많으라는 법 있어? 사랑 앞에선 나이도, 국경도 문제 안 된다잖아. 제하 씨는 우리 진경이 언제부터 좋아했어요?"

"사 년 전부터요."

"사 년이면 진경이가 제하 씨 첫사랑?"

"네."

"멋지다~"

주희가 부럽다는 듯 한숨을 내쉬며 말했다. 호준을 옆에 두고 서슴없이 내뱉는 주희를 보고 진경은 어이없다는 듯 피식 웃었다. 그러자 주희가 입을 삐죽이며 넌지시 제하를 보라는 듯 눈짓을 했다. 그제야 진경은 옆에 앉은 제하를 돌아봤다. 진경의 개인 접시에 먹음직스럽고 맛있어 보이는 것은 죄다 옮기고 있는 걸 볼 수 있었다. 접시에 있는 걸 생각없이 먹기만 했던 진경은 그제야 자신을 내내 서너 살 먹은 아이 챙기듯 하고 있는 제하가 보였다. 왠지 멋쩍으면서도 뿌듯했다.

기분 좋고 유쾌한 분위기가 내내 계속되었지만 호준만이 그 분위기와 동떨어진 듯 보였다. 평상시보다 술도 과했고, 늘 편하게 대화를 이끌던 모습도 보이지 않았다. 주희도 그것을 느꼈는지 호준을 걱정스런 시선으로 바라보며 물었다.

"오빠, 오늘 많이 피곤해?"

"어? 어, 조금."

"진경아, 우리 조만간 다시 보자. 아무래도 오빠 피곤한 것 같으니까 오늘은 내가 태워다 줘야겠다."

"그래, 그럼 일어서자."

혹시라도 호준이 주희와 제하 앞에서 이상한 말을 할까 봐 내심 불안했던 진경으로서는 주희의 말이 반가웠다.

지하 주차장에 차를 가지러 간 제하와 주희를 기다리며 진경과 호준은 건물 앞에 서 있었다. 두 사람만이 있는 자리는 피하고 싶었는데 여의치 못했다.

"이게 네 대답이니?"

"선배, 미안해요. 난 주희도, 선배도 좋아요."

"그럼 그 녀석과는 정말 사귀는 거니?"

"네."

고개를 끄덕이는 진경을 바라보는 호준의 눈빛은 깊게 가라앉아 있었다. 무거운 한숨 소리가 공기와 함께 묻혔다. 그때 클랙슨 소리가 들려왔다. 제하와 주희의 차였다. 진경은 먼저 주희의 차로 갔다. 주희가 차창을 내리자 인사를 나눴다.

"먼저 갈게."

"그래, 또 보자."

"선배, 저희 갈게요."

진경은 마지막으로 호준에게 인사를 남기고 제하의 차에 올랐다. 제하는 집으로 돌아오는 길 내내 콧노래를 흥얼거렸다. 난생처음 들어보는 제하의 노랫소리였다. 입가에 웃음이 떠나지 않는 걸로 보아 제하는 기분이 무척 좋아 보였다. 진경이 놀란 얼굴로 내내 그를 바라보고 있다는 것도 의식하지 못하는 듯했다.

"뭐가 그렇게 좋아?"

"다."

그녀의 애인으로 정식적으로 누군가에게 소개되었다는 사실이 제하에게 얼마나 큰 의미인지 진경은 알지 못하리라. 손에 쥘 수 없을 것만 같던 진경이 자신의 옆에 있다는 것만으로도 제하는 너무 행복했다. 그래서 문득문득 두렵고 불안했다. 이런 감정에 익숙하지 않은 그였기에 어느 순간 신기루처럼 물거품이 되어버리지는 않을까, 혹은 자고 일어나면 깨어버리는 꿈은 아닐까. 제하는 진경의 손을 놓치지 않으려는 듯 꼭 잡았다.

도서관에서 책을 보던 제하는 시간을 확인하고 밖으로 나왔다. 강의가 일찍 끝나 진경의 퇴근 시간에 맞추느라 도서관에 들렀던 참이었다. 주차장으로 향하던 제하는 멀찍이 보이는 인영을 확인한 후 걸음이 자연스럽게 느려졌다. 유쾌하고 평화롭기만 하던 그들의 일상을 휘저어 버린 장본인이 그의 차체에 몸을 기댄 채 주위의 시선은 아랑곳하지 않고 서 있었기 때문이다. 제하는 반갑지 않은 채영과 얼굴을 마주하고 싶지 않았다. 그러나 피해갈 수 없는 상황이었다. 채영이 비켜서 주지 않는다면 차를 뺄 수 없었다.

"좀 비켜주지?"

"너 참 힘들다."

동문서답을 하는 채영을 제하는 힐끔 쳐다보곤 무시하고 차 문에 손을 가져갔다. 그러나 그것을 눈치챈 채영이 제하의 손을 온몸으로 가로막으며 도도하게 턱을 치켜올려 제하를 올려다봤다.

"나랑 사귀자."

"사귀는 사람 있어."

"진우 누나?"

"……."

"무언은 긍정이라는 뜻이겠지? 어쩐지 분위기가 좀 그렇더라. 그러고 보면 그 언니도 참 뻔뻔하다. 한참 어린 동생, 옆에 꿰차고 위기감이라도 느꼈었나? 말은 그럴듯하게 동생 이용한다며 나무라더니 정작은 자기 실속 챙긴 거네.”

진경을 비아냥거리는 채영을 보는 제하의 표정은 싸늘해졌다. 감정없는 얼굴, 귀찮다는 기색만 역력하던 눈동자에 찬 기운이 서렸다. 나직이 내뱉는 저음의 음성은 얼음장처럼 날이 서고 매서웠다.

“함부로 말하지 마. 누나가 사람을 제대로 본 것뿐이니까.”

“뭐라고?”

“너랑 한가하게 노닥거릴 시간 없으니까 비켜.”

“너 언제 나타날지도 모르는데 나는 시간이 남아돌아 여기서 기다린 줄 알아? 너 마음에 든다고. 너 좋다고 고백하는 여자한테 너무하는 거 아니야? 자존심 다 버리고 이야기하는 거야.”

“그래서?”

“사귀자고. 나 정도면 괜찮지 않니?”

“넌 내 친구의 여자 친구일 뿐이야. 지금은 그것도 아니지만. 네가 뭘 바라고 날 기다렸는지 모르겠지만 내 대답을 원한다면 난 노우야. 난 네가 싫어.”

“왜? 왜 싫은데? 내가 진우랑 잠깐 사귀어서?”

“미안하지만 넌 내게 그 정도도 아니야. 그나마 진우 덕에 이름 정도 아는 여자일 뿐이지. 네가 진우랑 사귀든 말든 난 관심 없어. 다만, 내가 사랑하는 사람이 너로 인해 상처받는 건 용서할 수 없어. 그건 알아두는 게 좋을 거야. 됐지? 누나 기다리니 이제 비켜.”

감정적이 되어 흥분한 채영과 달리 제하는 너무나 이성적인 모습으로 비킬 기미가 전혀 보이지 않는 채영의 팔을 잡아 차에서 떼어냈다. 붉으락푸르락해진 얼굴로 씩씩거리며 제하를 향해 마지막 발악을 했다.

"너 정말 이해불가의 인간이구나! 너 혹시 여자가 아니라 엄마가 필요한 거 아냐?"

"엄마 젖이 필요한 사람은 내가 아니고 너인 것 같은데. 아직 어른 되려면 한참 멀었다."

제하는 더 이상 미련없다는 듯 차 문을 열고 올라타 바로 시동을 걸었다. 제 성질에 못 이겨 차창을 손바닥으로 두드리며 소리를 질러대는 채영을 뒤로한 채 제하는 학교를 빠져나왔다. 왜 진경이 채영을 심하다 싶을 정도로 모질게 반대했는지 이해할 수 있었다. 채영의 본모습을 보지 못하는 진우가 안타까웠다.

채영이와의 실랑이 때문에 예상보다 늦어졌다. 조금 늦는다는 메시지를 남기기는 했지만 불안한 마음으로 병원 앞 도로에 들어섰다. 항상 자신의 차가 서 있던 자리에 진경이 손목의 시계를 연거푸 보는 모습이 눈에 들어왔다. 진경이 그를 기다리고 있었다. 뭐랄까? 누군가가 자신을 기다린다는 사실이 울컥할 정도의 가슴 뭉클함이란 걸 제하는 지금까지 알지 못했다. 그의 차를 확인하고 안도하는 표정이 너무 보기 좋아 제하의 입가에도 미소가 고였다.

"바쁜데 억지로 온 거 아니야?"

"아니."

"근데 왜 늦었어?"

"나오다가 잠깐 아는 사람을 만나서."

"거봐, 나 아니었으면 좀 더 시간 보낼 수도 있었을 텐데. 바쁠 때는 전화만 해. 어린애도 아니고 버스만 타면 한 번에 집에 가는데. 알았지?"

"응."

"집에 갈 거지?"

"집밖에 모르지?"

불만이 느껴지는 제하의 목소리였다. 여전히 오가는 대화였다. 진경은 피식 웃으며 다시 물었다.

"어디 가고 싶은 데 있어?"

"쇼핑해야 하는데, 피곤하면 혼자 갔다 올게."

"아냐, 같이 가자. 뭐 살 건데?"

"뭐, 이것저것. 인터넷으로도 사봤는데 영 마음에 안 들어서."

"맞아. 아무래도 옷 같은 건 직접 눈으로 보고 사는 게 낫지. 가자. 오늘 이 누나가 제하를 최고의 멋쟁이로 변신시켜 주마."

의기양양한 표정으로 눈을 반짝이는 진경을 보며 제하도 웃음을 머금은 채 은근슬쩍 놀리듯 말을 했다.

"최고의 멋쟁이가 아니라 최고의 촌놈으로 만들어놓는 거 아니야?"

"뭐?"

"저번 날 진우 셔츠 사 왔던 거 기억 안 나?"

"그거야 세일 품목 중에 사이즈 맞는 게 그것밖에 없었으니까 그랬지."

며칠 전 유명 메이커의 세일 소식에 병원 동료들과 우르르 몰려간 적이 있었다. 진우의 셔츠를 하나 사주려고 했는데 남아 있는 것 중에서 그나마 그게 제일 나은 것이었다. 기하학적인 무늬가 좀 거슬리기는 했지만 진우 정도면 충분히 커버해 주지 않을까 싶어 사 왔던 건데 돈만 날린 꼴이 되고 말았다. 진우에게 옷을 내밀자 황당하다는 듯 눈을 동그랗게 뜨고 옷과 그녀를 번갈아 봤다. 결국 진경과 제하에게 떠밀려 옷을 갈아입고 나온 진우의 얼굴은 구겨질 대로 구겨져 있었다. 그나마 진우의 화가 다소 누그러져 말을 조금씩 나누기 시작하던 때였다. 셔츠를 입고 나타난 진우는 건달 중에 날건달로 보였다. 그것도 조직 같은 곳에 몸담고 있는 조폭 두목도 아니고 조무래기처럼 보였다.

제하는 웃음을 참지 못한 채 터뜨렸고, 진경 자신마저도 당황하고 미안해하면서도 웃고 말았던 것이다. 기분이 나빠진 진우는 방으로 들어가 옷을 갈아입더니 셔츠를 가지고 나와 진경 앞에 던져 버렸다. 그때까지도 제하와 진경은 웃고 있었다. 그런 그들을 남겨두고 진우는 쌩하니 나가 버렸다. 그 후로 진우와는 더 가까워질 기미가 보이지 않았다. 집에 붙어 있지 않고 대학에서 사귄 새로운 친구, 선배들과 어울리는 데 정신이 팔려 있는 듯했다.

제하와 백화점 지하 주차장에 차를 주차하고 엘리베이터에 올랐다. 장소를 불문하고 어깨를 끌어안고, 손을 잡고, 때론 주위의 시선을 피해 베이비키스를 하는 제하였다. 오늘도 어김없이 엘리베이터에 오르자마자 뒤에서 꼭 껴안으며 진경의 어깨에 턱을 괬다.

"남들이 욕한다."

"관심없어."

"아는 사람이라도 보면 어떡하려고 그래?"

진경은 어깨를 꿈틀대며 제하를 떼어내려 했다. 그러나 제하는 너무도 태평스럽게 대꾸했다.

"보면 뭐 어때?"

"그러다 진우 귀에라도 들어가면?"

"진우가 알면 안 돼?"

그제야 기분이 상한 듯 떨어지며 정색을 하고 물었다. 웃을 때와 말이 없을 때, 화가 났을 때의 제하의 얼굴은 정말 달랐다. 잔뜩 굳어 있는 지금의 얼굴은 선뜻 말을 건네기조차 힘들 만큼 위압적이고 냉소적이었다.

"아직은 좀 그렇잖아. 안 그래?"

"누난 신경 쓰지 마. 내가 조만간 진우한테 이야기 잘할게."

"아냐, 제하야. 진우한테는 기회를 봐서 내가 할게. 우리 남매, 풀어야 할 게 있으니까 넌 그냥 있어. 알았지? 먼저 이야기하면 안 된다!"

진경은 제하에게 다짐을 받으려는 듯 재차 반복했다. 제하가 고개를 끄덕이자 그제야 안심한 듯 얼굴을 풀었다. 엘리베이터 문이 열리자 제하가 진경의 손을 잡았다.

일층에서 제하의 신발을 봤다. 운동화는 몇 켤레 되니까 필요 없고, 부쩍 더워지기 시작한 날씨를 생각해서 샌들을 둘러봤다. 점원이 권하는 몇 개를 신어보다 심플한 디자인의 가볍고 편한 샌들을 선택했다. 제하가 아무렇지도 않게 건네는 신용카드를 보며 진경은 진우를 떠올렸다. 진우는 아직까지 신용카드가 없었다. 아직 가족이라는 품 안에 머물고 있는 진우와 다르게 혼자서 모든 걸 해결하고 있는 제하를 보며 연민의 감정이 들끓었다. 카드를 마음대로 펑펑 쓸 수 있는 제하가 부러운 게 아니라 어린 나이부터 스스로 필요한 것들을 혼자서 다 감당하고 살아왔을 제하의 모습을 보는 것 같았기 때문이다.

진경은 괜히 너스레를 떨며 그녀답지 않은 말을 했다.

"너 돈 많으면 누나도 하나 사주라."

"됐네요. 신발 사주면 신고 도망가려고?"

"어떻게 알았어?"

"그러기만 해봐. 지구 끝까지라도 쫓아갈 테니까."

"어휴, 무서워라."

"꿈도 꾸지 마!"

농담으로 한 말인데도 진경의 손을 쥔 제하의 손에 더 힘이 들어가는 게 느껴졌다.

"알았어. 바지 산다고 했지? 올라가자."

진경과 제하는 쇼핑백을 들고 의류매장으로 향하는 에스컬레이터에 올랐다. 제하가 그녀를 자신 곁으로 잡아당겼다. 허리에 손을 두르며 바짝 옆구리로 잡아당기는 제하에게 진경은 눈을 흘겼다. 그러나 제하는 아랑곳하지 않고 보기 좋은 눈웃음을 흘리며 귓가에 속삭였다.

"도망쳐 봐."

"너……!"

"쿡, 크크……."

아예 허리를 붙들어 잡고 놀리는 제하의 얼굴에 꼭 쥔 주먹을 드러내 보였다. 그러나 제하는 웃음만 터뜨릴 뿐이었다. 의류매장에 도착할 때까지 진경은 꼼짝없이 제하의 옆에 나란히 선 채 꼭 붙어 있어야 했다.

"너 은근히 짓궂어. 알아?"

"누나만큼 할까?"

"내가 뭘?"

"누난 날 옆에 두고도 항상 고민하잖아."

다 알고 있다는 듯, 한마디를 던지고 진경의 손을 잡은 채 성큼성큼 걷기 시작했다. 어떤 대꾸조차 할 수 없게 만드는 말이었다. 주희에게만 제하와의 교제를 고백했을 뿐, 그 어느 누구에게도 떳떳하게 밝힐 용기가 아직은 없었다.

진경은 제하가 이끄는 대로 따라갔다. 제하는 청바지와 면바지 몇 장을 구입했다. 사이즈를 확인하고 거침없이 고르는 제하를 보며 그저 따라온 것 외에는 그녀는 하등의 도움도 되지 않고 있었다.

"너, 나 왜 데려왔어?"

"누나랑 같이 쇼핑하는 거 즐거워."

"쳇, 너 혼자 다 하면서."

"아, 그런가. 습관이 돼서. 그럼 티셔츠는 누나가 골라줘."

"좋아. 내가 이 시대의 촌놈으로 만들어줄게. 레츠 고!"

제하가 또 웃고 있었다. 앞장섰던 진경도 걸음을 멈추고 돌아서 같이 웃었다. 제하의 미소는 진경의 가슴을 설레게 했다. 그 미소가 진경, 자신 때문이라는 사실이 우쭐하기도 했다. 깊고 검은 눈동자에 그녀만이 존재한다는 게 두렵기도, 기쁘기도, 행복하기도 했다.

진경과 제하는 다시 손을 나란히 잡고 다른 매장을 향했다. 누가 보아도 다정한 여인들의 모습이었다. 에스컬레이터에서부터 내내 그들을 지켜보고 있는 진우의 모습이 서로에게 눈이 먼 연인들의 시선에 들어올 리 만무했다.

"야, 쟤 제하 아니냐?"

여자 친구 선물을 사야 한다고 자신을 끌고 온 호철이 말을 걸었지만 진우의 눈은 멀어지는 제하와 진경만을 쫓고 있었다.

"저 녀석 애인 있었네. 채영이가 눈독 들이던 것 같은데, 퀸카도 별수없네."

"채영이가?"

"응. 너 몰랐어? 우리 현아가 그러던대. 개강하자마자 제하는 자기가 찍었다며 떠들고 다녔다던대?"

"그래?"

"응. 현아가 채영이랑 고등학교 동창이잖아. 인물값 한다고 고등학교 때부터 좀 날리고 다녔나 보더라. 그래서 너랑 채영이 어울리는 거 보고, 사실 좀 걱정했다."

"뭘?"

"그런 거 있잖아. 여자를 사이에 두고 생기는 친구 간의 묘한 삼각관계. 그래도 너흰 그런 건 아닌 것 같아 다행이다. 그나저나 우리 현아가 뭘 사주면 좋아할까?"

호철은 저만치 앞서 가는데도 진우는 넋이 빠진 사람처럼 멍하니 그 자리에 서 있었다.

"야, 강진우? 뭐 해? 빨리 안 와?"

호철이 재차 불러대자 그때서야 진우는 친구를 향해 발을 움직였다. 호철을 따라잡은 진우는 잔뜩 굳은 얼굴로 말했다.

"호철아, 나 약속이 있었는데 깜박했다."

"그래? 지금 가봐야 돼?"

"어, 미안하다. 선물은 혼자 골라야겠다."

"그럼 어쩔 수 없지."

"고맙다. 현아한테 안부나 전해줘."

돌아서는 진우의 걸음이 빨라졌다. 지나쳐 멀어진 제하와 진경을 찾아 매장을 두리번거렸지만 그들의 모습은 보이지 않았다.

커피숍에 나타난 채영의 모습은 여느 때와 다름없이 여름날의 꽃처럼 화사했다. 큰 키와 날씬한 몸매 덕에 뭘 걸쳐도 아름답게 보일 채영이었지만 그녀는 늘 고가 브랜드의 옷을 입고 다녔다. 진우가 그 사실을 인식하기 시작한 건 아주 최근이었다. 채영과 연인이 아닌 친구로서의 적당한 거리를 두게 되면서 동아리 여자 동기들의 수다가 그의 귀에도 들어오기 시작했다. 그를 경계하던 시선들이 편해지면서 생기기 시작한 변화라고 할까. 그러나 채영은 여전히 남자 선배나 동기들 사이에서는 선망의 대상이었다. 향기로운 꽃에 나비가 들끓는 것처럼 채영은 혼자일 새가 없었다. 하지만 그걸로 채영을 나무랄 수는 없었다.

진경으로 인해 깨뜨려진 관계가 너무 속상했지만 지금은 친구의 자리만으로 만족했다. 언젠가는 다시 채영과 더 좋은 관계로 발전할 수 있을 것이라 기대했다. 단지 시간이 조금 필요할 뿐이라 생각했다. 그러나 오늘 듣게 된 호철의 이야기는 그만이 가졌던 기대와 계획들에 거대한 붕괴를 가져왔다. 믿기지 않았다. 확인하지 않고는 그냥 넘어갈 수 없었다.

　너무나 다정한 연인의 모습으로 쇼핑을 하던 진경와 제하의 모습만으로도 충격이었다. 그런데 채영이가 원했던 사람이 자신이 아닌 제하였다고? 진우는 마른 입술을 꾹 깨물며 채영이 자리에 앉기만을 기다렸다. 그리고 다분히 차갑고 이성적인 목소리로 물었다.

　"뭐 하나만 확인하자."

　"제하가 이야기하던? 보기하고는 다르게 입 정말 가볍네."

　"유채영!"

　"그래, 미안해. 그렇지만 너보다는 제하에게 더 매력을 느꼈던 건 사실이야. 근데 제하 참 이상한 취향이야. 나이 많은 여자가 뭐가 좋다고? 아, 네 누나 이야기한다고 기분 상해하진 마. 나도 좀 자존심이 상해서 말이야. 네 누나 보통 아니더라. 제하 어떻게 할까 봐 눈에 쌍심지를 켜고 달려드는데 가관도 아니었어."

　"그래서 결국 네 말은 제하를 만나고 싶어서……."

　"나도 갈등하지 않은 건 아니야. 널 괜찮은 친구라 생각했기 때문에 이 정도까지만 하는 거야. 솔직하게 말해서 내가 원하는 걸 포기해 본 적 없어. 안면몰수하고 적극적으로 내 사람 만들 수도 있는데 그러기엔 너 아주 좋은 사람이야. 네게 상처 준다는 게 편치 않아, 그래서 포기했어. 내가 먼저 누굴 좋아해 본 것은 처음이라 접근 방식에서 많이 서툴렀고. 그렇지만 실수는 한 번으로 족해. 다음에 기회가 생긴다면 절대 놓치지 않을 거야. 나한테 실망했다고 해도 어쩔 수 없어."

 잘못을 인정하면서도 너무나 당당하고 태연스러운 채영의 태도에 진우는 할 말을 잃고 말았다. 자신을 이용한 것에 대해 화를 내야 할 상황임에도 불구하고 넋이 나간 사람처럼 벌어진 입을 다물지 못하고 있었다. 자신을 제외한 모든 사람들이 이 사실을 알고 있었다는 것에 충격이 컸고, 또 그것을 모르는 체했다는 것에 분노가 치밀었다. 아무것도 모른 채 바보처럼 징징거리며 발악했다. 그 생각만으로도 얼굴이 화끈거렸다. 채영에 대한 배신감뿐만 아니라 알면서도 방치한 진경과 제하에 대한 배신감 또한 커져만 갔다.

 붉으락푸르락한 얼굴로만 감정을 보인 채 입을 꾹 다문 진우를 바라보던 채영은 정말 궁금하다는 듯 물었다.

 "근데 넌 네 누나랑 제하랑 사귀는 건 알았니?"

 "……."

 "허울뿐인 친구 사이군."

 여전히 침묵을 지키는 진우를 보고 나름대로 해석한 듯 채영이 비웃으며 말했다. 진우는 채영과 더 이상 얼굴을 마주하고 싶지 않았다. 채영에게 가졌던 감정들이 산산조각난 것을 둘째였다. 가장 사랑하고 믿었던 사람들에 대한 실망과 배신감, 분노가 진우의 전신을 휘감고 있었다.

 "그만 일어날게."

 내내 말이 없던 진우가 일어서자 채영이 의아해하며 올려다

봤다. 딱딱하게 굳은 얼굴이 심상치 않아 보였는지 채영이 조심
스런 얼굴로 물었다.

"우리 아직 친구인 거지?"

"허울뿐인 친구 사이? 관두자."

진우는 채영이 했던 말을 되돌려 주고 커피숍을 나왔다. 거리
는 이미 어둠이 내려앉아 있었다. 집으로 향하는 걸음이 무겁기
만 했다.

집은 고요만이 가득했다. 진경과 제하는 아직 돌아오지 않고
있었다. 불을 켤까 하다 관뒀다. 배도 고프지 않고 그저 담배만
이 그리웠다. 베란다로 나와 창문을 열어둔 채 창가에 기대 담
배에 불을 붙였다. 진경은 아직 그가 담배를 피우기 시작한 걸
알지 못했다. 사이가 좋지 않을 때도 왠지 담배 피우는 모습은
보여주고 싶지 않았다. 목구멍까지 전해지는 쌉쌀하고 씁쓸한
맛이 엉망진창인 마음을 조금 진정시켜 주는 것 같았다. 담배꽁
초가 베란다 바닥에 쌓여갔다. 선선한 바람을 맞으며 골목을 지
나가는 사람들을 구경했다. 그러나 처음 맛봤던 마음의 진정은
시간이 지날수록 희미해져 갔다. 두 사람이 자신을 속였다는 사
실과 채영의 감정을 자신만이 몰랐다는 자멸감이 진우를 탈출
구 없는 구석으로 몰아세웠다. 그 감정이 어디로 어느 순간 폭
발할지 짐작조차 할 수 없었다.

그때 골목길로 차 한 대가 들어와 그들의 빌라 주차장에 차를
주차했다. 그리고 가로등 불빛에 비친 두 인영이 모습을 드러냈

다. 속닥대고 키득거리는 게 더 이상의 설명이 필요없었다. 진우는 창가에서 몸을 떼며 피우던 담배를 비벼 껐다. 그리고 눈을 부릅뜨고 현관문을 직시했다.

차에서 내린 진경은 빌라를 올려다봤다. 아직도 진우는 밖에서 헤매고 있는지 불은 꺼져 있었다. 쇼핑백을 챙기느라 뒤늦게 내린 제하가 그런 진경을 위로하듯 볼에 살짝 입술을 맞췄다. 특히 동네에서는 손잡는 것조차 기피하는 진경이었기에 눈꼬리가 휘어 올라가는 것은 당연했다. 제하가 달아나듯 성큼성큼 계단을 올라갔다. 씩씩거리며 진경이 제하를 따라 계단을 올랐다. 사층 현관문 앞에서야 겨우 제하를 따라잡을 수 있었던 진경은 거친 숨을 몰아쉬며 다른 빌라 사람들이 들릴까 봐 작은 소리로 소곤댔다.

"너 자꾸 집 앞에서 그럴 거야? 지나가다 누가 보기라도 하면 어쩌려고?"

"알았어."

"말만?"

"들어가요."

제하가 진경의 투덜거림을 끊으며 키로 문을 열었다. 자동 센서등이 있었지만 불은 들어오지 않았다. 이사 온 지 얼마 되지 않아 뭐가 잘못된 것인지 바람만 불어도 켜졌다 꺼지기를 반복하는 바람에 아버지가 아예 전구를 빼버린 것이다.

대충 구두를 벗고 마루에 올라선 진경은 거실 등을 켜려고 움직이려던 차였다. 뒤에 들어오던 제하가 진경이 미처 불을 켜기도 전에 현관문을 닫아버렸다. 그나마 복도에 있던 전등 불빛에 대충이나마 보이던 현관 입구가 컴컴해졌다.

"좀 천천히 닫지. 잠깐만 있어…… 어? 어."

진경의 몸이 제하에 의해 돌려지며 입술이 부딪쳐 왔다. 달큰한 숨소리와 함께 제하의 혀가 입술을 핥고 안으로 들어왔다. 너무 뜨거워 데일 것 같은 열기가 스며들었다. 혀와 혀가 만나 뒤엉켰다가 떨어지기를 반복하고 서로의 여린 속살을 맛보며, 여과되지 않고 거침없이 토해내는 신음과 키스의 소리가 집 안에 울려 퍼지는데도 진경과 제하는 아랑곳하지 않고 열중해 있었다. 백지장처럼 머리가 하얘지는 것 같았다. 고장난 것처럼 뛰어대는 심장과 귓가를 간질이는 더운 숨소리. 세상에 오로지 두 사람만이 존재하는 듯한 착각에 흠뻑 빠져들고 말았다. 제하의 입술이 입술을 지나 귓불로, 목으로 내려오는 동안 지금까지 느껴보지 못한 감각에 취해 흥분한 진경의 입에서는 낯선 흐느낌이 흘러나오고 있었다. 묘하게 자극적이고 유혹적이었다. 제하의 손이 다급하게 블라우스 속으로 들어와 부풀어 오른 진경의 가슴을 움켜쥐었다.

"하, 제하야."

"그만 좀 하지!"

두 사람만이 존재한다고 믿었던 공간에 한 사람이 더 있었다.

거실에 불이 환하게 켜지며 들려오는 진우의 차가운 음성에 진경과 제하는 굳어버렸다. 달짝지근하고 뜨거웠던 분위기는 순식간에 식었다. 놀라 입을 다물지 못한 채 멍하니 서 있는 그들을 진우가 분노에 찬 눈으로 노려보고 있었다.

"지금 두 사람 뭐야?"

그제야 먼저 정신이 든 제하가 흐트러져 있는 진경을 자신의 뒤로 밀어 진우의 시야에서 가린 후, 옷가지를 추스르도록 했다. 그리고 분명한 목소리로 말했다.

"본 대로야."

"허, 기가 막혀서."

진경이 대충 옷을 정리하고 제하 뒤에서 모습을 드러냈다. 얼굴은 좀 전의 열기가 아직 사라지지 않아 붉은 기운이 남아 있었고 헝클어진 머리며, 다 여며지지 않은 블라우스가 얼마나 급했는지를 알 수 있었다. 진우로서는 도저히 인정할 수 없는 누나의 모습이었다.

"진우야."

이해를 구하듯 자신을 부르는 진경을 진우는 매섭게 노려봤다.

"설마 했는데, 꼬실 사람이 없어서 내 친구를 꼬신 거야? 누나, 나이가 몇인 줄 알아? 우리 이제 겨우 스무 살이야. 그거 아냐고?"

"강진우, 너 누나한테 말 함부로 하지 마. 우선 나랑 얘기 좀 하자.”

“무슨 얘기? 지금 본 것보다 더 확실한 게 뭐가 있어? 우리 누나랑 네가 붙어먹은 거잖아. 아냐?”

“너 말 그따위로 해야겠어?”

“허, 이제하. 네가 언제 우리 누나 보호자가 됐냐?”

꼬일 대로 꼬인 진우의 음성은 뒤틀려 있었다. 한 마디 한 마디 뱉어낼 때마다 너무 상스럽고 거칠어 진경의 얼굴은 하얗다 못해 창백하게 질려만 갔다.

“강진우, 그만 해!”

“너 빠져. 나, 누나한테 할 말 많아. 나 몰래 뒷구멍으로 호박씨나 까고 있는 사람이 우리 누나일 거라고는…….”

퍽!

진우의 말이 채 끝나기 전 제하의 주먹이 진우의 얼굴로 날아갔다. 진경이 진우의 독설을 더 이상 듣길 원치 않는 마음에서 한 행동이었지만 진경은 이미 그 말의 의미를 다 파악해 버린 후였다. 제하의 주먹을 기다렸다는 듯이 진우의 주먹이 제하의 턱을 가격했다. 진우가 던지는 비수로 인해 넋이 나간 사람처럼 멍해 있던 진경은 갑자기 벌어진 주먹다짐에 어찌할 줄을 모른 채 발만 동동 굴렀다. 비명을 지르며 팔을 붙잡아봤지만 소용없었다. 거실 소파가 넘어가고 진우와 제하가 뒤엉켜 뒹굴었다.

“제하야, 진우야. 그만 해! 너희들 왜 이래?”

사정도 하고 비명도 질러봤지만 입술이 터져 피가 나고 얼굴이 부어오르고 피멍이 드는데도 제하와 진우는 멈출 기세가 아니었다. 이러다 한 사람이라도 어떻게 되는 건 아닌지 두려웠다. 모든 게 다 자신의 잘못 같았다. 형제만큼이나 가까웠던 친구들이 아닌가? 진경은 두렵고 화가 나고 속상했다.

"그만, 그만, 그만 좀 해! 내가 다 잘못했어. 내가 다 잘못했으니까 그만 해! 싸우지들 말란 말이야!"

진경은 진우에게 주먹을 날리는 제하의 허리를 잡아당기며 소리쳤다. 그 바람에 제하의 주먹은 빗나가고 날아오는 진우의 주먹을 제하는 고스란히 맞아야 했다. 제하가 배를 움켜쥐며 주저앉았다. 진우는 여전히 분이 풀리지 않은 눈으로 진경과 제하를 내려다봤다.

"누나가 그랬지? 누나 마음에 안 든다고 채영이랑 나 찢어놨잖아. 나도, 누나 짝으로는 제하 마음에 안 들어. 그러니까 누나가 알아서 정리해."

진경과 제하의 감정에 거침없이 사형선고를 내린 진우는 빌라가 떠나가도록 쿵쾅거리며 자신의 방으로 들어가 버렸다. 거실은 폭탄이라도 투하된 듯 난장판이 되어 있있다. 진경은 아무런 생각도 할 수 없었다. 머리가 텅 비어버린 것 같았다.

'도대체 무슨 일이 일어난 거지? 진우가 다쳤다. 아, 그랬지?'

진경은 더 생각할 것도 구급약통을 거실 서랍장에서 찾아 진우의 방을 노크했다. 대답이 없었지만 진경은 문을 열었다. 진우의 방은 담배 연기가 가득했다. 대학에 입학할 때까지만 해도 담배를 피우지 않던 녀석이었다. 그렇다면 최근에 피우기 시작했을 것이다.

"너 언제부터 담배 피운 거야? 몸에 안 좋아."

진경이 창문을 열며 말했다. 그리고 침대에 길게 누워 있던 진우에게 다가갔다.

"약 바르자."

"나가줘!"

"진우야."

"나가란 말이야. 내가 나갈까?"

정말 나가려는 듯 몸을 일으키는 진우를 보며 진경이 먼저 돌아섰다.

"약통 두고 갈 테니까 발라. 그냥 자면 흉진다."

거의 쫓겨나다시피 진우의 방을 나온 진경의 눈에 황폐하게 망가진 거실이 들어왔다. 그리고 거실 바닥에 묻어 있는 핏자국과 함께 웅크려 앉아 있던 제하의 모습이 떠올랐다. 그러나 제하의 모습은 보이지 않았다. 놀란 진경이 황급히 제하의 방문을 열어젖혔지만 텅 빈 침대만이 반길 뿐이었다. 집 안 어디에서도 제하는 찾을 수 없었다. 진경은 그제야 정신이 번쩍 들었다. 자신이 진우를 챙기는 동안 거실에 널브러져 있었을 제하를 떠올리자 진경은 거의 제정신이 아니었다. 제하가 어떤 마음이었을지 가슴으로 느껴져 진경은 숨조차 쉬는 게 버거웠다.

진경은 현관문을 거칠게 열고 뛰어나왔다. 주차장에 차는 그 대로 있었다. 이 동네에서 제하가 갈 만한 곳이라고는 전혀 떠오르지 않았다. 그저 무작정 동네를 몇 바퀴 돌았지만 흔적조차 발견할 수 없었다. 밤은 깊어가는데 이 녀석이 어디를 갔을까. 진우 외에는 친구조차 없는 녀석이었다. 철저하게 혼자이기를 고집하던 녀석이 유일하게 마음을 연 사람이 그녀와 진우이지 않은가. 아마도 가장 상처를 입은 사람은 자신이 아니라 제하일 것이다. 진경은 마음이 너무 아팠다.

진경이 골목을 헤매다 지쳐 빌라 출입구 옆 화단에 걸터앉고는 무릎에 얼굴을 묻고 울어버렸다. 쏟아지는 눈물과 흐느낌을 참을 수 없었다.

'제하야, 미안해. 제하야, 미안해. 내가 다 죄인이다. 제하야……. 바보같이 왜 날 좋아해 가지고 이 모양이니? 네 마음 하나 헤아리지 못하는 못난 나를 좋아해서 어떡하니? 제하야. 제하야.'

시간이 얼마나 지났는지 짐작할 수 없었다. 그저 꽤 오랜 시간 제하가 나타나기만을 기다리며 밤의 쌀쌀한 기운도 잊고 있었다. 골목 아래쪽에서 터벅터벅 걸어오는 소리가 들렸다. 걸어오는 모습이 취한 사람처럼 보였다. 흐릿하던 음영이 선명해지자 진경은 벌떡 일어났다. 제하였다. 취하도록 혼자 술을 마시고 있는 제하의 모습은 상상이 되지 않았다. 휘청거릴 정도는 아니지만 불안해 보이는 제하를 보고만 있을 수 없어 다가가 팔을 그녀의 어깨에 걸쳤다. 어깨 너머로 느껴지는 알코올 냄새는 얼마나 많은 술을 마셨는지 짐작 가게 했다.

"혼자 마셨어?"

"응. 나 기다린 거야?"

"그래. 말도 없이 나가 버리면 어떡해? 걱정했잖아. 상처 소독도 하게 얼른 올라가자."

그때 제하의 몸이 한쪽으로 기울었다.

"어? 어, 어어……."

진경은 자신이 녀석을 기다리며 앉아 있었던 출입구 옆 화단에 제하를 앉히고 옆에 나란히 앉았다. 제하의 머리가 진경의 어깨에 내려와 기댔다. 잠이라도 든 것처럼 제하는 알코올 가득한 숨만 내쉴 뿐 말이 없었다.

"제하야."

"……진우와 나, 둘 중 한 사람만을 선택해야 한다면 당연히 누나는 진우겠지?"

진경은 긍정도 부정도 할 수 없었다. 진경의 마음만큼이나 제하의 무거운 숨소리가 들려왔다. 어떤 한 사람을 택할 수 없을 만큼 둘 다 소중한 사람이었다. 그래서 진경은 제하가 원하는 대답을 해줄 수 없었다. 대답을 꼭 들으려고 했던 것은 아니었는지, 아니면 이미 대답을 알고 있었는지 알 수 없지만 제하는 더 이상 묻지도, 대답을 재촉하지도 않았다. 그저 잠든 사람처럼 진경의 어깨에 머리를 기댄 채 오래도록 그 자리에 앉아 있었다.

　아마도 인기척이 없었다면 그러고 밤을 샜을 것이다. 그러나 뒤늦게 들어오는 빌라 삼층 아저씨를 맞닥뜨린 진경은 당황하며 제하를 깨웠다. 그리고 집에 들어와 제하의 침대에 눕혔다. 제하는 진경에게 몸을 맡긴 채 내내 눈을 감고 있었다. 진경은 문을 열고 나와 진우의 방문 앞에 섰다. 진우에게 바르라고 두고 나갔던 구급약통이 아무렇게나 던져져 있었다. 진경은 그것을 들고 제하의 방으로 다시 왔다. 그리고 이마에 팔을 올려놓은 채 잠들어 있는 제하의 얼굴을 살폈다. 손을 조심스럽게 내려 까진 곳에 소독약을 발라주고 연고를 발랐다. 입가의 상처에도 연고를 바르는 것을 잊지 않았다. 제하는 표정없는 얼굴로 잠들어 있었다. 어쩌면 잠이 든 게 아니라 눈을 감고 있는 건지도 모른다. 그걸 알면서도 진경은 제하에게 말을 건넬 수 없어 조용히 문을 닫고 방을 나왔다.

열

제하는 깨질 것 같은 머리와 갈증에 시달리며 눈을 떴다. 이미 태양은 방 안을 점령하고 있었다. 심한 숙취에 시달리며 방에서 나온 제하는 주방으로 향했다. 시원한 물 한 잔을 마시고 나니 조금 정신이 드는 것 같았다. 꽤 많은 술을 마셨다.

진경을 친구의 누나가 아닌 다른 감정으로 마음에 품기 시작했을 때 이런 날이 올지도 모른다고 생각했었다. 그럼에도 막상 닥치고 나니 생각보다 아픔이 더 컸다. 진우를 설득하지 않으면 진경과는 결코 함께할 수 없다는 걸 인정할 수밖에 없는 밤이었다. 진경의 입장을 다 이해하면서도, 그가 원하는 대답이 뭔지를 다 알면서도 결코 대답해 주지 않는 진경이 야속했다. 여전히 난 혼자구나. 술을 마시면서도, 취해서도, 진경과 함께 있는 순간에도 그 생각밖에 들지 않았다.

어느 정도 예상은 했지만 이토록 진우가 강경하게 나올지는 몰랐다. 아니, 진우의 강경한 반대는 아무것도 아니었다. 주먹다짐 끝에 진경이 자신을 내버려 둔 채 진우를 챙기는 순간 제하의 뇌리에 스쳤던 것은 그 누구도 아닌 어머니란 존재였다. 사랑을 갈구하는 아들을 한낱 귀찮은 존재로 취급하던 그 어머니. 그는 철저하게 자신의 가슴속에서 어머니란 존재를 지워 버렸다. 두려웠다. 또 한 사람을 가슴속에서 지워야 하는 건가. 만약 그렇게 된다면 다시는 누군가를 가슴에 담는 일을 하지 않을 것이다. 제하는 가슴으로 빌고 또 빌었다, 진우를 설득할 수 있기를.

혼자 있는 집이라 생각했는데 인기척이 느껴져 돌아보니 진우였다. 진우 역시 학교를 가지 않은 듯했다. 둘도 없는 친구라는 말이 무색하게 서로를 바라보는 표정이 편치 않았다. 냉랭함만이 존재하는 공간에서 선뜻 누구도 쉽게 말을 꺼내지 않았다.

"이야기 좀 하자."

"어제 얘기했을 텐데, 나 너랑 할 말 없다고."

"난 할 말 있어. 그러니까 좀 들어줘."

제하의 말에 어디 해 보란 듯 진우는 입을 다문 채 쳐다봤다.

"나 누나 사랑해."

"허!"

"넌 믿지 않을지 모르지만 나 이 감정 오래됐어. 내가 언젠가 그랬지? 정말 원하는 게 있는데 어려울 것 같다고. 너 그때 뭐라고 했어? 노력해 보라고 했잖아. 난 정말 누나의 마음을 얻기 위해 최선을 다했어. 그런데도 네가 동의하지 않으면 안 될 것 같아. 진우야, 부탁이다. 나랑 누나, 좀 봐주라. 너도 누군가를 사랑해 봤으니까 알 거 아냐? 어떤 마음인지. 진우야!"

"사랑 같은 소리 하네. 너, 우리 누나가 만만해 보이던? 아직까지 연애 한번 못하고 빌빌거리니까 네가 한번 대시해 보면 금방 넘어갈 것 같아 보이던? 미안하지만 넌 아냐. 순진하고 숙맥인 우리 누나가 지금은 정신 못 차리고 있지만 잠깐이야. 우리 누나가 어린 녀석 뒤치다꺼리하는 것으로는 나 하나면 족해."

"그렇게 누나를 생각하는 녀석이 그따위로 말해 상처를 입혀? 언제까지 네 손에 쥐고 흔들면서 어린아이처럼 심통 부릴 건데? 누나 생각 하는 척하지 마. 나만큼 누나 생각해? 나만큼 사랑해? 너와 이런 불편한 관계가 될지도 모른다는 걸 알면서도 시작했어, 멈출 수가 없었지. 아니, 걱정하면서도 조금은 믿었어. 너니까, 내 친구 진우니까. 넌 이해해 줄지도 모른다고 생각했어. 근데 내 오산이었다. 넌 너무 많은 걸 가졌어. 그런데 그걸 모르는 것 같아. 계속해서 어린아이처럼 누나 치마폭이나 잡고 투정해라."

제하는 그 어느 때보다 차가웠다. 간절한 눈으로 진우를 바라보며 이해를 구하던 눈빛은 어느 순간 싸늘하게 변해 있었다. 제하는 더 이상 진우에게 사정하지 않고 돌아서 버렸다. 그리고 자신의 방으로 들어가 문을 닫아버렸다.

진우는 제하가 들어가고 나서도 한참 동안 멍하니 서 있었다. 아침에 눈을 뜬 순간부터 어제보다 더 심기가 불편했다. 얼마 되지 않은 기간 동안 얼마나 많은 일이 그에게 일어났던가. 특히 어제 연거푸 얻어맞은 충격은 그의 이성을 잃게 하기에 충분했다. 그렇다고 주먹질까지 할 생각은 없었는데 격한 감정을 억누르지 못하고 터뜨리고 말았다. 처음 사랑이라는 걸 느꼈던 채영에 대한 배신감, 그리고 진경을 마치 자신의 여자 보호하듯 하는 제하의 모습에 여자도, 누나도 빼앗겼다는 분노가 치밀자 더 이상 눈에 아무것도 보이지 않았다. 그래서 누나를 비웃고 제하에게 주먹을 휘둘렀다. 마음껏 분노를 터뜨리고 자신이 받은 상처만큼 상처도 줬다. 그런데도 속이 시원하지 않았다. 더 우울하기만 했다.

제하를 단 한 번도 누나의 남자로 생각해 본 적이 없었다. 그저 자신에게 둘도 없는 형제와 같은 친구일 뿐이었다. 사랑과 우정 사이에서 갈등할 수 있는 라이벌이나 연적이 될 수 있다는 것도 상상조차 해보지 못했다. 그래서 당혹스럽고 충격이 컸으며 자신을 어린아이 바라보듯 하는 제하의 시선이 불쾌했다.

누나의 보호자는 자신이었고, 앞으로도 그럴 것이라 당연히 생각해 왔던 그였기에 너무나 당연하다는 듯 진경의 옆에 서 있는 제하의 모습을 쉽게 용인할 수 없었다. 적어도 진우가 생각했던 매형은 힘들게 살아온 누나의 든든한 후원자이자 지지자이고 더 나이가 지긋하고 사회의 연륜이 있는 사람일 거라 생각했다. 그리고 그러길 바랐다.

정말 멋지고 괜찮은 녀석이지만 정서적으로 많이 부족한 제하였다. 친구인 그가 누구보다 그것을 잘 알고 있었기에 진우는 진경의 연인으로 제하를 인정하기 어려웠다.

그러나 돌아서는 제하의 시린 등도 반갑지 않았다. 조금은 인간다워진 제하를 보며 흐뭇해하던 게 엊그제 같은데 다시 메마르고 공허한 눈빛으로 돌아가 버린 제하를 봐야 했다. 자존심이 강한 녀석이다. 그래서 어떤 결정을 내릴지 조금은 짐작할 수 있을 것도 같다. 당연히 기뻐해야 할 일이지만 즐겁지만은 않은 것도 사실이다. 단순히 진경을 포기하는 걸로만 끝나지 않을 게 분명했다. 아마도 제하가 진경과 끝내기로 마음먹었다면 자신과의 인연도 종지부를 찍을 게 불 보듯 훤했다. 진우는 이마를 손으로 짚으며 복잡한 머리를 정리하려 했다. 제하가 그를 향해 던진 말들이 머릿속을 휘젓고 있었다.

흐린 하늘이 결국은 비를 퍼붓기 시작했다. 쏟아지는 빗줄기를 바라보며 진경은 비가 들이치지 않는 처마 밑에 서서 손을 내밀었다. 차갑고 시원했다. 너무나 시원스럽게 내리는 비라 부럽기마저 했다. 그러나 빗속으로 뛰어들 용기는 없었다. 한 발자국만 내디뎌도 흠뻑 젖으리라. 망설이며 혹시 제하가 기다리지 않을까 하는 마음으로 주위를 두리번거리고 있을 때 누군가가 빗속에서 우산을 쓰고 처마 밑으로 뛰어들어 왔다. 우산을 접고 얼굴을 드러낸 사람은 호준이었다. 예기치 못한 마주침이라 당황해하는 진경과 달리 호준은 많이 편안해진 얼굴이었다.

“선배?”

“만나야 할 사람은 꼭 만나게 된다니까.”

“네?”

“나 영영 안 보고 살 생각이었니?”

“아뇨. 그게 무슨⋯⋯.”

“내가 너 많이 난처하게 했지? 사과하마. 그동안 논문이다 뭐다 바쁜 와중에도 많이 생각하고 반성했다. 네게도, 주희에게도 해서는 안 될 짓을 한 것 같아 부끄럽다. 인간이란 동물은 도통 자족이라는 걸 잘 모르잖아. 미련스럽게도 자신이 소유한 것보다 놓친 게 더 커 보이거든.”

“선배.”

“괜찮은 녀석 같더라. 일과 공부에 시달리다 보니 난 그런 열정은 잃고 살았거든. 그 녀석 때문에 정신이 번쩍 들었다.”

“고마워요.”

“그런데 네 성격상 참 의외였다. 극복할 자신은 있어?”

진경은 애매한 웃음으로 대답을 대신했다. 어제의 일이 떠올랐기 때문이다. 그녀로 인해 벌어진 진우와 제하의 주먹다짐. 두 사람 모두에게 상처를 준 자신을 진경은 용서할 수 없었다. 앞으로 어떻게 해야 할지 막막하기만 할 뿐 떠오르는 답은 없었다.

대답없는 진경을 호준은 자신이 있다는 걸로 해석했는지 싱긋 웃으며 세차게 쏟아지는 빗줄기로 시선을 돌렸다.

"비, 참 시원하게 내린다. 아무리 좋아도 나보다 먼저 국수는 먹지 마라. 주희, 샘나서 심통 부리는 거 나 감당 못한다."

"설마요."

진경은 주희에 대한 애정이 섞인 호준의 농담에 피식 웃고 말았다. 그녀가 지금까지 봐오고 알아왔던 호준의 모습으로 돌아간 것 같아 정말 편하게 웃을 수 있었다.

"그 녀석 기다려?"

"네? 아뇨. 우산이 없어서."

그러자 호준이 들고 있던 우산을 진경에게 내밀었다.

"나야 며칠간 병원에서 푹푹 썩을 테니까 필요없어. 쓰고 잘 말려서 의국에 갖다 놔."

"곧 그치지 않으려나……."

진경은 컴컴한 하늘을 바라보며 혼잣말을 했다. 덩달아 호준도 하늘을 바라봤다가 진경에게 시선을 옮기며 피식 웃었다.

"그칠 비가 아닌데?"

“고마워요.”

“뭘. 그럼 먼저 간다.”

“네.”

진경은 호준이 병원 안으로 들어가는 걸 지켜봤다. 그런 후에도 진경은 탁탁 빗소리를 내는 바닥을 우산 꼭지로 콕콕 찍으며 선뜻 비가 내리는 밖으로 나서지 못했다. 늘 그랬듯 불쑥 제하가 나타날 것만 같았다.

비로 인해 도로 사정이 말이 아니었다. 그래서 생각보다 진경에게 가는 길이 늦어졌다. 어제 진우와 다툰 생채기도 여전했고 멍 자국도 더 심해진 듯했다. 미간을 찌푸리며 답답한 도로를 바라보는 제하의 입에서는 무거운 한숨이 흘러나왔다.

진우는 마음을 돌릴 생각이 전혀 없어 보였다. 어떻게든 설득할 수 있겠지 생각했었는데 그건 자신의 착각이었던 것 같다. 어제 느꼈던 진경에 대한 섭섭함, 그리고 오늘 아침 진우에게서 느꼈던 소외감. 아무리 친한 친구 사이고, 연인 사이라 할지라도 그 두 사람 사이에 자신의 자리는 존재하지 않는 듯했다.

진경에게 있어 최우선은 진우였고, 진우도 마찬가지였다. 지금까지 함께 보낸 시간들, 진우가 그에게 보여줬던 그 따뜻한 행동들……. 특별하게 생각했던 자신이 더없이 초라하게만 느껴졌다. 그러고 보면 그 말고도 늘 친구가 많았던 진우였다. 그 많은 친구들보다 조금 더 손이 가는 친구였을 뿐인데 나름대로 더 의미를 부여했던 자신이 어리석게만 느껴졌다.

처음부터 진경과 진우 사이에서 그 누구도 끼어들 수 없는 벽을 느꼈었다. 그래서 더없이 부러웠을 뿐 그들 사이에 끼어들 엄두도 내지 못했다. 그저 동경의 시선으로 바라보기만 했다. 그러나 얼마 지나지 않아 그 시선이 변질되기 시작한 걸 깨달았을 때는 차 오르는 마음을 멈출 수 없었다. 이미 생겨 버린 희망의 싹은 자르고 잘라내도 쑥쑥 자라기만 했다.

24시간 전만 해도 그가 키운 싹은 자라 숲을 이룰 정도였다. 그러나 진경의 망설이는 시선과 진우의 냉담한 시선 앞에 푸른 빛을 잃고 초라하게 메말라 가고 있었다. 너무나 크고 두텁고 강력한 벽이 가로막고 그곳에 들어서려는 그를 튕겨내는 것 같았다.

진경이 호준과 함께 웃고 있었다. 그는 진경이 곁에 없으면 웃을 수 없는데 그녀는 자신이 아니어도 웃을 수 있었다. 몸에 한기가 느껴졌다. 어렸을 적 자주 꿨던 악몽이 떠올랐다. 꿈속에서 제하는 놀이동산에 홀로 버려지곤 했다. 모두 엄마, 아빠의 손을 잡고 즐거워 웃고 있는데 아무리 주위를 둘러봐도 혼자인 그였다. 울지 않으려 이를 악물고 무섭지 않은 척하며 집을 찾아 헤매다 깨곤 했다. 그리고 깨어나서야 그를 버릴 엄마, 아빠조차 없는 현실을 깨닫곤 젖은 눈가를 훔쳤었다. 언젠가부터 꿈속에서 버려져도 더 이상 무서워하지 않는 자신을 보며 기특해했었다.

우산을 가지고 장난치고 있는 진경을 보며 제하가 클랙슨을 눌렀다. 고개를 든 진경이 우산을 활짝 펴 든 채 제하의 차로 뛰어왔다. 제하는 못마땅한 시선으로 진경의 비를 막아주는 우산을 노려봤다. 호준이 진경에게 우산을 건네주는 걸 지켜본 제하로서는 기분이 좋을 리 없었다.

차에 오른 진경은 제하의 얼굴을 보고 기겁을 했다.

"이런 얼굴로 왜 왔어? 내일부턴 내가 알아서 출퇴근할게."

"괜찮아."

"내가 싫어."

"……네."

진경을 빤히 쳐다보던 제하가 한참 동안 머뭇거리더니 힘없이 대답했다. 얼굴이 좀 나아졌을 거라 생각했던 예상과 달리 더 심해진 듯해 진경의 마음은 좋지 않았다. 그런데 그런 얼굴을 해가지고 좀 쉬지 꾸역꾸역 자신을 데리러 나온 제하가 안타깝고 미안했다. 그래서 더 강하게 제하를 말렸다. 마지못해 수긍한 제하의 얼굴이 너무 어두웠다.

"제하야."

"알았어요."

비까지 내린 탓에 운전에 열중인 제하에게 다시 말을 거는 것도 뭐해 진경은 창밖으로 시선을 옮겼다. 제하는 집에 도착할 때까지 뭔가 깊은 생각에 빠진 사람처럼 말이 없었다. 진경은 침묵하고 있는 제하를 의식하며 힐끔거렸지만 제하는 앞만 주시하고 있었다.

　살얼음판을 걷는 것처럼 위태롭고 조마조마한 날이 계속되고 있었다. 활기가 넘쳐 나던 집 안은 습기를 머금은 무거운 공기만이 감돌았다. 세 사람이 함께 살았지만 모두 각자만의 공간에서 나오기를 꺼려했다. 특히 제하가 심했다.

　아침저녁으로 출퇴근 시켜주는 일을 그만둠과 동시에 자신의 방에 틀어박혀 좀처럼 나오지 않았다. 무슨 생각을 하는지 도통 알 수 없었다. 그녀의 의사는 아랑곳하지 않고 다가와 짓궂은 농담과 노골적인 고백도 서슴지 않았던 제하의 모습은 찾아볼 수 없었다. 제하는 진경뿐만 아니라 진우와도 더 이상 시선을 마주치지 않았다.

　진경은 이러지도 저러지도 못한 채 눈치만 보고 있었다. 어떤 심경의 변화가 있는 게 분명한 제하를 보면서도 선뜻 다가가 왜 그러느냐고 묻지 못했고, 여전히 그녀에게 말조차 걸지 않는 진우에게 제하와의 관계를 이해해 달라고 설득할 용기도 내지 못했다.

　우연히도 오늘은 모두 일찍 귀가를 했다. 얼마 만에 세 사람이 함께하게 된 저녁인가. 그러나 까칠까칠한 정적만이 감돌았다. 그때 제하의 핸드폰 벨이 울렸다.

　"네, 이제하입니다."

　전화기 속에서 굵은 잠자의 목소리가 흘러나왔다.

“네. 금액은 상관없습니다. 평수는 너무 크지 않은 걸로 해주세요. 무엇보다 조용한 곳으로 알아봐 주세요.”

제하는 무덤덤한 표정으로 통화를 하고 있었다.

“그래요? 그럼 내일 가보죠.”

부동산 중개소와의 통화인지, 아니면 할아버지의 비서라는 사람과의 통화인지 알 수 없지만 분명한 것은 제하가 집을 얻어 나가려 한다는 것이다. 제하의 통화를 진경은 놀란 눈으로 쳐다봤고 묵묵히 밥을 먹고 있던 진우도 멈칫하는 게 보였다. 진경은 떨리는 목소리로 물었다.

“이사 가려고?”

“네.”

진경은 더 이상 밥이 넘어가지 않아 숟가락을 놨다. 제하가 무엇을 염두에 두고 있는지 너무도 정확했기 때문이다. 제하가 원하는 대답이 무엇인지 알면서도 해주지 못했지만 진경의 마음 한구석은 제하를 믿고 있었던 것 같았다. 그래서일까? 진경의 충격은 생각보다 컸다. 진경은 진우와 제하의 시선이 자신에게 머무는 것도 느끼지 못한 채 방으로 들어와 버렸다.

식탁에 남은 진우와 제하는 말이 없었다. 식사를 다 마칠 때까지 말이 없던 제하는 일어서며 작별 인사를 하듯 단 한 마디만을 남겼다.

“누나한테 잘해라.”

쓸쓸함이 담긴 건조한 제하의 눈빛이 진우의 가슴에 체한 듯

걸렸다. 진경뿐만 아니라 자신에게조차 더 이상 곁을 내주지 않
으리라는 것을 짐작할 수 있었다.

진경은 잠을 이룰 수가 없었다. 내일도 어김없이 일찍 일어나
야 하는데도 불안하게 뛰어대는 심장 때문에 아무것도 할 수 없
었다. 뒤척이다 도저히 안 되겠다 싶어 주방으로 나왔다.
어딘가 먹다 남은 와인이 있을 것이다. 그것이라도 한 잔 하
지 않으면 잠을 잘 수 없을 것 같았다. 막 와인을 찾아 와인 잔
에 따르는데 제하가 주방으로 들어왔다. 달그락거리는 소리에
깬 듯했다.
"깼니? 잠이 안 와서 한 잔 하려고."
"네."
"정말 나갈 거야?"
"누나가 나 잡아줄래요?"
진경은 여전히 아무런 대답도 하지 못했다.
"여전히 누나에겐 진우가 먼저겠지?"
"가족이잖아."
"그렇군. 그럼 난 그 가족이 아니라서 안 되는 건가?"
푸념하듯 음울하게 내뱉은 제하를 보며 진경은 안타깝게 제
하의 이름을 불렀다.
"제하야."
"나는 누군가의 전부가 되고 싶어. 한 번도 받아보지 못한 사

랑, 모두에게 골고루 나눠지는 사랑이 아니라 온전히 한 사람, 나만을 향한 사랑을 받고 싶어. 나, 지독하게 소유욕이 강한 녀석이야. 그래서 내 것이 아니라면 철저하게 내 안에서 비워내 버리지. 그렇지 않고는 내가 못 견디거든. 누나에게서 그런 사랑을 바란다는 건 그저 내 욕심이겠지? 누나, 미안해할 것 없어. 이미 예상하고 있었는지 몰라. 그래서 늘 불안했지. 그동안 고마웠어."

제하는 안녕을 이야기하고 있었다. 그러나 진경은 무뇌아라도 된 듯 아무것도 생각할 수 없었다. 제하가 자신의 방으로 들어갈 때까지도 대꾸는커녕 숨 쉬는 것조차 잊을 정도였다. 가슴이 콱 막혀 버렸다. 체온이 급격히 떨어지는 것 같았다. 갑자기 한기가 느껴졌다.

뭘 바랐던 것일까? 애매모호한 태도로 일관하며 잡아달라고 떼쓰는 제하의 손을 거부한 사람은 그녀 자신이었다. 며칠 동안 제하와 진우 사이에서 괴로워하면서도 정작 어떤 실마리를 찾아 해결하기보다는 제삼자처럼 방관하고 있었던 게 사실이었다. 그럼에도 갑작스런 이별 통보를 받은 것처럼 충격에서 벗어나기 힘들었다. 언제까지나 그녀의 손을 잡고 매달릴 거라 생각했나 보다.

진경은 남아 있던 와인을 다 비우고서도 잠을 이룰 수 없었다. 초조하고 불안하고 안정이 되지 않는 마음을 어찌지 못해 뒤척이며 몇 번이고 일어나 앉았다가 서기를 반복했다. 불쑥불쑥 제하의 방으로 뛰어가 다시 묻고 확인하고 싶은 생각이 치밀어 올랐다가 사라지곤 했다. 너무 길고 괴로운 밤이었다.

그러나 길고 괴로운 밤을 보내는 건 진경만이 아니었다. 제하 또한 잠을 이루지 못한 채 뒤척였다. 진경을 누구보다 사랑하고 원하지만 이제 그만 손을 놓아야 할 것만 같았다. 그가 동경하던 진경과 진우, 그가 알지 못하는 가족이란 게 어떤 건지를 알게 해준 정말 멋지고 따뜻한 남매였다. 그래서 그들의 유치한 말장난마저 부러웠고 함께하는 시간들이 즐거웠다. 오래도록, 가능하다면 평생 함께하고 싶었는데 그것은 혼자만의 꿈에 지나지 않았다. 그들 곁에 그의 자리는 없었다.

활기와 웃음이 넘치던 그들의 집이 전에 자신이 살았던 곳처럼 황량하게 변해 버렸다: 모두 자신의 과욕 탓인 것만 같았다. 또한 그로 인해 힘들어하는 진경과 진우를 지켜보는 게 제하는 힘들었다. 사람 좋은 그들 남매는 자신이 어떤 결단을 내리기 전까지는 계속해서 힘들어할 게 분명했다. 그래서 떠나기로 결정했다. 어차피 처음부터 혼자였다. 다시 혼자가 된다는 것, 금단의 열매를 맛본 그에게는 처음보다 백배, 천배 힘들겠지만 할 수 있으리라 이를 악물었다.

짧은 시간이었지만 이곳에서 진경과 진우와 함께 보낸 시간만큼은 잊을 수 없을 것이다. 아마 먼 훗날 집을 떠올린다면 셋이 함께 살았던 넓지 않은 이 좁은 빌라를 떠올릴 것이고, 가족을 떠올린다면 늘 티격태격하던 진경과 진우를 생각하게 되리

라. 스무 해 동안 가장 행복했던 시간이었다. 그만큼 떠나기로
결정하기까지 힘들고 괴로웠다.

　다음날, 다섯 시경에 집을 나서는 진경은 발걸음이 떨어지지
않았다. 가슴이 답답해 미칠 것만 같았고 잠을 자지 못한 탓에
머리까지 멍했다. 잠깐 제하의 자는 얼굴이라도 볼까 싶어 방문
앞까지 갔지만 진경은 그냥 돌아섰다. 얼굴을 본다면 흔들어 깨
우게 될지도 모를 일이었다.
　병원에서도 진경은 정신이 없었다. 기계적으로 반복되는 일
을 하고 있을 뿐 머릿속은 온통 제하로 가득했다. 그러다 결국
일은 벌어지고 말았다. 환자에게 의사가 처방한 용량보다 더 과
다한 약을 투여한 것이다. 일에 집중하지 못했던 진경은 차트에
적힌 항생제 1g을 10g으로 보는 오류를 범하고 말았다. 약의 과
다한 투여로 환자는 구토와 울렁거림을 호소하며 괴로워하기
시작했고 조용하던 병동은 한바탕 난리가 났다. 담당의와 간호
과장이 다녀가고 이미 퇴근 시간이 지나 다음 타임의 간호사들
이 일을 시작했는데도 진경은 병원을 나올 수 없었다. 환자가
진정이 되고 일이 마무리가 될 때까지 진경은 간호사실 구석에
앉아 대기해야만 했다.
　"강진경 씨, 당신 몇 년차야? 어떻게 갓 신입도 하지 않는 실
수를 할 수가 있어? 지금 일을 하러 나온 거야, 뭐야? 우리가 하
는 일이 뭔지는 알고 있어? 정신을 어디다 놓고 있는 거야? 이

런 식으로 일할 것 같으면 당장 집어치워, 괜한 생사람 잡지 말고!”

“죄송합니다.”

자신으로 인해 간호과장에게 불려가 한소리를 듣고 온 수간호사였다. 진경은 어떤 변명도 할 수 없었다. 그녀의 명백한 실수였기 때문이다. 학교 선배이기도 한 수간호사는 한참을 나무란 후 조용히 물었다.

“집에 무슨 일 있어?”

“아뇨, 어제 잠을 못 자서……. 저 때문에 곤란하셨죠?”

“그나마 다행이다. 환자가 괜찮아져서 시말서 쓰는 걸로 끝났으니까. 오늘은 너무 늦었으니까 가고 내일 와서 써라.”

“네.”

자주는 아니지만 가끔 있는 일이었다. 아마도 환자가 잘못되었다면 병원을 떠나야 함은 물론 의료사고로 이어졌을지도 모른다. 그래서 병원에서는 긴장을 하지 않으면 안 된다. 육체적인 것보다 정신적인 스트레스가 심한 직업이기도 했다.

어떻게 집까지 왔는지 모른다. 진경은 병원에서 나오자마자 택시를 탔다. 그리고 녹초가 된 몸을 이끌고 계단을 올라왔다. 제하를 본다면 오늘의 피로도 다 풀릴 것만 같았다. 어제의 이야기는 화가 나고 속상해서 해본 거라고 말할지도 모른다.

그러나 집은 텅 비어 있었다. 집 안에 들어와 불을 켜고 제하의 방문을 열어봤지만 주인은 없었다. 진경 혼자뿐이었다. 다리에 힘이 쭉 빠지는 것 같았다. 점심도 거르고 저녁 먹을 시간도 한참이나 지나 있었지만 배고픔도 잊고 있었다. 오늘 하루를 어떻게 보냈는지 거의 제정신이 아니었음은 분명했다. 미치도록 속상했다. 슬펐다.

제하에 대한 자신의 감정이 언제든 손을 놓고 싶으면 놓을 수 있을 만큼 가벼운 감정이 아니라는 걸 절실히 깨달은 하루였다. 연민이 아닌 사랑이었다. 그럼에도 진우를 핑계 삼아 가슴으로 부르짖는 제하의 마음을 적당히 방관하고 있었다. 줄기차게 사랑한다고 말하는 제하의 고백을 들으며 기분 좋아했을 뿐 돌려주지 않았다. 그러고 보면 정말 이기적이었다. 어린 녀석이 자신을 좋아한다는 것에 대해 우쭐해했을 뿐 정작 그 녀석의 마음은 헤아리지 못한 것이다. 제하가 정말 듣고 싶었던 말은 선택의 여부가 아니라 그녀의 사랑한다는 말이었으리라.

진경은 참지 못하고 주방 식탁에 엎드려 목 놓아 울고 말았다. 신경이 끊어질 듯 힘들었던 하루의 긴장이 풀리자 몸은 죽을 듯이 피곤했고, 어리석은 자신 때문에 제하가 떠나 버렸다는 사실이 슬퍼 감정이 폭발하고 말았다. 태어나 지금까지 이렇게 서럽게 울어본 적이 있던가. 오로지 자신의 감정에만 충실해 본 적이 있던가. 진경은 지금까지 참고 참았던 눈물까지 다 쏟아내려는 듯 펑펑 울었다.

진우가 들어오는 것조차 알지 못했다. 놀란 진우가 주방으로 달려왔을 때야 진경은 고개를 들었다. 그러나 울음은 멈추지 않았다. 어쩔 줄 몰라 하는 진우를 남겨둔 채 진경은 자신의 방으로 들어와 계속해서 울어댔다. 제하는 그날 들어오지 않았다.

　수업을 마치고 부동산 중개소로 향하던 제하는 울려대는 핸드폰 벨소리에 잠시 멈춰 섰다. 낯선 번호에 고개를 갸웃거리며 전화를 받자 귓가에 다급한 음성이 들려왔다. 말투로 봐서 잠깐 봤던 할아버지의 간병인쯤 되는 듯했다.
　[거기 제하 학생인가요?]
　"네, 그런데요."
　[어여 내려와요. 할아버지 병원으로 옮겼어.]
　"예?"
　[오늘밤을 못 넘기지 싶어. 빨리 와!!]
　끊어진 핸드폰을 귓가에 댄 채 제하는 한동안 멍하니 서 있었다. 가족이라기보다는 늘 타인처럼 멀게만 느껴졌던 할아버지였다. 그럼에도 할아버지의 부재를 단 한 번도 생각해 보지 못했던 제하였다. 머리를 한 대 얻어맞은 것처럼 띵했다. 가슴이 철렁 내려앉았다. 가파르게 뛰는 심장을 손바닥으로 지그시 누른 제하는 서둘러 차에 올라 할아버지가 계시는 대천으로 향했다. 차는 이미 도로 규정 속도를 벗어나고 있었지만 초조하고 불안한 나머지 전혀 의식하지 못한 채 빨리 도착해야 한다는 생각뿐이었다.

톨게이트를 빠져나와 얼마 되지 않을 때 할아버지의 변호사로부터 천안에 있는 대학병원으로 옮겼다는 소식을 전해 들었다. 자신의 눈으로 할아버지를 보기 전까지는 믿을 수 없지만 주변 사람들은 이미 앞으로 있을 일에 대해 준비를 하고 있다는 인상을 받았다. 그런 그들에게 화를 내고 싶은 충동을 억제하며 제하는 달리고 또 달렸다.

병원에 도착한 제하는 산소호흡기만으로 간신히 생명을 유지하고 있는 초라하고 늙은 노인네를 말없이 내려다봤다. 병색이 완연한 얼굴이었다. 단 몇 달 사이에 병이 이렇게 많이 악화되었으리라고는 짐작조차 하지 못했다.

"노인네 고집이 보통 고집이어야지, 쇠심줄이야. 며칠 전부터 많이 안 좋았거든. 아무래도 불안해서 손자한테 연락 한 번 넣자는데도 극구 말리더니 결국은……. 쯧쯧."

귀향한 할아버지를 돌보던 간병인 아주머니가 혀를 차며 안타깝다는 듯 말했다. 할아버지는 겨우 숨만 내쉴 뿐 전혀 의식이 없었다. 보기 전까지 믿을 수 없었던 할아버지의 모습을 두 눈으로 확인한 지금, 죄책감이 그의 가슴을 짓눌렀다. 전화 연락 한 번 없기에 그저 잘 계신 줄로만 알았다. 더 솔직히 말하면 진경과의 달콤한 꿈에 빠져 허우적대느라 할아버지를 잊고 있었다.

잠깐 들렀던 담당의는 마음의 준비를 하라는 말로 할아버지의 생이 얼마 남지 않음을 알렸다. 의식이라도 있을 때 한 번쯤 찾아와 뵐 걸 후회했지만 이미 늦었다. 손자인 그에게 따뜻한 말 한 마디, 손 한 번 잡아준 적 없었지만 스무 해를 살아오기까지 그의 곁을 지켜준 사람은 오로지 할아버지 한 분뿐이었다. 감사하다는 말 같은 건 입에 올려본 적도 없었다. 마지못해 그를 돌봐주고 있다고 생각했었는데, 죽음을 앞두고 누워 있는 할아버지를 보노라니 자신이 얼마나 큰 은혜를 입었는지 비로소 깨닫게 되었다.

"오늘밤은 제가 있을게요."

간병인 아주머니를 들여보내고 혼자 남은 제하는 앙상하게 뼈만 남은 할아버지의 손을 꼭 잡았다. 할아버지의 고집만큼이나 더 고집스러웠던 그를 할아버지는 어떻게 바라보셨을까? 뒤늦은 질문을 던져 보는 제하의 눈가에 물기가 스며들었다.

길고 긴 밤이었다. 몇 번이나 거친 호흡과 불안정한 심장 박동으로 생사의 고비를 넘나드는 할아버지를 지켜보며 거의 뜬 눈으로 밤을 지새우다시피 했다.

다음날 아침, 간병인 아주머니가 오자 그제야 병실을 잠시 나온 제하는 병원 복도에 있는 의자에 털썩 주저앉아 눈을 감았다. 아침 회진을 도는지 하얀 가운을 입은 이들이 무리 지어 지나갔다. 바쁘게 움직이고 있는 간호사들도 보였다. 그들 모습 속에서 진경을 찾고 있는 자신을 발견했다. 진경도 지금 근무를 하고 있을 것이다. 결국 아침부터 떠올린 사람은 그 누구도 아닌 진경이었다. 생사의 기로에서 싸우고 있는 할아버지

보다 더 먼저 생각나는 사람, 그 사람을 과연 잊을 수 있을까?
제하는 허탈한 표정을 지으며 스스로를 비웃듯 코웃음을 쳤
다.

진경은 병원을 나서며 주머니에 있는 핸드폰을 만지작거렸다. 오늘 핸드폰을 확인한 것만 해도 수차례, 그러나 그녀의 핸드폰은 조용하기만 했다. 일이 끝날 무렵 걸려온 주희의 전화가 전부였다. 결국 망설이고 망설이다 제하에게 전화를 걸어봤지만 꺼져 있다는 안내 멘트만이 들려올 뿐이었다.

"진경아!"

"어? 주희?"

"놀랐지?"

"어떻게 된 거야? 아까 아무 말 없었잖아."

"후후, 너 놀래주려고 그랬지? 괜찮아?"

"어?"

"어제 호준 오빠랑 통화하다 들었어. 너 사고쳤다며?"

"후, 그렇게 됐다."

진경은 무거운 한숨을 내쉬며 우울한 표정을 지었다. 그러자 주희가 진경의 어깨를 툭툭 치며 위로했다.

"한숨 소리에 땅 꺼지겠다. 어디 실수 안 하는 사람 있니? 뭐, 실수투성이인 사람도 있잖아. 대표적인 예, 나! 그 짧은 병원 생활 내내 욕먹은 걸로 따지면 나 따라올 사람도 없을 거야. 그치?"

"나 위로해 주려고 찾아온 거야?"

"그럼, 친구 좋다는 게 뭐니?"

"쳇, 내가 너한테 다 위로받을 날도 있고."

"이거 왜 이래? 사람 무시하지 마. 나 무지 성숙했어. 예전의 그 서주희가 아니야."

"근데 어쩌지, 주희야? 나 오늘 너무 피곤해서 그냥 집에 가서 쉬고 싶은데."

"잘됐네. 너희 집 가본 지도 오래됐는데, 가서 네 동생 얼굴도 보고 그 멋지구리한 네 젊은 애인도 보면 일석이조지. 가자."

진경의 대답도 듣지 않고 앞장서는 주희를 따라 진경은 터벅터벅 걸었다. 주희는 술 마시려고 차도 끌고 오지 않았다며 택시를 잡기 위해 손을 들었다. 택시가 잘 잡히지 않아 투덜거리는 했지만 기분이 바닥인 자신과 달리 주희는 좋아 보였다. 호준과 잘되고 있는 듯했다. 주희는 충분히 사랑받을 만한 여자임에는 틀림없었다.

그러나 외박을 한 제하의 일로 복잡하기만 한 진경의 심정은 위로도 좋지만 혼자이고 싶었다. 어쩌면 들어왔을지도 모른다는 생각에 집으로 향하는 마음은 바빴고 주희의 수다가 귀에 전혀 들어오지 않았다. 찾아올 줄 미리 알았으면 말렸을 텐데, 이미 같이 택시에 오른 이상 되돌리기에는 늦어버린 듯했다. 온통 다른 일에 정신이 나가 있는 것처럼 멍해 전혀 자신의 이야기를 듣고 있지 않은 진경의 얼굴을 주희가 빤히 바라보는 것도 눈치채지 못했다. 연거푸 한숨만 내쉬고 있다는 것도 전혀 의식하지 못한 진경이었다.

택시에 내린 진경은 따라오는 주희를 살필 여력도 없이 계단을 뛰어올라 키로 문을 열고 집으로 들어갔다. 그러나 집은 어제와 마찬가지로 고요했다. 인기척이란 전혀 느껴지지 않았다. 그래도 미련을 버릴 수가 없었다. 혹시 집에 들어와 침대에서 자고 있을지도 모른다는 생각에 제하의 방문을 열고 확인했지만 침대는 썰렁하게 비어 있었다. 제하를 찾아 집 안 구석구석을 두리번거렸지만 없는 사람이 나타날 리 만무했다. 그런 진경의 모습을 뒤따라 들어온 주희는 묵묵히 지켜보고 있었다.

"무슨 일 있구나? 그러면 그렇지. 네가 어지간해서 그런 실수할 애가 아니지. 왜, 제하 씨랑 싸웠어?"

"후…… 모르겠어."

　　진경은 주희의 질문에 적당한 대답을 찾지 못했다. 제하와 싸운 걸까? 아니면 헤어진 걸까. 애매한 대답을 한 채 잔뜩 얼굴을 찌푸리는 진경을 보며 주희는 의심스런 눈초리로 쳐다봤다.

　　"오늘 우리 술 한잔하자."

　　"주희야, 미안한데 나 혼자 있고 싶다."

　　"뭐야? 그 자식 바람났어? 너 나이 많다고 싫대? 만약 그런 거면 내가 가만 안 둬! 감히 내 친구를 가지고 놀아? 강진경, 일어나! 내가 오늘 당장 그 자식보다 더 멋진 사람 소개시켜 줄게."

　　"그런 거 아냐."

　　"그럼 뭔데? 너 이렇게 안절부절못하는 거 처음 봐."

　　자기 식대로 해석하고 다그치는 주희는 돌아갈 의사가 전혀 없는 듯했다. 답답한 마음에 한숨만 나왔다.

　　"진우가 제하와 나 사이 알아버렸어."

　　"그런데?"

　　"반대해."

　　"흠…… 그래서 넌 진우 뜻을 따르기로 한 거니?"

　　혼란스런 눈빛을 한 채 더 이상 말을 하지 않는 진경에게 되돌아오는 주희의 음성은 비틀려 있었다.

　　"그래서 사 년 동안 너만 봤다는 제하 씨 찼니? 진우가 반대하자마자 기다렸다는 듯이 등 돌려 버린 거야? 사람을 가지고 논 건 제하 씨가 아니고 바로 너네."

“주희야.”

“아니라고 말하고 싶은 거야? 제하 씨가 너한테 목매니까 불쌍해서 만나준 게 뭐가 잘못이냐고 말하고 싶은 거야? 적어도 내가 보기에 넌 흔들렸어. 제하 씨만의 일방적인 감정은 아니었다고. 그런데 넌 참 쉽다. 부모님도 아니고 동생의 반대에 부딪쳤다고 어린아이 모래 장난하듯 가볍게 손 털어지던?”

“차라리 그랬으면 이러지 않겠지. 내가 생각하고 있었던 것보다 훨씬 더 많이 제하를 좋아하는 것 같아.”

“후, 그럼 사랑이 쉬운 줄 알았니? 자신이 용기 내지 않으면 얻을 수 있는 건 없어. 세상에 공짜가 어디 있어? 지금 와서야 고백하는 거지만 나, 호준 오빠가 너한테 관심있는 거 알았어.”

“뭐?”

놀란 진경은 눈이 휘둥그레져 되물었다. 그러나 주희는 평온한 얼굴로 다 이해한다는 표정을 짓고 있었다.

“관심있는 사람은 자꾸 보게 되잖아. 그러다 보면 그 사람이 누구를 보고 있는지도 자연스럽게 알게 되고. 그래서 대학 내내 벙어리 냉가슴 앓듯 바라만 봤었어. 그런데 구체적으로 무슨 일이 있었는지 모르지만 오빠가 널 멀리하는 것 같더라. 네게 무슨 일이 있었는지 물을 수도 있었을 텐데 난 묻지 않았어. 알고 싶지 않았거든. 내겐 오빠가 널 보고 있지 않다는 사실, 그걸로 충분했거든. 그래서 재미로 만나던 남자들 다 정리하고 오빠에게 고백했어. 나라고 겁나지 않았겠어? 매몰차게 거절당할지도 모르는데. 그렇지만 난 내 자존심이나 두려움보다 오빠가 더 중요했어.”

진경은 주희의 이야기를 들으며 코끝이 찡해져 왔다. 비겁한 자신과 달리 주희는 정말 호준을 차지할 만한 사람이었다.

“나, 최근에 호준 오빠가 네게 다시 흔들리고 있는 거 알면서도 이번에도 모른 척했어.”

“주희야.”

진경은 당황한 얼굴로 주희를 봤다. 그러나 주희는 씩 웃을 뿐이었다.

“고집쟁이에 철딱서니없는 나도 사랑 앞에서는 변해. 그게 사랑이야. 언제나 나만 사랑하고, 재촉하고, 집착하는 것 같아 힘들었어. 그래도 놓지 못하고 부여잡고 있었는데, 오빠 흔들리는 것 보면서 이제 그만 손 놓을까 생각했었어. 네게 빚진 마음이었던 것도 털어버리고.”

“무슨 바보 같은 소리야?”

놀라 다그치는 진경을 주희가 진지하게 바라봤다. 그리고 입가에 미소를 머금었다.

“고마워, 진경아. 내 사랑을 지켜줘서.”

“웃기지도 않는 소리 그만 해! 호준 선배 흔들린 적 없어. 만나면 늘 네 이야기였어. 철없다고 투덜거리면서도 선배는 웃고 있었어. 너랑 선배는 천생연분이야.”

“너도 제하 씨랑 천생연분이야. 놓치고 후회하지 마! 노력하지도 않고 포기해 버리면 남는 건 후회뿐이야. 그러니까 기운 내!”

“너 요즘 새삼 달라 보인다.”

“왜? 날라리 서주희가 아니라 지고지순 서주희라서?”

진경은 고개를 끄덕였다. 그러자 주희는 그럴 줄 알았다는 듯 눈을 흘겼다.

“내가 좀 남자를 울렸니? 다 지은 죄 때문이려니 한다. 흑흑!”

억지로 우는 흉내까지 내는 주희를 보며 진경은 웃지 않을 수 없었다. 친하지 않을 때부터 주희의 바람기는 소문을 통해 익히 알고 있었다. 자신의 사랑 앞에서 당당하며 그것을 지키기 위해 노력하는 주희는 정말 예뻤다. 친구라는 이름하에 자신이 늘 손해 본다는 생각을 가져왔던 진경으로서는 주희 앞에서 부끄러웠다.

주희가 돌아가고 제하에게 전화를 걸어봤지만 소용없었다. 핸드폰은 여전히 꺼져 있었다. 설마 오늘은 들어오겠지. 초조한 마음으로 거실을 서성이며 기다렸지만 제하는 들어오기는커녕 연락조차 없었다. 미치도록 불안하고 초조했지만 진경이 할 수 있는 일은 기다리는 것 외에는 없었다. 제하에 대해 아는 게 없었다. 제하가 그녀에게 들려준 이야기가 전부였다. 정말 무심한 연인이었다.

현관문이 열리는 소리와 함께 진우가 들어왔다. 진경은 진우에게 다가가 물었다. 마음은 급했지만 묻는 어투는 조심스럽고 망설임이 묻어났다.

"제하 어떻게 된 거야?"

"나도 잘 몰라."

온몸에 기운이 쭉 빠지는 것 같았다. 진우마저도 모른다니 가슴이 철렁했다. 퉁명스러운 대꾸였지만 진우의 음색도 편치 않아 보였다. 진경은 쓰러질 듯 휘청이는 몸을 이끌고 방으로 들어와 침대에 누웠다.

'돌아와, 제하야. 돌아오기만 해줘. 이제 당당해질게. 너 아프지 않게 할게.'

이틀 밤을 꼬박 새운 제하는 찌뿌드드한 어깨를 펴며 일어났다. 할아버지의 의식은 여전히 돌아오지 않고 있었다. 대학병원이라지만 오래된 건물 탓인지 병실 자체가 을씨년스러워 보였다.

"어서 들어가요, 오늘은 내가 있을 테니까."

"아니에요. 그냥 제가 있을게요."

"얼굴이 말이 아닌데, 무슨 일 있으면 내가 바로 연락할 테니까 편하게 잠깐 눈이라도 붙이고 와요. 지독한 양반이네. 갈 때 가더라도 좀 깨서 손자 얼굴 좀 봐주지."

등을 떠미는 아주머니 때문에 병실에 더 있지 못하고 밖으로 나왔다. 밤공기가 유난히 싸늘하게 느껴졌다. 병원으로 바로 직행해 제대로 씻지도 못한 데다 작은 소파에 앉아 있다 보니 온

몸이 쑤셨다. 다시 오더라도 집에 들렀다 오는 게 나을 것 같아. 할아버지의 집으로 차를 몰았다.

병원과 한 시간 남짓 걸리는 시골에 자리잡은 할아버지의 집, 이사할 때 오고 처음 와보는 곳이었다. 대문을 열고 들어서자 나무로 지어진 커다란 집에는 무거운 정적만이 감돌았다. 간혹 들려오는 뒤뜰에 심어진 나무의 나뭇잎들이 바람에 흔들리는 소리가 괴기스럽게 느껴질 정도였다. 어둠이 내려앉은 집은 오랫동안 방치된 집처럼 휑한 공기로 가득 차 있었다. 사람 냄새가 전혀 느껴지지 않았다.

이미 자신의 죽음을 염두에 두고 있던 할아버지는 이곳에서 무슨 생각을 하며 어떻게 지냈을까? 혼자라는 생각에 사무쳐 외롭고 두렵지는 않았을까? 그 공포를 혼자 견디어낸 할아버지가 참으로 존경스러웠다. 제하는 지금 이 순간 미치도록 진경이 보고 싶었다. 그리웠다.

이를 악물고 죽을힘을 다해 잊어볼 생각이었다. 그래서 모진 이별의 말도 서슴지 않았다. 그러나 잊기는커녕 간절한 그리움만 더해갔다. 당장이라도 뛰어올라 가 자신이 내뱉었던 결별의 말들을 주워 담고 싶었다. 진경이 곧이곧대로 받아들이고 이미 그를 마음에서 놓아버렸을까 봐 두렵고 초조했다.

제하는 급히 재킷 주머니에서 핸드폰을 꺼냈다. 배터리가 나가 전원이 꺼진 상태였다. 그러고 보니 정신없이 내려오느라 연락도 못하고 왔다. 제하는 다시 나와 차에 있던 여분의 배터리로 교체한 후 핸드폰 전원을 켰다.

핸드폰 전원이 들어오자 액정 화면에 메시지가 깜박거렸다. 한동안 메시지를 확인하지 못하고 망설였다. 어떤 내용의 메시지들이 자신을 기다리고 있을지 기대하는 맘, 두려운 맘이 뒤섞여 선뜻 손이 움직이지 않았다.

[어디냐, 연락해라. 뚝―]

진우였다. 풋, 웃음이 새어나왔다. 무뚝뚝한 음성이었지만 냉정하게 떨어뜨려 내지 못하고 먼저 연락을 취한 진우였다. 천성적으로 사람을 미워하지 못하는 그런 녀석이었다. 그래서 자신을 인정하지 않는 진우에게 서운함이 크면서도 미워하거나 원망할 수 없었다.

[설마 가출한 거냐?]

두 번째 음성 메시지였다. 첫 번째 메시지보다 더 뜸을 들이고 무거운 음색이었다. 가슴에서 뜨거운 것이 치솟았다. 가출? 자기 집을 뛰쳐나온 걸 가출이라고 하지 않는가. 자신은 갈 곳이 없어 머무르는 객이 아니었던가. 혼자만의 생각이지만 제하에게 있어 마음속의 유일한 집은 그들과 함께한 작은 빌라다. 그의 그런 마음을 진우도 인정하는 것처럼 느껴져 뭉클했다. 예상치 못한 뒤이은 진경의 메시지는 차갑고 시리게만 느껴졌던 싸늘한 밤공기마저도 훈훈하게 했다.

[제하야, 어디니? 오늘도 안 들어올 거야?]

[제하야, 무슨 일 있는 거 아니지? 왜 연락이 안 되는 거야?

나 너한테 할 말 있어. 전화 좀 줘.]

[나 화나려고 해! 도대체 어디 간 거야? 이제하, 너 정말······.]

마지막 남겨진 진경의 메시지는 끝을 맺지 못하고 울먹거렸다. 그 음성을 들은 제하의 눈동자도 젖어 있었다. 왈칵 그리움이 더 솟구쳤다. 철저하게 혼자라고 생각했는데 그건 그만의 착각이었나 보다. 핸드폰 너머에서 들려오는 무뚝뚝하지만 따뜻한 진우와 그에 대한 염려를 감추지 않는 진경의 음성을 들으며 어린아이처럼 울고 싶어졌다.

최고로 고통스러웠던 며칠이었다. 할아버지의 죽음을 목전에 두고 메말라만 가던 제하였다. 모질게 먹었던 자신의 결심들이 그들 남매 앞에서 따뜻한 봄볕에 눈 녹듯 흐물흐물 허물어졌다. 지금 이 순간도 진경에게 자신이 전부이기를 원하지만 전부가 아니라도 좋았다. 곁에 있을 수만 있다면 마음 한구석이 허한 것쯤은 참을 수 있다. 단순히 동정이나 연민만 아니라면 괜찮다. 전부는 아니더라도 진경의 마음에 그가 진우와는 또 다른 감정으로 자리잡고 있다면 그것으로 만족할 수 있을 것 같았다.

제하는 할아버지에게 감사하지만 그 할아버지를 닮고 싶지는 않았다. 혼자보다는 더불어 사는 게 얼마나 즐겁고 행복한지를 이미 깨달아 버린 제하였다. 어리석게도 다시 혼자가 되리라 생각도 했었지만 만약 작은 기회라도 주어진다면 그 길을 선택하지는 않을 것이다.

진경이 너무 보고 싶었다. 진경의 목소리가 듣고 싶었다. 자신이 했던 말들을 취소하고 싶었다. 자존심 따위는 다 버리고 진우에게 몇 번이고 간곡하게 부탁하고 싶었다.

막 진경에게 전화를 걸려던 차 핸드폰 벨이 울렸다.

제하의 빈 방을 몇 번이나 열어봤다. 물건들이 그 자리에 그대로 놓여 있는 걸 보면 이사를 나간 것도 아니었다. 아무리 화가 난다 해도 아무 인사도 없이 무작정 집을 나갈 제하가 아니었다. 그래서 진경은 더 안절부절못할 수밖에 없었다. 진경은 어제부터 거의 제정신이 아닌 사람처럼 행동했다. 저녁도 안 하고 잠도 못 자고 넋이 나간 사람처럼 멍해 있기도 했다.

연락 두절이 된 지 벌써 삼 일째였다. 그런데 진우마저 제하의 소식을 알지 못한다는 게 진경을 더 불안하게 했다. 자꾸만 무슨 일이 있는 건 아닐까, 불길한 생각만 들어 심장이 바짝바짝 타는 것 같았다. 오늘따라 일찍 들어온 진우가 아무 일도 없는 것처럼 편안하게 소파에 기대앉아 텔레비전을 보고 있는 것조차 거슬렸다. 진경은 자신이 얼마나 신경이 날카로워졌고 불안정해 보이는지 알지 못했다. 그런 진경을 걱정스럽게 지켜보고 있는 진우의 시선조차 알 리 만무했다. 바짝 선 신경이 온통 제하에게 집중되어 있었다.

"누나, 저녁은?"

"배 안 고파."

"그래도 뭘 먹어야지."

"너 뭐 먹고 싶은 거 있으면 시켜 먹어. 난 입맛이 없다."

진경은 자신의 핸드폰과 거실 테이블에 놓인 전화기만을 주시한 채 대답했다. 누구의 전화를 기다리고 있는지 묻지 않아도 훤했다. 표현은 하지 않고 있었지만 진우도 사실 연락이 없는 제하가 걱정스러웠다. 좋지 않게 감정 다툼을 하고 집을 나간 제하가 돌아오지 않고 있었기 때문이다. 그런 일은 없겠지만 만약에 무슨 일이 생기기라도 한다면 진우는 자신을 용서하지 못할 것이다. 자꾸만 날카로워지고 신경질적인 진경을 바라보는 것도 편치 않았다.

진경이 속이 답답한지 주방에 가 냉장고에서 냉수를 꺼내 마셨다. 진우도 답답하기는 마찬가지였다. 그가 한숨을 내쉬며 여전히 꺼져 있을 제하의 핸드폰 단축 번호를 무의식적으로 길게 눌렀다. 헉! 신호가 갔다.

[여보세요?]

"이제하, 제하니?"

[그래.]

"너 이 자식, 어디야?"

[할아버지 집.]

"너희 할아버지네? 전화 안 받던데, 너 계속 거기 있었어?"

[아니, 천안 X대병원. 할아버지가 위독하셔.]

제하와의 통화가 다 끝나기도 전에 진경이 핸드폰을 채갔다. 진우의 입에서 제하의 이름이 흘러나오자마자 쿵쾅거리며 주방에서 한걸음에 뛰어나온 진경이었다. 입술을 깨물며 초조하게 진우와의 통화를 지켜보던 진경은 기다리지 못하고 급한 마음에 핸드폰을 가로챘다.

"정말 제하니?"

[누나.]

"너 어떻게 이럴 수 있어? 사람이 어딜 가면 간다고 말을 해야 할 것 아니야? 걱정하는 사람들 생각은 안 해? 정말 속상해 죽겠어. 어디야? 지금 들어올 거지?"

[…….]

곧장 대답을 하지 않는 제하가 답답한 나머지 진경은 재차 물었다. 진우의 통화로 할아버지 집에 가 있는 걸로 짐작되지만 두 눈으로 확인해야만 마음이 놓일 것 같았다.

"이제하, 듣고 있는 거야? 지금 들어올 거지? 나 너한테 할 말 있단 말이야."

[누나, 당분간은 힘들 것 같아.]

"너 정말 나랑 끝낼 참이야? 이 매정한 녀석아! 가만있던 사람 마음 다 흔들어놓고 너만 마음 정리하면 다야? 그럼 나는 뭔데, 나는 뭐냐고? 널 사랑하게 된 나는 뭐냐고?"

[누나.]

"알았어. 맘대로 해! 돌아오기 싫으면 오지 마! 더 이상은 안 기다릴 테니까."

뚝—

진경은 울컥한 나머지 전화를 끊어버렸다. 얼마나 많이 걱정하고 불안해했던가. 인정해 버린 마음은 더 이상 어떻게 할 수 없을 정도로 넘쳐 그녀를 당혹스럽게 했다. 제하를 사랑한다. 감추고 외면할 수 없을 만큼 깊이. 제하가 돌아오기만 한다면 용기를 내서 고백해야지, 다짐하고 또 다짐했었다. 그런데 결국 이 모양이다. 제하의 힘들다는 말이 거절의 말처럼 느껴져 벌컥 화를 내고 말았다. 속상한 나머지 마음에도 없는 소리를 하고 전화를 끊어버렸다. 나이 어린 녀석에게 자꾸 매달리고 있는 듯한 자신의 모습을 더 이상 볼 수 없었다.

아예 핸드폰의 전원을 꺼버리는 진경을 진우는 망연자실해 쳐다보고 있었다. 진경은 진우가 옆에 있다는 것 자체도 잊고 있다가 눈이 마주치자 그제야 난감한 표정을 지었다.

거실 테이블에 올려졌던 진경의 핸드폰 벨이 울리기 시작했다. 진우의 핸드폰이 안 되자 진경에게 전화를 거는 게 분명했다. 핸드폰과 진경을 번갈아 보던 진우가 무섭게 노려만 볼 뿐 전혀 받을 의향이 없는 그녀를 대신해 핸드폰을 받으려 했다.

"받지 마!"

"누나?"

"어린 녀석한테 매달리는 내 모습 추하지? 그래도 어쩔 수 없어. 나 역시도 한 남자를 사랑하는 여자에 지나지 않아."

"전화 받아."

"받지 마! 너도 원하는 거잖아. 이미 마음 정리 다 한 듯한 녀석에게 더 할 말 없어."

눈싸움을 하듯 서로 마주한 채 뚫어지게 바라보고 있는 진경
과 진우 사이로 핸드폰 벨소리는 계속해서 울려대고 있었다. 그
리고 잠깐 멈추는가 싶더니 다시 집 전화벨 소리가 울리기 시작
했다. 받지 않아도 누구인지 충분히 예상할 수 있었다.

멈출 줄 모르고 삼십여 분이나 울려대던 전화벨 소리가 잠잠
해졌다. 그 짧은 삼십여 분의 시간 동안 얼마나 신경이 날카로
워지고 예민해졌는지 모른다. 입술이 바짝바짝 타는 것 같고 심
장이 오그라드는 것 같았다. 받고 싶은 마음을 다잡느라 진경은
주먹을 꼭 말아 쥔 채 입술을 지그시 깨물어야 했다.

그 모습을 말없이 지켜보던 진우가 입을 열었다.

"제하 할아버지 위독하시대."

"뭐?"

"가봐야겠어."

"……"

진경은 허물어지듯 소파에 털썩 주저앉았다. 진우가 옷을 챙
겨 입고 나가는 걸 보고도 넋이 나간 사람처럼 멍하니 그 자리
에 그대로 앉아 있었다. 지금 무슨 짓을 한 거지? 얼굴이 화끈거
렸다. 바보, 멍청이! 자기밖에 모르는 이기주의자가 바로 그녀
자신이다.

제하의 행방을 알게 된 것에 대한 안도감은 그동안 애태웠던
마음을 보상받길 원하기라도 한 듯 원망이 되어 그를 다그치고

말았다. 그가 처한 상황은 묻지도 않고 오직 자신의 입장만 강요하고 대답하기를 원했다. 끊임없이 울려대던 전화벨 소리가 아직도 귓전에서 메아리치는 것 같았다. 다시 한 번 제하에게 위로는커녕 상처를 준 것만 같아 울고 싶어졌다.

지금쯤 혼자서 얼마나 힘들까? 유일한 혈육인 할아버지의 위독함을 지켜보고 있을 제하를 떠올리자니 마음이 너무 아팠다. 제발 무사히 고비를 넘기고 제하 곁에 남아주면 좋을 텐데. 무뚝뚝하고 제대로 된 애정 표현 한 번 않던 분이라 들었지만 누구보다 제하를 사랑하는 분이라는 걸 진경은 짐작할 수 있었다. 아무것도 아닌 것 같지만 세상을 살아가는 데 든든한 방패막이 되어줄 제하의 유일한 가족이었다. 제하를 위해서라도 꼭 완쾌하기를 바랐다.

어리석었던 자신의 행동을 곱씹으며 진경은 제하의 핸드폰 번호를 눌렀다. 바짝 긴장하며 마른 입술을 혀로 적셨다. 신호음이 길어질수록 마음도 조급해졌다. 고객이 전화를 받지 않는다는 안내 메시지를 듣는 진경의 얼굴은 창백하게 변했다.

[누나! 누나!]
이미 끊어진 전화기에 대고 제하는 몇 번이고 누나를 외쳤다. 진경을 화나게 할 생각은 추호도 없었다. 애타게 돌아오라는데 지금 당장이라도 서울로 향하고 싶은 마음이 굴뚝같았다. 그러나 지금은 그럴 수 없는 상황이었다. 그래서 어렵게 말한 건데

진경의 마음을 상하게 하고 말았다. 뭐라 설명할 틈도 주지 않고 화를 내며 내뱉는 진경의 말속에 빠르게 스쳐 간 단어, 사랑. 순간 제하는 자신의 귀를 의심했다. 제대로 들은 건지 장담할 수 없었지만 그 순간만큼은 세상이 정지된 듯했다. 되묻고 싶고 다시 확인하고 싶었지만 이미 진경이 신경질적으로 전화를 끊어버린 후였다.

조급한 마음으로 진우에게 전화를 넣어봤지만 핸드폰은 꺼져 있었고, 진경의 핸드폰도, 집도 전화를 받지 않았다. 너무 놀라고 믿기지 않는 나머지 제대로 대꾸하지 못한 게 그의 마음을 오해한 듯했다. 빨리 풀고 화해하고 다시 한 번 사랑한다는 말을 듣고 싶어 애가 타는데 전화를 받지 않으니 답답하고 미칠 것만 같았다.

결국 전화를 걸다 지친 제하는 벌떡 일어났다. 차라리 서울에 잠깐 다녀오는 게 나을 듯싶었다. 그때 핸드폰이 울렸다. 진경이리라 의심치 않으며 기쁘게 받았다. 그러나 들려오는 음성은 다급한 간병인 아주머니의 음성이었다. 사람들의 웅성거리는 소리 뒤로 빨리 오라는 말이 전부였다.

제하는 급히 뛰어나와 차에 올랐다. 손에 쥐고 있던 핸드폰을 옆 자리에 던진 후 시동을 걸었다. 하필이면 잠깐 집에 오는 사이에 발작을 일으키신 건가. 한 시간여 거리를 삼십여 분 만에 도착한 제하는 병실로 뛰어들어 갔다. 그가 도착한 지 채 십여 분도 안 되어 불규칙적으로 위아래로 불안한 포물선을 그리던 심전도는 일직선이 되며 할아버지의 숨도 멈췄다. 담당의와 간호사가 여러 절차를 밟는 동안 제하는 병실 밖 의자에 앉아 있었다. 슬프면서도 허무했다. 할아버지의 삶이 안타깝고 서글펐다. 그리고 미안했다.

밤차를 타고 내려와 병원을 찾은 진우는 제하의 할아버지가 이미 임종했다는 소식을 접하고 가슴이 철커덩했다. 위독하다는 이야기를 들은 지 채 몇 시간도 되지 않아 일어난 일이었다. 장례식장 위치를 물어 찾아간 곳에 제하는 분향실 앞에 홀로 서 있었다. 세상에 자기 혼자라는 것을 외치기라도 하듯 외로이 서 있는 모습을 보자 울컥했다. 감정이라고는 없는 녀석처럼 울음은커녕 묵묵히 서 있는 게 더 아파 보였다.

넌 정말 많은 것을 가진 사람이라고 했던 제하의 말이 지금처럼 더 크고 실감나게 느껴진 적은 없었다. 사실 제하가 잘못한 것은 없었다. 채영이 제하를 좋아한 것도 비단 제하 탓만은 아니었다. 아이가 아니라고, 누나는 엄마가 아니라고 우겼음에도 마음 한구석에 진경은 누나가 아닌 엄마였었다는 사실을 인정해야 했다. 단순히 누나를 빼앗겼다는 감정 이상이었으니까.

갑자기 분향실에 나타난 진우를 보고 제하의 눈꼬리를 올리며 쳐다봤다.

"진우야."

"기운 내라."

놀란 눈을 한 제하의 등을 위로하듯 툭툭 토닥여 준 진우는 자신이 할 일을 찾아 두리번거렸다. 제하 할아버지의 변호사로 보이는 사람만이 어디론가 열심히 전화통화를 하고 있었다.

"어떻게 된 거야?"

"네 전화 받고 할아버지 문병하러 내려온 건데 벌써 가셨네. 임종은 지켰어?"

제하는 말 대신 고개를 끄덕였다. 좋지 않은 감정으로 다투고 헤어졌다는 사실은 까마득하게 잊어버린 듯 평상시와 똑같이 말을 건네는 진우를 보며 제하는 피식 웃고 말았다. 진우 역시도 멋쩍은 표정을 지으며 따라 웃었다. 입가에 번지는 작은 웃음이지만 그것만으로도 충분히 서로 통했다.

진우는 자신이 일가친척이라도 된 듯 문상객을 맞았다. 발인이 끝나고 할아버지가 선산에 묻힐 때까지 진우는 잔심부름을 도맡아가며 제하의 곁을 지켰다. 정말 특별한 친구였다. 어디 친구뿐이겠는가. 미워할래야 미워할 수 없는 녀석과 사랑하지 않을래야 사랑하지 않을 수 없는 누이였다.

제하는 시간이 어떻게 지나갔는지 잘 몰랐다. 그저 상주 자리를 지키고 서 있었던 게 전부었다. 주로 할아버지와 관계된 문상객들이었고 할아버지 밑에서 일하시던 분들이 여러 복잡한 일들을 다 처리했기 때문이다.

제하는 자신의 차로 터미널까지 같이 나와 진우를 배웅했다.

"그만 올라가자."

"먼저 가라. 난 좀 정리할 게 남아 있어서."

막 고속버스에 오르려던 진우는 잠시 머뭇거리더니 툭 한마디를 던져 놓고 차 안으로 사라졌다.

"누나, 너 많이 기다린다."

멀어지는 서울행 고속버스를 보며 제하는 멍하니 서 있었다. 진우는 예전처럼 웃고 있었다. 눈까지 찡긋하는 게 익살스러운 장난꾸러기 같았다. 제하는 사람을 분간할 수 없을 정도로 멀어진 버스를 향해 뒤늦게 두 손을 있는 힘껏 흔들었다. 결국 진경과 그를 인정해 준 진우에게 감사의 마음이 전해지기를 바라면서 아주 오래도록 손을 흔들었다.

진우는 믿기지 않는다는 듯 멍해 입을 다물지 못하는 제하를 보며 피식 웃었다. 감정 표현이 더딘 녀석이 어쩔 줄 몰라 하는 모습을 지켜보는 건 진우의 낙이었다. 작은 점으로 보일 때까지 멀리서 손을 흔들어대고 있는 사람이 제하라는 걸 알 수 있었다. 자꾸 웃음이 새어나왔다. 잘한 일이다.

진경을 남겨두고 제하를 찾아오는 내내 생각하고 또 생각했다. 더 이상 응석을 부렸다가는 사랑하는 두 사람을 다 잃게 될 것이다. 진우는 누구보다 누나와 제하의 행복을 원했다. 두 사람이 함께함으로 행복할 수 있다면 조금은 양보할 참이다.

진우를 보내고 돌아온 제하를 변호사가 맞았다. 할아버지의 고문변호사였던 중년의 남자는 모든 서류 절차가 끝났다며 서류들을 넘겨줬다. 할아버지는 모든 재산을 제하에게 남기고 떠났다. 홀로 남은 제하에게 그가 마지막으로 해줄 수 있는 것은 오직 그것뿐이라는 듯.

제하는 변호사가 넘겨준 서류들을 읽어볼 생각도 하지 않은 채 텅 빈 집을 둘러봤다. 당분간 이곳을 찾는 일은 없을 것 같았다. 이를 말없이 지켜보던 변호사가 필요한 일이 있으면 연락하라며 명함 한 장을 손에 쥐어주고 떠났다.

혼자 남게 될 그 순간이 몹시도 두려웠었다. 할아버지와 마찬가지로 철저하게 고립된 생활이 자신을 반길 거라 생각했었다. 그러나 지금 제하에게는 돌아갈 곳이 있기에 두렵지 않았다. 그를 기다리고 있는 사람들이 있다는 것만으로 외롭지 않았다. 다만 유품을 정리하며 쓸쓸한 삶을 마감한 할아버지에 대한 연민으로 안타까웠을 뿐이다. 다시 이곳을 찾을 때는 혼자이고 싶지 않았다. 쓸쓸한 그림자가 가득한 이곳에 환한 웃음이 넘쳐 나기를 바랐다.

진경은 잠을 이루지 못하고 뒤척이다 잠깐 잠이 들었는데 전화벨 소리에 깼다. 아직 어둠이 내려앉은 새벽이었다. 혹시 제하이지 않을까 하는 마음에 급하게 전화를 받았다.

"제하니?"

[누나, 나야.]

진우였다.

"어, 제하는 만났어? 할아버지는 어때?"

[할아버지 돌아가셨어.]

"뭐?"

[알고 있으라고. 제하 지금 전화할 상황 아니야.]

전화는 끊겼다. 진경은 무너지듯 그 자리에 주저앉았다. 결국은 돌아가신 것이다. 슬픈 건지 멍한 건지 알 수 없지만 진경의 눈동자에는 눈물이 차 오르고 있었다. 혼자 외로이 서 있을 제하의 모습을 생각하는 것만으로도 마음이 아프고 아렸다. 당장 뛰어가 끌어안고 싶고 가슴을 빌려주고 싶었다. 제하가 너무 보고 싶었다.

그러나 지금 진경은 아무것도 할 수 없었다. 내일 역시도 출근이 기다리고 있고 제하의 시골이 어디쯤인지도 모른다. 한 달 전에 이미 스케줄이 다 나온 상태여서 마음대로 일정을 바꾸는 건 거의 불가능에 가까웠다. 가족상이나 입원하지 않고는 임의로 스케줄을 바꿀 수는 없었다. 특히나 최근에 저지른 일 때문에 바라보는 눈초리가 그리 편하지는 않았다.

그러나 진경의 마음은 만사 제쳐 놓고 제하에게 달려가고 싶었다. 뒷일은 생각하지 않고 제하에게 달려가 사랑한다고 이야기할까도 싶었지만 너무 무모했다.

삼 일 만에 피곤해 보이는 얼굴로 진우가 돌아왔을 때 진경은 당연히 제하도 함께일 거라 생각했다. 그러나 제하는 돌아오지 않았다.

"제하는?"

“좀 더 있다 오려나 봐.”

“괜찮아?”

“응, 생각보다. 누나, 난 피곤해서 좀 누워야겠어.”

진우가 자신의 방으로 들어가 버리자 진경은 당혹스러운 얼굴로 망연히 서 있었다. 장례 기간 내내 제하의 전화는 불통이었다. 그래서 진우에게 묻고 싶은 게 너무 많았다. 그러나 아무것도 들을 수 없었다. 설마 자신이 했던 말들을 진심으로 받아들인 건 아니겠지? 자꾸만 마음이 불안하고 초조해졌다.

내일부터 이틀간 오프이다. 진경은 제하가 돌아오지 않는다면 내일은 진우에게 물어서라도 제하를 찾아가 볼 셈이었다. 제하가 돌아오기만을 기다리는 시간은 너무 힘들고 사람을 지치게 했다. 돌아오지 않는 대답을 기다리는 제하의 심정이 이러했으리라.

일이 끝나고 막 병원을 나서는데 핸드폰 벨이 울렸다. 진우였다. 진우와는 여전히 편한 상태가 아니었다. 많이 부드러워지기는 했지만 예전 같지는 않았다. 진경도 진우에게 조심스러워졌고 진우도 진경에게 막 대하지 못했다. 어딘지 모르게 거리가 생겨 있었다.

“진우니?”

[응. 아직 안 끝났어?]

“아니, 지금 나오는 중이야.”

[제하 지금 올라왔대.]

“그래?”

[지금 짐 옮겨갈 것 같은데…….]

“뭐?”

[누나, 늦지 마라.]

“응?”

[미안해, 어린애처럼 굴어서.]

“진우야, 진우야…….”

끊어진 전화기를 붙잡고 한동안 진경은 멍하니 서 있다 정신을 차린 듯 택시를 잡아탔다. 제하를 이대로 떠나게 할 수는 없었다. 붙잡아야 했다. 그리고 자신의 감정을 솔직하게 고백해야 했다. 너무 멀리 가버려 돌아오지 않는다 해도 그녀의 사랑을 보이는 게 제하에 대한 최소한의 예의라 생각했다.

택시에서 내리자마자 진경은 급히 계단을 뛰어올라 갔다. 숨을 헐떡이면서도 멈추지 않았다. 현관문을 열자 방문이 열린 제하의 방이 눈이 들어왔다. 벌써 이삿짐을 쌌는지 서너 개의 박스가 문 앞에 놓여 있었다. 진경은 거친 숨을 들썩이며 제하의 방으로 직행했다.

“제하야.”

“누나.”

옷장 문을 열어놓고 옷을 갈아입던 제하가 고개를 돌려 진경을 봤다.

“너 지금 뭐 하는 거야?”

“어?”

“못 나가! 이대로는 내가 너 못 보내!”

진경은 문밖에 놓여 있던 박스를 힘겹게 방 안으로 끌어들이며 다그쳤다.

“그거 내버려 둬.”

“내버려 두라니? 정말 나갈 거야? 나랑 끝낼 거야?”

진경은 허리에 두 손을 올린 채 금방이라도 눈물을 쏟을 듯한 눈으로 제하를 노려봤다. 제하는 그런 진경을 영문을 모르겠다는 얼굴로 바라봤다.

“누나!”

“얼마나 보고 싶었는데, 얼마나 걱정했는데. 나쁜 놈, 무정한 녀석! 나 사랑한다는 말 다 거짓말…… 흡!”

진경의 말이 다 끝나기도 전 제하의 입술이 부딪쳐 왔다. 놀라 눈이 동그래진 진경이 제하를 밀어내려 했지만 소용없었다. 조금의 머뭇거림도 없이 진경의 안으로 침입한 혀가 예민한 속살들과 고른 치아를 부드럽게 쓸며 안으로, 안으로 더 깊이 파고들어 왔다. 그리고 더 이상 숨 쉬기 버거울 만큼 진경을 구석으로 몰았다. 견디다 못해 제하의 혀를 밀어내는 진경의 혀를 자신의 입 안으로 인도한 제하는 진경의 여린 살을 마음껏 음미했다.

놀란 진경의 훅 하는 숨소리와 밀어내는 손길이 느껴졌지만 제하는 진경의 혀를 놓아주지 않았다. 서로의 타액이 뒤섞이고 숨소리와 신음 소리가 쏟아져 나올 때까지 제하의 키스는 계속되었다. 붉게 달아오른 진경의 뺨도, 그 못지않게 부어오른 붉은 입술도 너무 유혹적이고 아름다웠다.

얼마나 그립고 보고 싶었던 사람인가. 보는 것만으로도 가슴이 떨리고 행복한데 그녀의 입에서 자신이 너무나 애타게 듣고 싶었던 말들이 서슴없이 쏟아졌다. 그것을 보고 제하는 참을 수 없었다. 꼭 껴안고 느끼고 싶었다. 정말 자신 앞에 서 있는 여자가 진경인지 살갗을 부딪치며 확인하고 싶었다. 눈으로 보고 손과 입술로 확인하는데도 현실이 아닌 꿈처럼 느껴져 제하는 멈출 수가 없었다. 지금까지의 목마름이 더 심해지는 것 같아 사막에서 물줄기를 찾은 것처럼 다급하게 진경의 입술을 훑었다. 그러고도 모자라 제하의 입술이 입술을 떠나 이마로, 눈두덩이와 볼을 스쳤다. 귓불을 핥으며 귀에 뜨거운 숨을 내뿜자 진경은 자지러지듯 제하의 침대에 주저앉아 버렸다. 귓불을 헤매던 입술이 목으로 내려오자 진경의 숨소리와 달뜬 신음 소리도 더 커져만 갔다.

제하의 손이 진경의 재킷을 벗겨냈다. 그리고 몸의 라인이 잘 드러나 보이는 반팔 티셔츠 위로 손을 쓸어내리더니 볼록 솟은 가슴을 감쌌다. 마주 앉은 제하가 한 손으로 허리를 감싸자 진경은 자신도 모르게 몸을 뒤로 젖혔다. 빨아들일 듯 너무도 강렬한 제하의 시선 앞에 진경은 석화라도 된 듯 꼼짝도 할 수 없었다. 그 시선이 머무는 진경의 하얀 목덜미와 풍만한 가슴은 여느 때보다 더 도드라져 보였다. 그녀를 뜨거운 눈으로 바라보는 사람은 남자, 제하였다.

제하의 손이 티셔츠를 위로 말아 올리더니 브래지어마저 밀어 올렸다. 그리고 보기 좋게 탐스런 진경의 젖가슴을 단숨에 움켜쥐고 주물럭거렸다. 툭 솟아오른 유두는 금방 즙이 흐를 듯 붉고 달콤해 보였다. 제하의 입술이 그 맛을 확인하려는 듯 진경의 유두를 머금었다. 핥고, 빨고, 깨물고. 진경의 얼굴이 달아오를 대로 달아올라 홍시처럼 붉게 변한 채 거친 신음을 토해내는데도 제하는 멈추지 않았다.

"제하야. 제하야, 그만, 그만……."

그러나 신음 소리와 뒤섞여 들려오는 진경의 목소리는 제하를 더 부추기기만 했다. 단숨에 티셔츠를 머리 위로 벗겨내 버렸다. 그리고 브래지어도 치워 버렸다. 자신의 침대에서 온전히 한 여자로, 그것도 자신의 여자로 상반신을 드러낸 채 흐트러진 모습을 하고 있는 진경을 보는 순간 제하는 숨이 막히는 것 같았다. 이 순간만큼 충만한 감동과 행복을 느껴본 적이 없었다. 입고 있던 자신의 와이셔츠도 정신없이 벗어버리고 진경에게 다가갔다.

“누나, 너무 사랑스러워.”

그의 벗은 몸에 제대로 시선을 두지 못한 채 수줍어하는 진경
이 너무 사랑스럽고 귀여웠다. 바지 앞섶이 불룩 솟아오르는 건
당연한 일이었다. 진경은 눈을 내리깐 채 가슴을 두 손으로 가
리고 있었다. 제하는 진경의 팔에서부터 손까지 부드럽게 쓸어
내리곤 가슴에서 손을 떼어냈다. 그리고 검지로 입술에서부터
목을 지나 쇄골을 타고 젖가슴, 그리고 자신의 검지보다 작은
빨간 봉우리를 꼭 찍어 눌렀다.

“아……."

“누나, 나 끝까지 갈 거야. 이제 누나 내 여자 되는 거야. 알
지?”

진경이 말없이 고개를 끄덕이는 게 보였다. 제하는 더 이상
망설이지 않았다. 거침없이 진경의 스커트를 밀어 올리고 작은
천 안으로 손을 집어넣었다. 솜털처럼 부드러운 수풀을 지나 은
밀하고 아득한 곳으로 손가락을 넣었다. 축축하게 젖어 달콤한
샘물이 흐르는 그곳은 제하의 손을 반겼다. 부끄러움으로 다리
를 꼬며 어쩔 줄 몰라 하는 진경의 입술에 제하는 키스를 퍼부
으며 미약한 거부의 몸짓을 달랬다.

진경의 입에서 터져 나오는 신음과 가슴과 가슴이 마찰하면
서 일으키는 스파크, 취할 것 같은 진경의 체취에 흠뻑 취한 제
하는 더 이상 참을 수 없었다. 자신의 바지와 속옷을 단숨에 벗
어버렸다. 놀라고 당황해 얼굴만 붉히고 있는 진경에게 다가와

그녀의 스커트와 속옷도 한 번에 벗겨냈다. 그리고 진경의 안으로 밀고 들어오기 시작했다.

너무 뜨거웠다. 그 뜨거움에 감전이라도 될 듯한 착각마저 일었다. 첫 경험에 대한 두려움도 있었지만 참지 못할 만큼은 아니었다. 온몸이 땀으로 젖은 제하를 보며 비단 두려움은 그녀 혼자만은 아니라 생각되자 마음이 편안했다. 그래서 제하가 주는 감각들을 다 만끽할 수 있었다. 아프면서도 뜨겁고 흥분되고 발끝까지 찌르르한 기분. 제하의 몸이 그녀의 깊은 곳까지 들어왔다 나가기를 반복하는 동안 진경은 거부하지 않고 온몸을 제하에게 열었다. 정말 충만했다. 제하에게 가졌던 감정의 망설임 같은 건 모두 한낱 티끌에 지나지 않는 것처럼 여겨졌다.

제하의 뜨거움이 그녀 안에 퍼져 나갔다. 거친 숨을 토해내며 그녀의 가슴에 얼굴을 묻는 제하를 진경은 두 손으로 꼭 감쌌다.

"누나, 아팠어?"

"아니, 조금."

제하가 몸을 뱅그르르 구르더니 위치를 바꿔 버렸다. 진경이 제하의 몸을 누르는 자세가 되고 말았다. 제하의 시선을 피할 수 없었다. 제하의 손이 진경의 머리를 귀 뒤로 넘기며 속삭였다.

"누나, 사랑해."

"나도 사랑해."

　진경은 이번에는 망설이지 않았다. 제하의 고백을 그대로 돌려주었다. 딥키스가 아닌 사랑스럽다는 듯 입술에 가볍게 몇 번이고 뽀뽀를 해오는 제하를 그대로 두며 진경은 피식 웃다가 자신이 힘겹게 방으로 끌어들인 박스를 발견했다. 그러자 진경은 몸을 일으켜 앉으며 제하에게 눈을 흘겼다. 진우의 전화를 받고 달려오던 순간이 떠올라 더 괘씸했다. 얼마나 놀라고 안타깝고 초조했던가.

　"그런데 떠나려고 했어? 너 때문에 울고 웃게 만들어놓고 겨우 몇 번 거절했다고 냉정하게 돌아서? 너 정말 지독한 녀석이야."

　"무슨 소리야, 누나?"

　"너 짐 옮긴다며……."

　"네? 나 그런 말 한 적 없는데."

　"그럼 저건 뭐야?"

　진경은 손가락으로 박스를 가리키며 말했다.

　"저거요? 할아버지 유품 정리해서 가져온 건데 왜요?"

　"뭐? 그걸 왜 지금 말해?"

　"누나가 안 물어봤잖아. 그래서 그냥 내버려 두라니까."

　"허! 진우 이 녀석, 나 속인 거야? 너도 똑같아. 누구는 숯덩이처럼 새까맣게 속이 타는데 너 일부러 연락도 안 하고 나 애태운 거지? 맞지?"

　"아냐, 누나."

"아니긴 뭐가 아니야? 미워 죽겠어!"

진경은 그동안의 마음고생이 억울하기라도 한 듯 흥분해 베개를 제하에게 휘둘렀다. 제하는 그 베개를 피하지 않고 맞으면서도 그 어느 때보다 환하게 웃었다. 그러나 시선은 아무것도 입고 있지 않다는 것을 잊은 채 몸을 들썩이는 진경의 부드러운 여체에서 떠나지 않았다.

"누나, 너무 행복하다."

뚱딴지 같은 제하의 고백에 들고 있던 베개를 내려놓으려다 진경은 자신의 모습에 화들짝 놀라 비명을 지르며 이불 속으로 파고들었다.

"엄마야!"

진경의 옆을 당연하다는 듯 차지한 제하는 이불 속으로 손을 뻗어 진경의 부드러운 가슴을 감쌌다. 보지 않아도 붉게 변한 진경의 얼굴을 느낄 수 있었다.

"사랑해, 사랑해, 사랑해!"

"사랑해."

계속되는 제하의 고백에 진경도 망설이지 않고 사랑의 고백을 되돌려 주었다.

"사랑해."

"풋, 그만 해! 제하야, 근데 너 괜찮아? 할아버지……."

"누나가 내 곁에 있어준다면……."

진경은 할아버지의 죽음에서 아직 벗어나지 못했을 제하에게 그 일을 다시 상기시키는 게 미안한 나머지 말을 다 잇지 못하고 얼버무렸다. 그런 진경의 마음을 다 안다는 듯 제하는 옅은 미소를 지으며 대답했다. 도저히 거절할 수 없는 대답이자 고백이었다. 사랑의 고백을 연발하던 제하의 입술이 다시 다가왔다. 그러고도 달콤한 고백은 밤이 깊어지도록 계속되었다.

눈을 뜬 진경은 한동안 눈꺼풀을 껌벅이며 주위를 두리번거렸다. 햇빛이 환하게 스며드는 방은 분명 자신의 방이 아니었다. 고른 숨을 내쉬며 옆에 잠들어 있는 제하만 봐도 알 수 있었다. 맙소사, 제하의 방에서 잠이 들고 만 것이다.

아무리 제하에게 마음을 열고 사랑까지 나눈 사이라지만 동생인 진우에게 거침없이 그 모습을 보일 수 있을 만큼 진경은 얼굴이 두껍지 않았다. 사귀는 것과 밤을 함께 보내는 것은 엄연히 달랐다. 진우가 아무리 두 사람의 관계를 인정했다고 해도 지금의 모습까지 인정하는 것은 아니었을 것이다. 진경은 진우 모르게 자신의 방으로 돌아가는 게 급선무라 생각했다. 일어나려고 몸을 들썩이는데 제하가 그녀의 팔을 붙잡았다.

"좀 더 자."

"아침이란 말이야!"

그게 뭐 어떠냐는 듯 미간을 찌푸리는 제하에게 진경은 눈을 흘기며 말했다.

"진우가 보면 어떡해?"

“진우? 그 녀석 마음 풀었잖아.”

“푼 것하고 이것하고 같아?”

진경은 태평스럽게 대답하는 제하를 노려보며 투덜거렸다. 진경은 여전히 자신이 벗고 있다는 게 당황스러운 듯 제하의 손을 뿌리치고 어제 아무렇게나 벗어두었던 속옷과 옷가지들을 챙겨 입기 시작했다. 그 모습을 지켜보던 제하도 마지못해 일어나 집에서 입는 캐주얼 면바지와 셔츠를 찾아 입었다. 제발 진우가 자신의 방에서 나오지 않았기를 바라며 슬며시 문을 여는 순간 거실 소파에 앉아 뚫어질 듯 정면으로 방문을 응시하고 있는 진우의 시선과 마주쳤다. 당황한 사람은 진경만이 아니었다. 둘 다 난처하고 멋쩍은 표정을 지으며 방을 나왔다. 계면쩍어 먼저 말도 못 거는 진경을 대신해 제하가 먼저 입을 열었다.

“언제 들어왔어?”

“한 시쯤. 화해하는 데 그 정도면 충분할 줄 알았는데, 부족했나 봐.”

진우는 제하와 진경을 노골적으로 번갈아 보며 탐탁스럽지 않다는 눈길을 보냈다.

“그동안 못다 한 이야기가 너무 많다 보니 이야기가 좀 길어졌어. 근데 언제 아침이 됐지? 우리가 수다를 너무 오래 떨었나 보다. 그치, 제하야? 진우야, 아침은 먹었어?”

눈에 다 보이는 얼토당토아니한 말로 얼버무리며 얼굴을 붉히는 진경을 제하와 진우는 어이없다는 듯 쳐다봤다. 그런 말이

통할 리도 만무했지만 거짓말이 저렇게 서툴러서야 어디 써먹
겠는가.

"지금이 몇 시인데 아침이야?"

"하, 그런가?"

거실의 벽시계는 이미 열두 시를 지나가고 있었다.

"대충 때웠어. 나 며칠 고기를 못 먹었더니 속이 허하고 체력
이 달리는데……."

"그래? 그럼 우리 고기 먹으러 갈까?"

"좋지."

진우는 이죽거릴 뿐 대놓고 화를 내지는 않았다. 그러나 묘하
게 꼬인 말투가 상당히 눈에 거슬렸음을 알 수 있었다. 진경은
죄지은 사람마냥 진우의 기분을 맞추기에 급급했다. 그런 진경
의 모습을 즐기는 듯한 진우의 느물거리는 태도가 몹시 수상했
다. 좋은 건수 하나 잡았다는 기색이 역력했다. 아무래도 진경
과 자신의 앞날이 평탄치 않을 것 같은 불안한 예감에 제하는
진우를 예의 주시했다. 뭔가 찜찜하고 개운치 않았다. 저 태도
로 봐서 고기로 끝나는 게 아니라 시작일 것 같았다.

아침도 못 먹은 진경과 제하는 진우의 뜻에 따라 대낮부터 갈
비집을 찾았다. 고기가 넘어갈 리 만무했지만 맛있다며 게걸스
럽게 먹어대는 진우에게 맞춰줄 수밖에 없었다.

"고기 먹는 데 술이 빠질 수 없지. 누나, 우리 소주 한 병만 마
시자."

"소주?"

"응. 여기요! 소주 한 병만 주세요."

종업원이 가져온 소주를 진경과 제하의 잔에 따른 진우는 제하에게 병을 건넸다. 그리고 자신의 잔도 채우라는 듯 빈 잔을 내밀었다.

"아, 달다."

"술꾼도 아니고 겨우 스무 살짜리가 할 말이니?"

진경이 나무라듯 한마디 했지만 진우는 아랑곳하지 않았다.

"제하야, 한 잔 마시자."

"그래."

마지못해 제하가 잔을 비우자 진우가 다시 진경을 향해 말했다.

"누나, 내가 아무리 필요없다고 했다지만 설마 하나밖에 없는 동생, 생일 선물 그냥 입 닦을 거야?"

"뭐 필요한 거 있어?"

"아직 쓸 만하기는 한데, 가끔 전원이 꺼져 버려서 통화 두절이 되더라고."

"아, 그래서 저번에 연락이 안 됐구나. 그럼 바꿔야지. 누나가 최신형으로 바꿔줄게."

진경은 찔리는 구석도 있었고, 모처럼 갖는 진우와의 화기애애한 분위기가 좋아 선뜻 승낙했다. 그 반면 제하는 진우의 하는 양을 지켜보며 입을 다물지 못했다. 뭔가 수상한 냄새를 물씬 풍기며 자신의 잇속을 챙기는 진우뿐만 아니라 그것을 전혀 눈치채지 못한 채 마냥 웃으며 들어주고 있는 진경을 보며 그는 더 기가 찼다. 아무래도 제동을 걸어야 할 듯싶어 막 제하가 입을 떼는데 진우가 더 빨랐다.

"제하야, 다음 달에 시골 같이 가자."

"시골?"

제하는 진우의 시골이라는 말에 하고자 했던 말은 잊은 채 놀라 되물었다.

"어. 다음 달에 우리 엄마 제사잖아. 같이 내려가자. 아버지랑 새엄마한테 인사도 하고."

"그래."

제하는 진우에게 어떤 말도 할 수 없었다. 세 사람이 함께하는 시골행이라니, 생각만으로도 가슴이 벅차올랐다. 얄밉게만 보이던 진우 녀석이 너무 기특해 껴안아주고 싶은 심정이었다. 진경은 진우의 말에 좀 놀란 듯했지만 바로 수긍하는 눈치였다. 진경을 얻음과 동시에 친구이자 얄미운 녀석까지 덤으로 얻었지만 제하는 진우의 짓궂음 정도는 귀엽게 봐줄 수 있을 것 같았다. 사랑하는 누나이기에, 친구이기에 한발 물러섰지만 아직도 서운한 감정이 다 가시지는 않았나 보다. 제하는 진우를 이해할 수 있을 것 같았다.

"여기 고기 맛있네. 여기요! 갈비 이 인분만 더 주세요. 누나, 괜찮지?"

“어? 응.”

진우의 식성에 놀란 듯 진경은 연신 고개만 끄덕였다.

과한 아침 식사를 마치고 집으로 돌아오는 길, 자연스럽게 진경의 손을 잡으려는데 가운데 진우가 끼어들었다. 그리고 턱하니 진경의 어깨에 팔을 걸쳤다. 당황한 제하가 눈을 치켜뜨며 진우를 노려봤지만 진우는 시치미를 떼고 모른 척했다.

“누나, 내일 뭐 할 거야?”

“글쎄, 아직 계획 없는데.”

“그럼 잘됐다. 저번에 다 못 배운 인라인, 마저 배우자.”

“인라인?”

진경은 인라인에 대한 기억이 별로 좋지 않았다. 그 기억의 주인공에게 자연스럽게 시선이 가는 건 당연했다. 진경과 눈이 마주치자 제하는 어색한 미소를 흘렸다. 하지만 균형을 잡지 못했던 진경을 땅바닥에 내팽개친 사실이 없어지지는 않는다.

“응. 이번에는 처음부터 끝까지 이 동생이 책임질게.”

“나 인라인은 별로인데.”

“걱정 마! 누구처럼 팽개치는 일 없을 테니까.”

확인사살까지 시켜주는 진우였다. 진경은 잠시 머뭇거리더니 흔쾌히 승낙했다.

“그러자.”

진우의 행태가 심상치 않았다. 의도가 뭔지 심각하게 생각해 봐야 할 것 같았다. 분명히 마음을 풀고 그들의 관계를 인정한

게 아니었던가. 제하는 다분히 의도적으로 진경과 자신을 갈라 놓는 진우의 모습을 가볍게 넘길 수 없었다.

집에 돌아와 세 사람은 거실에 모여 앉아 야구 중계를 시청하기로 했다. 제하가 진경과 소파에 나란히 앉아 있는데 진우가 채널을 돌리더니 진경에게 말했다.

"누나, 우리 뭐 시원한 것 없어?"

"흠, 아이스크림 있나 볼까?"

진경이 주방의 냉장고로 향하자 진우는 대뜸 진경이 앉던 자리에 앉아 느긋하게 소파에 기댔다. 냉장고에서 아이스크림을 가져온 진경은 진우가 앉았던 자리에 앉아야만 했다. 제하는 황망히 그 모습을 지켜보다 한숨을 내쉬었다. 모든 것이 다 해결되어 진경과의 사랑 앞에 더 이상의 장애는 없으리라 생각하며 들떠 있었는데 불길하다. 전쟁은 지금부터지 않을까 하는 생각이 문득 뇌리를 스쳤다. 예상대로 둘만의 시간을 보내리라는 제하의 계획은 무산되었다. 잠자리에 들 때까지 제하는 진경과 단둘의 시간을 가져보지 못했다.

보통 때는 게임한다고 방에 틀어박혀 몇 시간이고 나와보지 않을 녀석이 자신의 방은 아예 들어가지도 않고 진경의 뒤만 졸졸 따라다녔다. 제하가 다가가 볼 틈도 주지 않았다. 꿈만 같았던 어젯밤이 선명한데, 눈빛만 마주쳐도 전기가 통하듯 찌르르한데, 손조차 잡아보지 못하는 시간들이 무척 길고도 고통스럽게 느껴졌다.

그러나 그것은 시작에 불과했다. 진우는 정말 작정이라도 한 듯 그들 사이를 훼방 놓고 있었다. 진경도 조금은 의식하고 짐작할 듯한데 전혀 모르는 사람처럼 무방비 상태로 진우에게 휘둘리면서도 아무런 불만이나 불평도 내비치지 않았다. 두 사람만이 함께할 수 있는 공간과 시간의 소중함을 절실히 깨달으며 제하는 이를 갈았다.

'두고 보자, 시골만 다녀오면 이 웬수를 꼭 갚아주마!'

진경은 새벽부터 김밥을 싸고 있었다. 그 어느 때보다 화창한 초여름의 날씨였다. 휴게소에서 간단하게 해결해도 된다고 했지만 진경은 한사코 직접 도시락을 준비했다. 엄마의 제사를 앞두고 내려가는 길이었지만 어딘지 분위기는 늦은 봄나들이를 가는 것 같았다.

진경이 부지런히 싼 도시락을 받아 든 제하가 먼저 앞장을 섰다. 뒷좌석에 도시락을 싣고 보조석 문을 열어주며 진경이 타기를 기다렸다. 그러나 운전석 옆 자리에 잽싸게 오른 사람은 진우였다. 제하의 얼굴이 찌푸려지는 건 당연했다.

"누나, 차만 타면 자지? 운전하는 데 옆에서 조는 것도 실례야. 그거 운전자한테 무척 방해되거든."

"그래, 알았어. 나 뒤에 탈게."

진우의 의도된 행동도 모르고 진경은 군소리없이 뒷좌석에 앉았다. 벌레 씹은 얼굴을 하고 있는 건 제하뿐이었다. 그걸 즐기듯 유유히 휘파람까지 불어대는 진우의 머리를 제하는 한 대 쥐어박고 싶었다. 꾹꾹 참으려 했지만 계속해서 반복되는 진우의 방해 공작으로 인해 제하는 요즘 들어 감정을 자제하기가 힘들었다. 그래서 저절로 얼굴이 찌푸려진다거나 노골적으로 진우에게 눈을 흘기곤 했다. 물론 그런 제하를 콧방귀를 끼며 가볍게 무시하는 진우였다.

어제는 영화를 보러 갔는데 가운데 떡하니 앉는 게 아닌가. 기가 막혀 팔을 툭 치며 비키라는 듯 고갯짓을 했지만 진우는 끄떡도 하지 않았다. 얼마나 화가 나는지 영화의 내용은 들어오지도 않았다. 영화가 끝나고 잠깐 화장실에 들렀을 때 결국 참지 못하고 진우에게 분통을 터뜨렸다.

"너, 너무하는 거 아니야?"

"내가 뭘?"

진우는 제하가 화내는 이유를 모르겠다는 듯 으쓱하며 능청스럽게 대꾸했다. 열이 받은 제하는 날카롭게 진우의 이름에 악센트를 줘 불렀다.

"야, 강.진.우!"

"오호, 너도 소리 지를 줄 아냐? 누나 기다리겠다. 가자."

진우가 휑하니 먼저 나가 버리자 제하는 허탈한 표정을 지어야만 했다. 두 사람의 관계를 봐주는 척 연막을 치고 뒤로는 고춧가루를 뿌려 두 사람을 어긋나게 하려고 작정을 한 건지 알 수 없었다. 그래서 자꾸만 경계를 하게 되었다.

진경과 서로의 마음을 확인하고 함께 밤을 보낸 이후, 제대로 데이트다운 데이트를 해보지 못했다. 언제부터 그렇게 챙기고 따라다녔다고 자신의 사생활은 다 접은 양 진우는 제하를 졸졸 따라다녔다. 그 탓에 제하는 진경과 단둘이 함께하는 시간을 가질 수 없었다. 어디를 가든 무엇을 먹든 뭐를 보든 세 명이서 세트로 움직여야 했다. 그래서 스킨십은커녕 사랑의 속삭임조차 여유있게 나눠보지 못했다.

감시자처럼 눈에 불을 켜고 조금이라도 붙어 있을까 싶으면 어느새 둘 사이에 끼어드는 진우를 누구도 말릴 수 없었다. 웃는 얼굴에 어떻게 화를 내고 짜증을 부릴 수 있겠는가. 그러나 지금은 인내심의 한계를 느끼고 있었다.

휴게소에 도착한 그들은 차에서 도시락을 챙겨 들고 내렸다. 으레 도시락은 제하가 들어야 한다는 식으로 제 몸 하나만을 챙긴 진우는 말릴 새도 없이 진경의 팔을 붙잡고 저만치 걸어갔다. 제하는 긴 한숨을 내쉬었다.

경기도 이천까지의 거리는 얼마 되지 않아 굳이 도시락을 준비할 필요까지는 없었다. 집에 가 점심을 먹어도 되는데 새엄마의 부담을 덜어주고픈 진경의 배려이기도 했다. 날씨가 좋았기에 휴게소 밖에 설치된 야외 식탁에 자리를 잡았다. 막 도시락을 열자마자 진우가 말했다.

"제하야, 시원한 음료수 좀 사 와라."

"아냐. 제하야, 앉아 있어. 내가 갔다 올게."

진경이 일어서려 하자 제하가 먼저 일어섰다. 그리고 미안한 표정을 짓는 진경에게 웃어준 다음 휴게소 내의 편의점으로 향했다. 제하가 편의점에 다녀왔을 때는 이미 진경의 옆에 진우가 딱 붙어 앉아 있었다. 도대체 누구와 누가 연인 사이인지 알 수 없었다. 진우가 얌체처럼 진경의 옆에 나란히 앉아버린 탓에 제하는 마지못해 맞은편에 앉아야 했다. 그러고 보면 늘 이런 식이었다. 두 사람 사이를 인정한다는 것을 말뿐 행동은 조금이라도 두 사람이 붙어 있는 꼴을 보지 못하는 진우였다.

"제하야, 먹어."

"어, 누나."

"누나, 나는?"

"진우 너도 먹어."

못마땅하다는 듯 째려보는 제하의 시선도 진우는 아랑곳하지 않았다.

"누나, 나 유치원 처음 들어가고 나서 첫 소풍 기억해?"

"그럼, 기억하지. 옆구리 터진 김밥 때문에 아침부터 아빠랑 한참 씨름했었잖아."

"하하, 그때 정말 웃겼었는데. 그치? 아버지랑 누나, 새벽부터 열심히 만들긴 했는데 제대로 된 게 하나도 없어서 결국은 아버지가 아침부터 분식집으로 뛰었잖아."

"그래도 다음부터는 그럴듯하게 만들어줬잖아."

"누나는, 그동안 얼마나 괴로웠는데. 근 한 달 내내 김밥만 쌌잖아. 아무리 좋은 것도 매번 먹으면 질린다고 하는데, 내가 김밥을 싫어하는 건 다 누나 때문이야."

"어이구, 그러면 지금 입으로 들어가는 건 김밥이 아니고 뭐야?"

"뭐, 그렇다는 거지."

제하는 소외된 채 진경과 진우의 대화를 묵묵히 들어야 했다. 다분히 진우의 의도된 대화이지 않을까 의심하면서도 기분이 나쁘지는 않았다. 그가 모르는 어린 진경의 모습을 들을 수 있었기 때문이다. 몇 번 보지 못했지만 어린 아들을 위해 고군분투하던 부녀의 모습이 아른거려 제하의 입가에 슬며시 미소가 고였다.

기분 좋은 점심을 마치고 차에 되돌아온 제하는 진경에게 물었다.

"누나, 아직도 졸려?"

"아니, 실컷 잤는데 뭐."

"그럼 이번에는……."

"제하야, 우리 커피 한 잔 마시자."

"뭐?"

진경에게 옆에 앉으라는 말을 막 하려는데 또 진우가 끼어들어 제하의 말을 끊었다.

"휴게소 안에 커피 전문점 있더라. 난 모카커피. 누나는?"

"난 그냥……."

　진경도 어느 정도 눈치를 챘는지 난처한 표정을 지었다. 제하
는 신경질적으로 진우를 노려봤다. 그러나 진우는 그게 더 재미
있다는 듯이 피식 웃으며 버젓이 보조석 쪽 문을 열더니 냉큼
올라타 제하의 기대를 서슴없이 깔아뭉개 버렸다. 내키지 않는
걸음을 다시 휴게소로 옮기려는데 고맙게도 진경이 따라왔다.
　"같이 갔다 오자."
　진우의 얼굴이 살짝 찌푸려지는 걸 본 제하는 속으로 쾌재를
불렀다. 고소했다. 진우 녀석, 자기 꾀에 자기가 속은 것이다.
제하는 진우 보란 듯이 진경의 손을 잡고 걸었다. 얼마 만에 잡
아보는 손인가. 진우의 시선없이 눈을 마주하고 이야기하며 마
음껏 손을 잡을 수 있다는 것, 그 사소함 하나하나가 너무 소중
하게 느껴져 그 시간이 아주 오래도록 계속되기를 바랐다. 차에
서 진우가 기다리거나 말거나 신경 쓰고 싶지 않았다. 그래서
커피 전문점이 눈앞에 있는데도 불구하고 여러 종류의 식당을
돌아 진우의 반경 시선과 가장 떨어진 출입구 쪽 문으로 향했
다.
　사람들이 붐빌 때 잽싸게 진경의 손을 잡아끌어 밖으로 나왔
다. 그리고 휴게소 뒤쪽으로 걸음을 옮겼다. 사람들이 보이지
않는 외진 곳으로 진경을 끌고 간 제하는 숨을 몰아쉴 새도 없
이 입술을 부딪쳤다. 시간이 많지 않다는 걸 안 탓일까? 급히 부
딪쳐 오는 제하의 입술을 진경은 거부하지 않고 받아들였다. 입
술과 입술이 만나고, 혀와 혀가 뒤엉키고, 숨과 숨이 부딪치고,

가슴과 가슴이 맞닿았다. 하나가 되고 싶은 욕구가 두 사람을
지배했다. 굶주린 야생동물처럼 거칠고 성급하게 서로를 탐했
다. 쿵쿵 뛰는 심장 소리가 서로의 귓가에 전해졌다. 제하의 손
이 급히 진경이 걸친 재킷 사이로 들어가 블라우스 위를 헤맸
다. 매끄러운 실크 천에 감싸인 진경의 가슴을 움켜쥐며 거친
숨을 내쉬었다. 온몸이 뜨거운 열기로 녹아내릴 것만 같았다.
제하가 긴 다리를 진경의 두 다리 사이로 밀어 넣으며 몸을 비
볐다.

"누나, 안고 싶어 미치겠어."

"하!"

그러나 그들의 간절한 마음이 허락될 수 없는 장소였고, 시간
도 없었다. 지금쯤이면 기다리다 지친 진우가 어슬렁거리며 그
들을 찾고 있을지도 모를 일이었다. 아쉬움에 젖어 애틋한 눈으
로 서로를 바라보며 진경과 제하는 떨어졌다.

"사랑해."

"나도."

서로 흐트러진 옷매무새를 정리해 주며 사랑의 고백도 잊지
않았다.

"그만 가자. 진우 찾겠다."

"응."

"진우 때문에 피곤하지?"

"어. 조금 전까지만 해도 한 대 쥐어박고 싶었는데, 누나."

“왜?”

뭔가 다른 사람이 들어서는 안 되는 중요한 이야기라도 하려는 듯 바짝 다가와 귓가에 낮은 톤으로 은밀한 미소를 지으며 속삭였다.

“이것도 스릴있다.”

“뭐?”

“하하하하. 진우 녀석, 누나랑 나 함께 있는 꼴을 못 보잖아. 근데, 큭큭, 키스까지 한 걸 알면 무지 약 오르겠지?”

“어휴, 못 말려. 암튼 똑같아. 너도, 진우도.”

진경은 제하에게 눈을 흘기며 커피 전문점으로 향했다. 분명히 자신들을 찾아 헤매고 있을 거라 생각했던 진우는 그들이 커피를 사 왔을 때까지 차에 머물러 있었다. 그러나 아니나 다를까, 그냥 넘어갈 진우가 아니었다. 늦은 그들을 탓하며 한소리 하는 진우였다.

“공장 가서 커피를 만들어온 거야, 뭐야?”

“사람이 많았어.”

차가 다시 시골집을 향해 출발했다. 제하와 진경은 룸미러를 통해 비밀스런 미소를 주고받았다.

대문조차 없는 넓은 마당의 벽돌집에서는 온갖 구수한 냄새가 흘러나오고 있었다. 아버지는 마루에서 밤을 깎고 있었고, 새어머니는 주방에서 열심히 제사 음식을 준비하고 있었다. 진경과 진우는 마당에 들어서며 큰 소리로 말했다.

"저희 왔어요!"

아버지가 급히 신발을 챙겨 신고 나와 반갑게 맞았다. 또 앞치마를 두른 고운 새어머니도 일손을 멈추고 얼굴을 내밀었다.

"저희가 조금 늦었죠?"

이미 여러 음식들을 준비한 듯해 보여 진경은 미안한 마음으로 인사를 건넸다.

"아냐, 뭐 준비할 게 있다고. 어서들 들어와. 점심 먹어야지? 곧 차리마."

"아니에요. 오다가 휴게소에 들러서 먹고 왔어요."

"집에 밥도 있고, 반찬도 있는데 좀 참고 집에 와서 먹지 그랬어?"

"진우 녀석이 조르는 바람에 어쩔 수 없었어요."

진경은 진우 핑계를 대며 서운해하는 새어머니를 달랬다. 참 좋은 분이었다. 아버지와 마찬가지로 사별을 하고 꽤 오랜 시간 혼자 살았다고 들었다. 불행히도 불임인 탓에 재혼할 엄두도 못 내고 살다가 아버지를 만나 결국은 다시 새 가정을 꾸린 분이다. 아버지와 친자식이 아닌 그들을 생각하는 마음 씀씀이가 참 고운 분이라 진경은 진심으로 새어머니를 존경했다. 진경이 새어머니와 이야기를 나누는 동안 어색하게 서 있던 제하를 진우가 먼저 소개했다.

"아버지, 제하도 같이 왔어요."

"안녕하셨어요?"

"어, 오랜만이다. 잘 왔다."

"누구? 진우 친구?"

"네."

진경과 이야기 나누던 새어머니가 제하에게 시선을 돌리며
물었다.

"우리 진우만 잘생긴 줄 알았더니 친구도 한인물 하네. 진경
아, 집 앞에서 기다리는 동네 아가씨들 없니?"

"에이, 어머니는. 애네가 무슨 연예인인가? 요즘 못생긴 애들
이 더 드물어요."

"그런가. 들어와 앉아, 시원한 수정과라도 좀 내올 테니까."

진우는 버릇대로 마루에 대자로 누웠고 자연스럽게 가족들과
인사를 나눈 제하는 아버지가 밤 깎는 것을 옆에서 지켜보고 있
었다.

"도와드릴까요?"

"아냐, 편히 쉬어. 다 했어."

진경은 주방으로 가 새어머니가 준비한 수정과를 찻상에 담
아 내왔다.

"강진우, 일어나 수정과 마셔. 제하야, 너도 마셔. 이런 건 좀
처럼 마시기 쉽지 않잖아."

냉큼 일어난 진우가 진경과 제하를 훑어보더니 자신의 잔을
단숨에 비웠다.

“나 더 줘.”

“허, 동이째 갖다 주마.”

별것도 아닌 일에 샘내는 진우를 진경과 제하는 피식 웃으며 쳐다봤다. 이런 일이 그렇듯 진경과 새어머니가 열심히 음식을 준비하는 동안 아버지와 진우, 제하는 이런저런 이야기를 나누며 빈둥빈둥 시간을 보냈다.

제사를 끝내고 늦은 저녁 식사를 했다. 디저트로 과일과 차를 마시는데 느닷없이 목소리를 가다듬은 진우가 조심스럽게 입을 열었다. 느긋하게 사소한 일상의 대화가 오가던 터라 모두의 시선이 진우에게 집중되었다. 그 순간만큼은 진경도, 제하도 긴장했다. 설마 엉뚱한 이야기는 하지 않겠지 하면서도 조바심이 생겼다.

“흠, 흠. 아버지, 저 드릴 말씀이 있는데요.”

“왜, 무슨 일 있냐?”

“흠…… 그런 건 아니고 저, 이번 학기 마치고 군대 가려고요.”

“뭐?”

놀라 대꾸한 건 아버지가 아닌 진경이었다. 언젠가 군대를 갈 거라 생각했지만 이렇게 빨리 가리라고는 예상치 못했다. 특히 진우는 그런 말을 한 번도 비추지 않았기에 더 놀랐다. 제하도 금시초문인지 눈을 치켜떴다.

“언제 가도 갈 거지만, 너무 이른 거 아니냐? 그러지 말고 1학년이나 다 마친 다음에 가는 건 언제?"

"그러게, 너무 이르다."

아버지와 새어머니가 진우를 만류했다. 진경은 진우가 군대를 생각하고 있으리라고는 상상조차 못했던 터라 놀랍고 당혹스러울 뿐이었다.

"아뇨, 어차피 갈 것 빨리 갔다 오고 싶어요. 어중간하게 다시 돌아와 시작하는 것보다 그게 나을 것 같아요."

"그래?"

"네."

"흠, 그럼 그렇게 해야지."

"우리 진우가 다 컸네. 군대를 다 가고."

아버지는 결국 승낙을 했다. 진우의 고집스러운 눈빛을 보고 고개를 끄덕이지 않을 수 없던 듯하다. 새어머니는 대견스러우면서도 아쉬운 듯 엷은 미소를 지었다. 제하도 진우의 결정에 다소 놀랐는지 진우만을 보고 있었다.

"근데 아버지, 저 군대 가기 전에 여기 두 사람 식부터 올려주세요."

"응? 그게 무슨 소리냐?"

진우의 갑작스런 발언에 놀란 진경과 제하는 하얗게 질린 얼굴을 했다. 그러나 아버지는 진우의 시선이 진경과 제하에게 머무르는 걸 보고도 무슨 말인지 도통 모르겠다는 듯 물었다.

"누나랑 제하 사귀어요."

“뭐?”

“연인 사이라고요.”

“……”

휘둥그레진 눈으로 진경과 제하를 번갈아 보며 아버지는 말을 잇지 못했다. 그러기를 수초. 아버지는 정색을 하고 진경에게 물었다. 새어머니도 놀랐는지 입을 다물지 못했다.

“흠, 정말이냐?”

“……네.”

“너야 결혼할 나이가 되었다지만 제하야 이제 겨우 스물인데…….”

아버지는 말도 안 된다는 듯 고개를 저었다. 그때 침묵을 지키고 있던 제하가 불쑥 끼어들었다. 진우의 갑작스런 발언으로 인해 전혀 예상치 못한 상황이 벌어지고 있었다. 무슨 의도로 진우가 자신들의 교제 사실을 밝혔는지 오리무중이었지만 제하는 여기서 물러나서는 안 된다는 걸 본능적으로 느꼈다. 진우보다 더 큰 산을 넘지 않고는 진경을 얻을 수 없다.

“누나를 사랑합니다!”

“허!”

“아빠…….”

“……흠, 교제를 하기엔 나이 차가 좀 걸리는구나.”

“태어난 순서대로 세상을 뜨는 게 아닌 것처럼 사랑도 마찬가지라 생각합니다. 나이로 사랑의 깊이를 측정할 수 없고, 비록 누나보다 제가 어리다고 하지만 누나의 삶을 이해하고 존경합니다. 처음엔 진우를 생각하는 누나의 마음에 반했고, 누나에게 진우 아닌 사람이 존재할 수 있다면 간절하게 저이기를 바랐습니다. 아버님, 저도 가족으로 받아주시면 안 되겠습니까?"

"아빠, 쉽게 생각하고 결정한 거 아니에요. 저도…… 제하 사랑해요."

제하와 진경의 간곡한 말을 듣고도 아버지는 한참 동안 말이 없었다. 갑작스런 일이라 당혹스러웠으리라. 새어머니도 아버지의 눈치만 보고 있는 듯했다.

"전혀 예상치 못했던 일이라 좀 당황스럽구나. 그렇지만 한 번도 날 실망시킨 적 없는 내 딸의 선택을 믿어볼 참이다. 그러나 결혼은 너무 일러. 너희 두 사람의 마음은 이해하지만 진경이 네 나이도 아주 급한 건 아니니까 일이 년 더 만나본 다음에 생각해도 되지 않겠니? 진경이는 나이도 먹을 만큼 먹었으니까 네 마음 정도는 충분히 알겠지만 제하는 아직 인생을 결정하기에는 좀 어리지 싶다. 좀 더 심사숙고해서 나쁠 것 없잖아."

진경과 제하는 아버지의 교제 승낙만으로도 족했다. 아버지가 순순히 승낙할 거라고는 생각지 못했기에 그 기쁨은 두 배로 컸다. 당장 마당에라도 나가 크게 환호성을 지르고 싶은 심정이었다. 세상을 다 얻은 것 같았다. 진우가 갑자기 왜 그들의 교제 사실을 밝혔는지 알 수 없지만 안아주고 싶은 마음이었다. 지금까지 고약하게 그들을 괴롭혔던 모든 게 용서가 되었다. 진우가

더 이상 추궁하지만 않았다면 두 사람은 마냥 기쁨에 젖어 있었
을 것이다.

"그럼 결혼도 안 하고 동거만 하라고요?"

"으응?"

"그게 무슨 소리냐, 진우야?"

놀란 아버지와 새어머니가 눈을 휘둥그렇게 뜨고 물었다. 그
도 그럴 것이 갑자기 동거라는 말이 튀어나왔으니 보수적인 그
분들이 놀라는 건 당연했다.

"저 군대 가면 그 집에 두 사람만 남게 되는데 그게 그거 아니
에요? 그렇다고 제하더러 혼자 나가서 밥 해먹고 살라고 하기에
도 좀 그렇잖아요. 아버지, 제가 저 녀석 잘 아는데 절대 맘 변
할 녀석 아니에요. 아주 외골수거든요. 이왕 결혼할 거면 빨리
결혼시켜서 아버지, 어머니도 손자 빨리 보시면 좋지, 뭘 미루
세요?"

진경과 제하는 콩닥거리는 가슴을 주체하지 못하고 아버지의
눈치만을 살폈다. 진우 녀석이 뭔 약을 먹고 저러는지는 모르나
뭔가 될 분위기에 심장이 바르르 떨렸다. 긴장감이 고조되었다.
아버지는 한참 동안 말이 없었다. 숨을 죽이며 아버지의 대답을
기다렸다.

"제하야, 우리 진경이랑 정말 결혼하고 싶으냐?"

"네. 제게 여자는 누나뿐입니다. 지금도, 앞으로도 그럴 겁니
다."

"흠, 좀 생각 좀 해보자꾸나."

긍정도 부정도 하지 않았지만 진경과 제하는 흥분을 감출 수 없었다.

아버지와 어머니가 방으로 들어가자 마당으로 나온 두 사람은 서로 껴안고 기쁜 함성을 토해냈다.

"작작 좀 해라."

언제 따라 나왔는지 진우가 투덜거렸다. 그러나 진우가 더 이상 얄밉지도, 거슬리지도 않았다. 그저 고맙고 사랑스럽기만 했다. 껴안고 입이라도 맞춰주고 싶은 심정이었다.

"고맙다, 진우야."

"고마워."

"아직 결혼한 거 아니다. 결혼식 올리기 전까지는 1m 이상 접근 금지야."

"그건 좀 너무했다."

"심하긴 뭐가 심해? 실연당한 동생, 친구 앞에 두고 할 짓이야? 나 보는 앞에서는 손도 잡지 마! 알았어?"

아예 노골적으로 불만을 터뜨리며 본색을 드러낸 진우였다. 그래도 밉지 않으니 어쩌란 말인가.

"누나, 피곤하지? 얼른 들어가자."

"알았어, 너희들도 자. 제하야, 내일 보자."

우격다짐으로 진경을 집 안으로 들여보낸 진우는 제하에게 따라오라는 눈짓을 했다. 제하는 진우의 뒤를 따라 동네 어귀로 나왔다. 시원한 밤바람이 불어왔다. 멀리서 개 짖는 소리와 개구리 울음 소리가 어우러진 조용한 시골의 밤이었다.

"우리 누나 잘 부탁한다. 너니까 믿고 맡기는 거야. 알지?"

"알아, 고맙다."

진우가 잘해보자는 듯이 손을 내밀어 악수를 청했다. 제하는 흔쾌히 진우의 손을 잡고 가볍게 흔들었다.

"진우야, 내 친구가 되어줘서 고맙다. 너로 인해 세상을 향해 마음을 열었고, 사랑하는 사람도 만났다. 널 만난 건 내 인생 최고의 행운일 거야."

"내가 최고의 행운이면 우리 누나는?"

"그야 내 인생 최고의 선물이자 보물이지. 행운과 견준다는 게 가당키나 해?"

"오호, 이것 봐라. 빨리 결혼하고 싶지 않은가 보지?"

"하하, 멋진 녀석이 소심하게 그러면 쓰나?"

"소심? 진정한 소심이 뭔지를 내가 보여주마. 내놔라."

"뭘?"

"네 노트북!"

"허!"

기가 막혀하던 제하는 피식 웃으며 대답했다.

"그거면 되니?"

"아니."

"그럼?"

“당분간 네 차도 내가 쓸게.”

“알았다.”

못 말린다는 듯 고개를 휘휘 저으며 제하가 두 손을 들었다. 진경과 결혼만 할 수 있다면 노트북에 차가 문제인가. 그보다 더 큰 것도 포기할 수 있었다. 진우가 제하의 어깨를 툭 쳤다.

“그렇게 좋으냐?”

“그래.”

“그럼 계속 좋아해라. 가자.”

진우는 휘파람을 불며 앞장서서 걷기 시작했다. 최신형 노트북에 차까지 얻었으니 기분이 좋을 만도 했다.

“이제 우리 데이트 방해 안 할 거지?”

“글쎄, 그건 더 두고 봐야겠는데.”

뒤에서 제하의 구시렁거리는 소리가 들렸지만 진우는 모른 척했다. 진경이 자신에게 어떤 누나인가. 엄마 같은 누나를 떠나보내는데 쉽게 보낼 수 있겠는가. 조금은 치기 어리고 약이 오른 감정도 섞여 있었지만 무엇보다 제하에게 똑똑히 알려주고 싶었다.

쉽게 얻은 것은 그 소중함을 망각하기 쉽다. 그래서 악역을 자처할 수밖에 없었다. 물론 두 사람의 닭살 행각을 보고 있을 마음 심보도 안 된다. 이십여 년간 그밖에 모르던 누나가 돌변해 제하를 자신보다 더 챙기기 시작했는데 두 손 놓고 구경만 하기에는 너무 억울하지 않는가.

다음날, 밤새 고민을 하셨는지 푸석해진 얼굴로 나타난 아버지는 굳게 닫혀 있던 입술을 열었다. 아침 식사를 마치고 서울로 올라갈 채비를 다 마친 후였다.

"잠깐 앉아라."

아버지의 말을 기다리는 진경과 제하의 얼굴은 긴장한 기색이 역력했다. 이미 아버지와 이야기를 나눴는지 새어머니는 입가에 엷은 미소를 지은 채 그들을 바라보고 있었다. 진우도 대충 아버지의 결정을 짐작할 수 있었다. 바짝 긴장해 있는 저 두 사람만 모르는 듯했다.

"제하야, 다시 한 번만 묻자. 정말 진경이랑 결혼하고 싶으냐?"

"네."

"흠. 그럼 방학 하면 가까운 친지들만 모시고 조촐하게 식을 올리도록 하자꾸나."

"아빠!"

"아버님, 감사합니다."

제하는 고개 숙여 진심으로 감사해했다. 따지고 보면 그는 고아나 다름없었다. 나이도 어리고 지금은 학생인데다 딸 가진 부모로서는 쉽게 허락할 수 있는 조건이 아니었다. 할아버지가 남겨주고 간 유산이 있어 경제적으로 어렵지는 않겠지만 선뜻 결혼을 허락하기에는 충분하지 못했다. 그래서 진경과의 결혼은 좀 더 시간이 지나고 학교도 졸업하고 취직도 하고 성숙한 성인 남자의 모습을 갖추게 되기까지 많이 기다려야 할 것이라 생각했다. 그러나 하늘은 그의 편이었다. 이제 채 방학이 두 달도 남지 않았다. 진우의 군대 입대 전에 결혼식을 하게 할 생각인 듯하다. 자꾸만 웃음이 터져 나와 표정 관리가 어려웠다.

진경도 기분 좋은 미소를 짓고 있었다. 다행이다. 서로의 사랑을 확인하고 사귀기 시작했지만 결혼까지는 미처 생각지 못했었다. 마음 같아서야 당장 하고 싶었지만 진경의 마음이 어떤지 확신할 수 없었고, 자신의 처지가 처지인만큼 쉽게 말을 꺼내볼 생각도 못했었다.

자신의 자동차 키를 손가락에 끼고 흔들며 운전석에 오르는 진우가 보였다. 자식, 기특하다. 앞으로도 진경을 사이에 두고 매일매일 혈전을 벌이게 될지도 모르지만 오늘만은 그를 미워할 수 없다. 결혼의 일등 공신이 바로 진우였기 때문이다.

서울로 돌아오는 길, 운전석에는 진우가 앉아 있었다.

"밤에 잠을 설쳤더니 피곤하네. 누나, 나도 뒤에 같이 앉자."

진우가 뭐랄 새도 없이 제하는 진경을 뒷좌석으로 밀어 넣고 자신도 바로 옆에 탔다. 진우가 미간을 좁히며 룸미러로 째려보는 게 느껴졌지만 이 벅차오르는 감정을 진경과 함께 맛보고 싶었다. 혼자가 아닌 가족이라는 울타리를 갖게 되는 것이다.

제하는 진경의 머리를 자신의 어깨에 기대게 했다. 그리고 진우가 눈을 흘기든 말든 제하는 진경의 손에 힘을 줘 깍지를 꼈

다. 당장 서울에 도착하면 반지부터 살 생각이다. 그리고 근사
한 프러포즈를 하리라. 지금은 어떤 말도 필요없었다. 눈은 창
밖을 향해 있었지만 깊은 감회에 젖어 축축이 젖고 있었다.
  밤에 잠을 설쳤던 진경과 제하는 서로의 어깨에 머리를 기댄
채 잠이 들어버렸다. 룸미러로 그 모습을 지켜보던 진우의 입가
에도 엷은 미소가 머물렀다.

진경은 자신의 가슴을 감싸는 부드러운 손길에 몸을 뒤척였다. 귓가에 느껴지는 따뜻한 숨이 그녀의 잠을 방해했다. 그래서 자신의 등에 딱 붙어 있는 존재를 손으로 뿌리치며 조금 거리를 두려 했다. 그러나 멀어질 새도 없이 다시 잡아당겨지고 말았다.

"졸려……."

거부 의사를 보이는데도 손길의 농도는 더 짙어지기만 했다. 진경의 민감한 부분을 부러 찾아다니며 더 자고 싶어하는 그녀를 괴롭혔다. 나른한 한숨 소리가 다가온 입술에 막혀 버렸다. 제하의 진한 입맞춤을 비몽사몽인 채로 받아들이던 진경이 잠에서 서서히 깨어나자 그걸 안 제하가 본격적으로 몸을 밀착해 왔다.

"하, 하……."

달뜬 신음이 새어나왔다. 제하의 몸은 개선장군처럼 늠름하게 진경을 찾고 있었다. 아침에 눈을 떠 서로의 눈을 마주 보게 되는 순간, 자신도 모르게 자연스럽게 짓게 되는 미소와 더불어 나누는 사랑은 달콤한 초콜릿과도 같았다. 주말이면 함께 나누는 이 아침 시간을 그들은 즐겼다. 방해꾼들로부터 자유로울 수 있는 유일한 시간이었다.

서로의 체취와 손길에 들떠 막 사랑을 나누려는 순간 밖에서 방해꾼의 소리가 들려왔다.

"누나, 배고파! 밥 줘!"

놀라고 당황한 진경이 숨을 헐떡이며 몸을 살짝 뺐다. 제하는 그런 진경이 못마땅한 듯 다시 품에 가뒀다. 그리고 자신의 몸을 부딪쳐 왔다. 그때 다시 우렁찬 소리가 들려왔다.

"누나, 안 일어났어? 밥 먹자! 윤서야, 가서 네 엄마 아빠 좀 깨워라."

그 말이 떨어지기가 무섭게 진경은 제하를 확 밀어내고 침대 옆에 벗어놓았던 홈드레스를 허겁지겁 머리에 뒤집어썼다. 그리고 황급히 치맛자락을 끌어내렸다. 그제야 이불을 끌어올리며 김빠지는 듯 허탈해하는 제하의 긴 한숨 소리가 들렸다. 종종 있는 아침의 모습이었다. 채 일 분도 안 돼 노크 소리가 똑똑

들린 것과 동시에 문이 벌컥 열렸다. 그들의 아들 윤서였다. 아무리 말해도 저 습관은 고쳐지질 않았다.

"엄마, 삼촌이 배고프대."

"알았어. 지금 나갈게."

진경은 윤서를 따라 거실로 나왔다. 아마도 심통이 난 제하는 오전 내내 부루퉁해 있을 것이다. 진우는 아침 운동까지 다녀와 샤워까지 마친 상태였다. 시계를 보니 여덟 시, 늦은 시간도 아닌데 팔팔한 동생에게 맞추고 사려니 만만치 않았다.

"모처럼 제하 쉬는데 아침부터 깨우니? 대충 둘이서 해결하지."

"흥. 제하가 쉬지, 누나가 쉬어?"

그렇게 말하면 할 말은 없다. 전업주부의 비애다. 아이를 키우며 3교대를 하는 게 보통 일이 아니었다. 제하나 진우가 학생이었을 때는 돌아가며 돌봐주곤 해서 가능했지만 두 사람 다 사회인이 되고 나서는 곤란해졌다. 그래서 결국 진경은 가정을 지키게 되었다. 딱히 불만은 없다. 충분히 일할 만큼 일했고 윤서와 함께 보내는 시간들이 즐거웠기 때문이다. 그래도 저 말투는 뒤틀린다. 동생만 아니었다면 당장 쫓아냈을 것이다.

과거에나 시간이 지난 지금에나 우리 세 사람이 티격태격하는 것은 여전하다. 식구가 한 사람 더 늘어난 것 외에는 변함이 없다. 결혼을 하자마자 가지게 된 윤서, 그 윤서는 제하와 진우의 손에서 자랐다고 해도 과언이 아니다. 직장에 다니는 그녀를 위해 제하가 많은 부분을 감당해야 했고, 제하가 군대에 가 있는 동안에는 진우가 그 부분을 감당했다.

"엄마, 오늘 우리 마트 갈 거지?"

"응, 그래야지. 너 학용품 사야 되잖아."

"아빠 깨워야겠다."

꼭두새벽부터 문 여는 마트는 없다고 말하고 싶지만 막무가내인 녀석이라 진경은 고개를 설레설레 흔들었다. 아마도 제하가 알아서 잘할 것이다.

언제나 그렇듯 대형 할인마트에는 사람들로 붐볐다. 갑자기 찾아온 꽃샘추위로 인해 모두들 집에 있다가 늦은 외출을 마트로 했는지 코너마다 가족 단위의 손님들로 주를 이루었다. 특히 3월 개학이 얼마 남지 않은 시점이라 문구 특별 세일전이라는 플래카드가 걸린 문구 코너에는 아이들과 엄마들로 넘쳐 났다.

진경은 아직도 실랑이를 벌이고 있는 제하와 윤서를 보고 한숨을 내쉬었다. 진경이 문구 코너를 다 둘러보고 서점까지 갔다 왔는데도 두 사람은 여전히 옥신각신이었다.

"베틀야구게임 필통 사자."

"싫어요. 난 전자게임 필통 살 거야."

"그 게임들 다 집에 있는 거잖아. 이걸로 하자."

"아뇨, 난 이걸로 할래요."

"이윤서, 이게 더 재미있다니까."

"그건 아빠 생각이지. 나 그 필통 유진 녀석이 가지고 있어서 유치원에서 많이 했단 말이야."

"그래도 아빠는 베틀야구게임 필통!"

"아빠, 내 거 사는 거야. 아빠는 필통 필요없잖아."

삼십 분 전에도 분명 똑같은 대화가 오간 걸 진경은 기억하고 있었다.

"도대체 뭐 하는 거야? 빨리 아무거나 골라. 윤서, 필통만 가지고 학교에 갈 거야?"

"엄마는? 아빠 때문이잖아. 내 필통 사는데 왜 아빠가 난리야?"

볼멘소리를 하는 윤서를 진경은 살짝 흘겨본 후 제하를 봤다. 제하는 여전히 베틀야구게임 필통인지 뭔지를 만지작거리고 있었다. 순수한 호기심과 신기함이 가득한 눈이었다. 스물여덟의 건장한 남자의 눈이라 믿기지 않을 정도였다.

"아빠가 들고 있는 걸로 해."

"쳇, 그럴 줄 알았어. 엄마는 뭐든지 아빠 편이야."

오리 입마냥 입술을 쭉 내민 윤서는 통통거리며 음반 코너를 서성이고 있는 진우에게로 가버렸다.

"애랑 싸우니까 좋아?"

"아니, 자기가 내 편 들어주니까 좋아."

"어휴, 정말!"

윤서와 눈높이를 맞추기 위해 쭈그려 앉아 있던 제하가 몸을 바로 펴며 일어났다. 진경은 어깨에 손을 걸쳐 오는 제하의 옆구리를 팔꿈치로 찌르며 눈을 흘겼다. 그럼에도 되돌아오는 건 제하의 환한 미소였다. 물 빠진 청바지에 겨울 니트, 그 위에 페팅 점퍼를 걸친 제하는 도저히 여덟 살 난 아이의 아빠라 느껴지지 않았다. 어떤 장소를 가든 나란히 선 제하와 윤서는 시선을 끌었다. 닮기도 했지만 묘하게 풍기는 분위기가 사람들을 한 번 더 돌아보게 했다. 그들을 부자지간으로 보는 사람은 없었다. 대부분이 삼촌과 조카 정도로 생각하곤 했다.

그럴 때면 미간을 찌푸리는 모습도 부자가 너무 비슷하다.

"내 아들이에요."

"우리 아빠예요."

티격태격할 때는 누가 아빠고 아들인지 구분이 안 가지만 찰떡궁합처럼 다른 사람들 앞에서 부자지간임을 밝히는 제하와 윤서를 볼 때면 진경은 속으로 웃곤 했다. 어쩜 하는 행동이 그리도 똑같은지 모르겠다.

"나 또 못된 엄마 됐다. 저번에 윤서 하는 얘기 못 들었어? 다른 친구들 엄마는 안 그런다잖아. 다들 아들 편드는데 왜 엄마는 아빠 편만 드냐고 신경질 부리던 거 생각 안 나?"

"저도 자기 편만 드는 사람 만나면 되잖아. 누굴 뺏어가려고 해?"

"이보세요, 이제하 씨. 당신, 윤서 아빠예요."

"알아요. 누가 그걸 몰라요? 근 사오 년을 독차지했으면 됐지, 뭘 더 바라?"

결혼하자마자 아이를 가진 진경은 당연히 제하보다는 윤서에게 더 신경을 쓸 수밖에 없었다. 직장 생활과 육아까지 담당하느라 피곤한 나머지 아무래도 제하를 소홀히 한 게 사실이었다. 제하가 많은 부분을 돕고 있었음에도 모든 관심사가 윤서였다는 걸 부인할 수 없었다.

또 제하가 군대에 가 있는 동안 제하의 자리를 진우가 대신했지만 육아는 쉬운 일이 아니었다. 제하에게 긴 편지를 보낼 시간 여유도 없었고, 간단하게 쓴 편지에도 제하에 대한 그리움보다는 주로 윤서에 대한 이야기뿐이었다. 그게 못내 섭섭했나 보다. 윤서가 유치원을 다니기 시작하면서부터 묵묵히 지켜만 보던 제하가 반기를 들고 진경을 사이에 둔 주도권 쟁탈전을 벌이기 시작했다. 결과는 제하의 압승이었다.

아들까지 질투하는 말도 안 되는 소유욕의 주인공, 스물여덟의 젊은 그가 진경의 남편이다.

"늙은 마누라가 그렇게 좋아?"

"그걸 말이라고? 당연하지."

"암튼 못 말려!"

"방해꾼이 한둘이어야 말이지? 언제쯤이면 맘 놓고 자기랑 하고 싶은 거 다 해보나 몰라."

"하고 싶은 거 뭐? 지금도 많이 하잖아."

"많이 하기는 뭘 해? 두 녀석 눈치 보느라 못하는 게 얼마나 많은데. 진우 녀석 알아보고 있어?"

"응, 다음 주에 시간 잡으려고."

"잘되면 좋겠는데."

고개를 끄덕이는데 귓가에 제하의 뜨거운 입김이 느껴졌다. 아마도 제하의 기습뽀뽀일 것이다. 종종 두 사람은 남모르게 하는 스킨십을 즐겼다.

그때 진우와 윤서가 다가오는 게 보였다.

"둘만 있는 거 아니다. 적당히 좀 해."

"우리가 뭘 했다고 그래?"

얼굴을 붉히며 화들짝 놀라는 진경을 보며 세 남자가 고개를 좌우로 흔들었다. 이미 진경을 너무도 잘 아는 그들이었다.

"엄마, 얼굴 빨개졌어."

"뭐?"

"자기 얼굴 너무 예쁘다고. 그만 가자. 배고프다."

제하가 대충 얼버무리며 진경을 잡아끌었다. 뒤따라 진우와 윤서가 나란히 걸어왔다. 평화로운 일상의 모습이었다.

<진경의 일기>

2OOx년 2월 2O일 일요일 눈.

나는 세 아들을 키우고 있다. 첫째는 늙은 마누라가 뭐가 그리 좋은지 옆에 없으면 잠을 못 자는 나의 남편이다. 둘째는 사랑스런 아들 윤서이다. 아빠를 친구나 라이벌로 생각하는 독특한 사고를 가진 녀석이다. 오늘처럼 매일 티격태격하지만 한 번도 이겨본 적이 없다. 그게 늘 불만인 윤서다. 셋째는 나의 동생 진우다. 일 순위에서 이제는 삼 순위로 밀려난 걸 절대 인정하지 않는 녀석이다. 나이 스물여덟이나 먹은 녀석이 독립을 하려 하지 않는다. 나와 제하가 아무리 눈치를 줘도 신혼 때부터 지금까지 꿈쩍도 하지 않고 버티고 있다.

올해 나와 제하의 목표는 진우 녀석을 치우는 것이다. 내 동생이라서가 아니라 생긴 것도 번듯하고 남자답고 직업도 괜찮은데 왜 연애를 안 하는지 모르겠다. 어떻게든 결혼을 시켜 집에서 내보낼 생각이다.

조금 격한 밤이라도 보내는 날 아침이면 어김없이 눈을 흘기는 녀석을 보게 된다. 부부가 사랑을 나누는 게 당연하지 않은가. 그래서 우리 부부는 새해 아침 머리를 맞대고 진우 장가보내기 작전을

세웠다. 학교 선후배, 전 직장 동료들을 다 동원해 여자를 물색할 참이다.

그리고 드디어 우리 집 꼬마 녀석이 학교에 간다. 누가 제하 아들 아니랄까 봐 아이답지 않게 과묵한 녀석이다. 물론 제하와 진우 앞에서는 예외다. 남자끼리는 통하는 게 있다나. 특히 셋이 함께 목욕탕에 갈 때면 의기양양한 얼굴로 어깨에 힘까지 주는 윤서를 보노라면 웃음밖에 나오지 않았다. 좌청룡, 우백호라나.

얼굴에 스치는 거만함은 결코 우리 가족 누구에게도 없는 것이었다. 제하와 진우가 버릇을 잘못 들인 게 분명하다. 학교에 가서 왕따나 당하지 않을지 걱정이다. 하기야 그 성질에 왕따를 당하고 있을 녀석도 아니다. 교실을 뒤엎으면 뒤엎었지 가만있을 녀석인가. 벌써부터 머리가 아파지려고 한다.

아, 또 부른다. 젖먹이 어린애도 아니면서도 왜 이리 보채는지 그만 가봐야 할 것 같다. 어제 진우와 윤서의 등쌀에 피곤한 나머지 일찍 자버린 데다 아침에 미수로 그쳤으니……. 아무래도 수상타. 긴 밤이 될 듯하다.

바람이 봄을 시샘하는 듯한 날씨가 계속되고 있다.

『굳이 사랑하지 않아도 좋다』이후 1년만인 듯하다.

『어린 연인』은 제목처럼 연상연하 커플의 이야기다.

요즘 유행처럼 연상연하 커플이 많아지고 있지만 여자가 나이 어린 남자를 받아들이고 사랑하기까지 결코 쉬운 일은 아니다. 보통 남자가 나이 어린 여자를 사랑하는 것보다 수배의 고민과 생각을 하게 될 것이다. 『어린 연인』의 진경도 마찬가지다. 결코 평범하지 않은 연하남 제하를 받아들이고 사랑하기까지의 과정을 담담히 그려보고자 했다.

나이가 많다고 해서 사람이 성숙하고 깊은 사랑을 하는 것은 아닐 것이다. 삶에 대한 연륜이 있을지는 모르나 인간의 기본적인 감정과 욕구는 나이와 상관없지 않나 싶다. 『어린 연인』의 제하는 어린 나이에도 불구하고 삶에 있어 소중한 가치들이 뭔지를 누구보다 잘 아는 녀석이다. 그래서 내게 가장 사랑받는 남주이기도 하다.

『어린 연인』을 쓰는 동안 그 어느 때보다 행복했다. 진경과 제하, 진우를 만나는 순간들이 즐거웠다. 지금까지 몇 권의 책을 내는 동안 내가 그려왔던 남주, 여주들보다 밝고 직선적인 성격 때문이다.

〈작가후기〉

『어린 연인』의 진경과, 제하, 진우를 만나는 독자님들도 행복했으면 좋겠다. 그들의 모습을 상상하며 미소 지을 수 있기를 바란다.

아프다는 핑계로 원고 마감일조차 지키지 못한 작가를 격려하고 위로해 준 종민 씨, 많이 부족했던 글을 선택하고 꼭 필요한 리뷰를 해준 규진 씨, 지윤 씨, 작가에게 배려를 아끼지 않는 청어람의 서경석 사장님, 모두에게 감사의 마음 전한다. 함께하는 작업이 즐거웠음을 이야기하고 싶다. 그리고 느린 연재에도 불구하고 카페를 지켜준 러브 다이어리 가족님들, 바람난 작가님들께도 고마움 전한다.

한동안 몸이 안 좋았다. 그때 가장 먼저 떠오른 분은 하나님이었다. 그리고 가족, 친구였던 것 같다. 바쁜 와중에도 찾아와 기도해 주신 목사님과 교회 식구들, 먼 길 마다하지 않고 달려와 준 내 친구 은옥, 그리고 늘 내 곁을 지켜주는 가족. 감사와 사랑의 맘 전한다. 늘 빚진 기분이다. 내가 그들에게 받은 사랑만큼 되돌려줄 수 있는 날이 오기를 간절히 바란다.

_김지안.

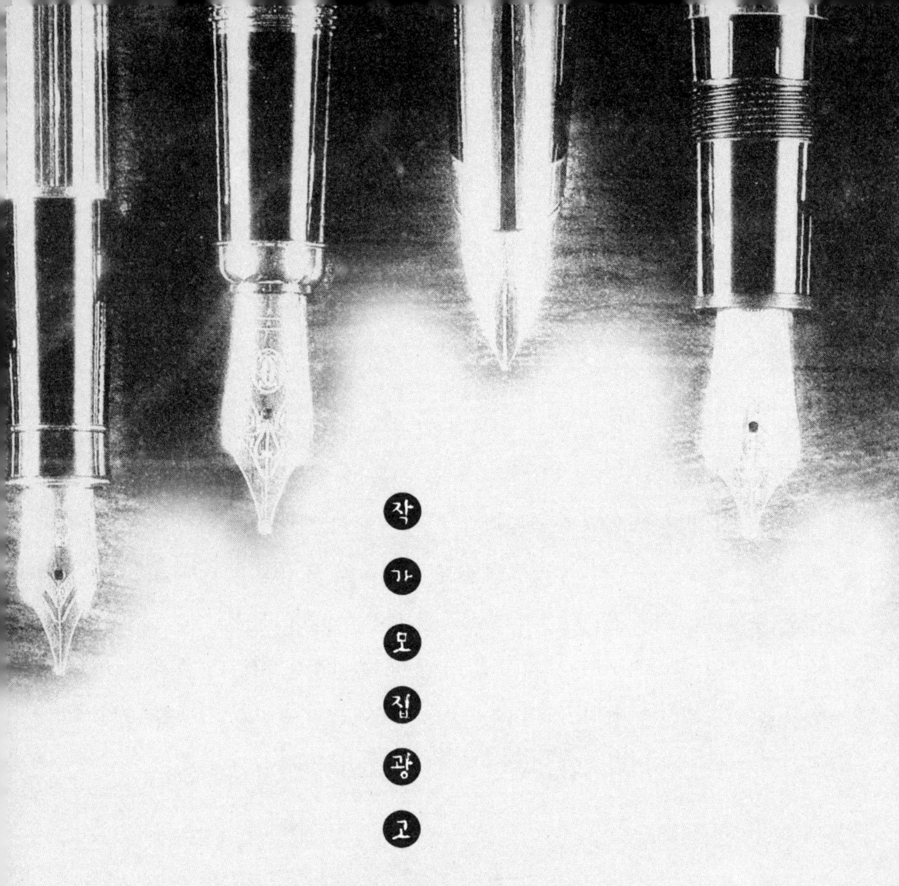

작
가
모
집
광
고